**www.koenigskinder-verlag.de**

© 2016 Königskinder Verlag in der Carlsen Verlag GmbH, Hamburg

Umschlaggestaltung und -typografie: Suse Kopp

Umschlagfotografie © plainpicture / Gallery Stock

Umschlagmuster © iStockphoto.com/exxorian

Lektorat: Kerstin Kopper

Herstellung: Gunta Lauck

Satz: Pinkuin Satz und Datentechnik

in der Prinzessinnenstraße in Berlin

Druck: GGP Media GmbH, Pößneck

ISBN: 978-3-551-56019-3

Printed in Germany

# Im

Que Du Luu

# Jahr des

# Affen

Nie möchten wir der Mensch sein, der wir sind.

Pema Chödrön, *Beginne, wo du bist*

~

Ich bog in den kleinen Weg ein, spazierte am Wall entlang und kurz darauf sah ich schon die Tische auf der schmalen Terrasse. Es waren schöne Plätze direkt über der Aa (als langes »Ah!« gesprochen), dem kleinen Fluss, der durch Herford floss.

Das Restaurant sah von außen immer dunkel aus. Erst wenn man eintrat, wirkte es hier normal und die sonnige Welt vor der Scheibe schien zu hell.

Sofort roch ich das chinesische Essen. Der Geruch hatte sich über die Jahre so festgesetzt, dass er unsichtbar zum Raum dazugehörte.

Rote Lampen hingen überall von der Decke und auch die Stühle waren rot bezogen. Rot war die Glücksfarbe der Chinesen.

Auf der Theke thronte ein glatzköpfiger Buddha. Neben ihm stand ein Porzellantopf mit abgebrannten Räucherstäbchen und davor lag ein Teller mit roten Äpfeln: die Opfergabe an die Ahnen. Ich ging an der Theke vorbei zu der hölzernen Schwenktür.

Ein rundes Fenster war dort eingelassen, ähnlich einem zerkratzten Bullauge, durch das man nicht viel erkennen konnte. Ich drückte die Tür auf und sah meinen Vater von hinten, wie er Teller spülte. Wasser plätscherte, das Geschirr klapperte, er hörte mich nicht. Er stand etwas gebückt und schnaufte, so wie er immer schnaufte, wenn er sich anstrengte und dachte, niemand sei in der Nähe. Ich ging zu ihm und tippte ihn an die Schulter.

»*Hai ngo* – ich bins«, sagte ich.

Ohne sich umzudrehen, sagte er: »*Hai leij* – du bist es.«

Kurz fragte ich mich, wieso er eigentlich selbst abspülte. Aber das war halt er. Anstatt Anweisungen zu geben, machte er alles allein. Bao und Ling tanzten ihm auf der Nase herum. Sie kamen immer zu spät und machten nicht die Arbeit, die sie machen sollten.

Ich nahm mir ein abgewetztes Handtuch und trocknete die Teller ab. Sie waren immer noch heiß, sie dampften fast. Die Hände meines Vaters waren krebsrot.

»*Djomä gum jiet?*«, fragte ich ihn.

Er sagte, sonst löse sich das Fett nicht von den Tellern. Langsam kam ich ins Schwitzen, obwohl es nicht viel Geschirr war.

Mein Vater schrubbte jetzt die Töpfe. Das Handtuch war schon ganz durchnässt, aber ich trocknete weiter ab. Wir machten beide stumm unsere Arbeit.

Danach hängte ich das schlaffe Handtuch über den Rand der Spüle. Mein Vater wuselte um mich herum und fragte mich, ob ich schon etwas gegessen hätte. »Etwas essen« hieß immer »*sick fan*«: gekochten Reis essen.

Eigentlich war das keine Frage. Chinesen begrüßten sich so: »Hast du schon gekochten Reis gegessen?«

Mein Vater wollte mir aber wirklich etwas zu essen anbieten.

Ich antwortete: »Nein, ich habe noch keinen *Reis* gegessen«, und fügte hinzu: »aber Kartoffeln.«

Es war ein Witz und mein Vater hustete, was ein höfliches Lachen sein sollte. Ein richtiges Lachen war es natürlich nicht, denn er hatte gar nicht verstanden, was daran witzig sein sollte. Chinesen nahmen das Wort »Reis« im Reis-Essen gar nicht mehr wahr, weil es allgemein »essen« bezeichnet.

Er meinte jetzt, es seien noch gebratene Nudeln da. Sie stünden im Backofen. Er hatte sie da nicht zum Warmhalten reingestellt, sondern wegen der Fliegen, die trotz des Insektengitters manchmal hier reinfanden.

An der Theke goss ich mir eine Cola ein und ging mit meinem Teller nach draußen. Mein Vater kam auch. Er hatte sich seinen Tee mitgenommen. Die Teeblätter trieben lose im Wasser. Im besten Fall blieben sie in der Tasse, im schlechteren Fall schwammen sie beim Trinken in den Mund.

»Onkel Wu kommt bald zu Besuch«, sagte er und schaute hinunter auf die Aa.

Sie war trüb. Man konnte nicht bis auf den Grund sehen. Das Wasser war aber nicht schmutzig, sondern nur braun vom Schlamm, der beim Fließen aufgewühlt wurde.

Onkel Wu war der ältere Bruder meines Vaters. In letzter Zeit hatte er oft von ihm erzählt. Onkel Wu war übermüdet am Steuer eingeschlafen und hatte einen Unfall gebaut. Ihm war nichts passiert, aber seiner Frau. Jetzt lag sie im Koma und wurde nur noch von Maschinen am Leben gehalten. Da sich keine Besserung zeigte, wollten die Ärzte die Behandlung abbrechen. Weiter erzählte mein Vater nie.

»Wie lange bleibt er?«, fragte ich.

Mein Vater schaute weiter auf das Wasser und rieb sich die verschwitzte Stirn.

Uns hatte noch nie jemand besucht. Die Cousine meines Vaters hingegen bekam oft Besuch. Von überall reisten die Verwandten an und wollten mindestens eine Woche bleiben – aber nicht, weil die Cousine so beliebt war. Sie wohnte halt in Paris und nicht in einer langweiligen westfälischen Kleinstadt.

Wahrscheinlich war Onkel Wu auch nur auf der Durchreise nach Paris.

»Er bleibt acht Tage«, sprach mein Vater weiter.

»*Gum loij?*«, fragte ich und legte die Gabel ab.

»*Hm hai loij* – das ist nicht lange«, sagte er. »Das ist sogar sehr kurz für so einen langen Flug.«

Ich mochte das Hm, weil man es nicht falsch aussprechen konnte. Das Hm verneinte immer und das passte auch: die Lippen zusammenzupressen, wenn man »nicht« meinte, den Laut in der Kehle runterzuschlucken, anstatt ihn aus dem Mund zu lassen.

Was wollte Onkel Wu hier? War seine Frau tot? Aber dann hätte mein Vater doch Geld geschickt.

Mein Vater machte alles mit Geld. Wenn jemand heiratete, schickte er Geld, wenn jemand starb, auch. Wenn ich früher zu einem Kindergeburtstag eingeladen war, schlug er vor: »Schenk doch etwas Geld.«

Ich kannte Onkel Wu von Fotos. Mein Vater hatte noch fünf weitere Brüder und drei Schwestern. Die Namen konnte ich mir nicht alle merken. Onkel Wu war der älteste und mein Vater der zweitjüngste. Dass Onkel Wu eine Metzgerei betrieb, wusste ich, weil er zu den Familientreffen immer ein Spanferkel mitbrachte und sich gern damit fotografieren ließ.

Dieses Bild hatte sich bei mir eingeprägt: Onkel Wu mit rundem Gesicht und einem großen Leberfleck auf der linken Wange. Neben ihm ein armes Ferkel, glänzend braun geröstet und seltsam platt.

»Was machen wir mit ihm?«, fragte mein Vater.

Ich wusste es nicht. Wer sollte dann kellnern, wenn mein Vater mit Onkel Wu unterwegs war?

Seit drei Jahren arbeitete mein Vater, ohne einen Tag in der Woche zu schließen. Wenn er krank war, trank er mit roter Nase seinen Ingwertee, und wenn er Rückenschmerzen hatte, schlich er wie Nosferatu herum.

»Wir müssen ihn vom Flughafen abholen«, erzählte er weiter, »Hannover ist nicht weit weg.«

Ich fuhr schon im Stadtverkehr nicht gern mit ihm. Aber auch noch mit ihm auf die Autobahn?

Außerdem sollte ich Onkel Wu mein Zimmer überlassen und solange im Wohnzimmer schlafen. Ich hatte genug. Ich stand auf und trug meinen Teller in die Küche.

Hinter der Theke goss ich mir noch eine Cola ein. Mein Vater war reingekommen und rückte für seinen Nachmittagsschlaf drei Stühle zusammen. Dazwischen ließ er jeweils eine kleine Lücke, bis die Stühle seine Länge ergaben. Er setzte sich auf den mittleren Stuhl, zog sich die Schuhe aus und legte die Beine hoch. Dann beugte er sich nach vorn und knetete seine Fußsohlen.

»Sind bald Ferien?«, fragte er mich.

»In einer Woche«, antwortete ich und mein Vater legte sich beruhigt nieder auf sein Bett aus drei Stühlen.

Ich ging zurück auf die Terrasse. Es war warm, es wehte ein leichter Wind. Ich mochte die kleine Aa und die Brücke. Da vorne machte die Straße eine Kurve. So hörte man die wenigen Autos schon, bevor man sie sah. Auf der anderen Straßenseite befand sich eine gemütliche grüne Häuserreihe mit einem Juwelier, einem Schuster und einer kleinen Eisdiele. Von Zeit zu Zeit blieb ein Fußgänger vor dem Tresen stehen und ging schließlich Eis schleckend weiter. Das war eine lebendige Ruhe, nicht vergleichbar mit der schrillen Lautstärke auf dem Schulhof. Und trotzdem war ich auch immer traurig, wenn ich hier sitzen konnte.

Nur wenige Leute hatten bei dem Wetter Lust auf dampfendes Essen aus dem Wok. Also durfte ich mich nicht über die Sonne freuen. Und wenn ich hätte bestimmen können, wäre jeder Sommer kalt und nieselig geworden.

Jetzt musste auch noch Onkel Wu kommen.

Es war klar, dass ich ihn den ganzen Tag herumführen müsste. Aber was gab es hier schon?

Nur den Bismarckturm. Ich konnte ihm ja nicht einmal die Externsteine oder das Hermannsdenkmal zeigen, weil ich noch keinen Führerschein hatte. Wer von meinen Freunden fuhr Auto? Es fiel mir niemand ein. Ich hatte keine älteren Freunde. Und mein Vater? Er hatte überhaupt keine Freunde. Plötzlich freute ich mich über Onkel Wus Besuch. Mein Vater würde endlich jemanden zum Reden haben.

»Rrrrooo!«, hörte ich bis hierhin. Mein Vater schnarchte.

Ich ging zu ihm hinein. Er lag auf dem Rücken, den Hals überstreckt, den Mund weit offen. Ich nahm eine Jacke von der Garderobe, faltete sie zusammen und schob sie ihm unter den Kopf. Er öffnete kurz die Augen und sah mich an, als hätte er mich noch nie gesehen. Dann schloss er die Augen wieder.

Um kurz nach fünf stellte ich den Tellerwärmer an. Etwas fehlte. Ach ja, die kleinen Vasen mit den Rosen standen noch unter dem Zapfhahn. Mein Vater sammelte sie in der Mittagspause und auch nachts ein, weil die Blumen es hinter der Theke kühler hatten. Ich verteilte sie auf den Tischen.

Mein Vater richtete sich auf. Er saß noch schlaftrunken auf dem Stuhl, gähnte und rieb sich die Augen. Schließlich zog er sich die Schuhe an, stand auf und steckte sich sein weißes Hemd ordentlich in die schwarze Stoffhose.

Um halb sechs trudelte Ling endlich ein und mein Vater fragte, ob er auch einen Tee wolle.

Ling schüttelte den Kopf und fing sofort an den Pflaumenwein mit Litschi vorzubereiten. Die Gäste bekamen den Wein als Verdauungsschnaps, außer sie hatten zu ihrem Essen kein Getränk bestellt. Sie bekamen auch keinen Pflaumenwein, wenn sie mit Stäbchen aßen und diese dann klammheimlich einsteckten.

Mein Vater mochte keine Gäste, die geizig waren, und er mochte keine Diebe. Wenn die Gäste aber höflich fragten, ob sie die Stäbchen mitnehmen durften, bekamen sie trotzdem den Pflaumenwein, denn dann verschenkte er die Stäbchen – sie wurden ihm nicht gestohlen.

Ich schien Ling mal wieder nervös zu machen. Seine Finger zitterten beim Eingießen. Vielleicht war er in mich verliebt.

Mein Vater ging in die Küche. Er nahm jetzt bestimmt die Schüsseln mit Gemüse aus dem Kühlschrank und heizte den riesigen Wok mit dem Frittieröl schon vor.

Endlich rückte Bao an. Ling grüßte ihn unterwürfig und Bao grüßte mit einer lässigen Handbewegung zurück, als würde das für seine Untertanen reichen. Er sah meinen Blick, stutzte kurz und wuchtete seinen massigen Körper an mir vorbei in die Küche.

Durch die Tür hörte ich, wie mein Vater sagte: »Ah, du bist gekommen.«

Ling legte die Hände auf das Abtropfgitter. Er schielte kurz über die Schulter zu mir hin und seine Wangen verfärbten sich rot. Er trippelte mit den Füßen, fuhr sich mit den Händen durchs Haar, nahm seine Hände wieder herunter. Er verschränkte die Arme, aber das war auch nicht richtig.

Mein Vater kam raus: »Sind Gäste da?«

Ling schüttelte den Kopf, indem er seinen ganzen Körper hin- und herschwenkte.

Mein Vater meinte, er hätte etwas gehört. Er nahm drei Räucherstäbchen aus der Schublade, ging um die Theke herum, zündete sie an und steckte sie in den Topf. Durch das Abbrennen fiel jedes Mal Asche runter. Es sah aus, als wäre der Topf voller grauer feiner Erde.

Ich ging nach Hause.

~

Wir wohnten an der Berliner Straße. Sie lief ringförmig um die Innenstadt und es war kürzer, nicht dem Ring zu folgen, sondern geradeaus zu gehen, bis man auf der anderen Seite wieder auf die Straße traf.

Lustlos ging ich auf unser Hochhaus zu.

Der Fahrstuhl funktionierte mal wieder nicht. Ich stieg die Stufen hinauf bis zum siebten Stock. Schon lange war hier nicht mehr geputzt worden. Schokoladenpapier lag herum.

Als ich keuchend oben angelangt war, hörte ich das Telefon. Ich schloss auf und stolperte durch den Flur, der voller Schuhe und Krimskrams war.

Endlich war ich im Wohnzimmer und nahm ab.

»Hey, Mini«, sagte Sarah, meine beste Freundin, »meine Süße. Wie ist es mit heute Abend?«

Im Kindergarten hatten die anderen meinen Namen nicht aussprechen können. Sie sagten immer »Mini« und so war es dann geblieben.

»Klappts nicht?«, fragte ich ängstlich.

»Doch«, sagte sie. »Michas Papa fährt. Sie hat ihn rumgekriegt.« Micha war meine zweitbeste Freundin.

»Super!«

»Der macht immer so einen Stunk, weil er zuerst mich und danach dich abholen muss. Nächstes Mal mach ich mich bei dir fertig, dann muss er nicht hin- und herfahren.«

»Bei mir?« Ich starrte auf den Wäscheberg. Oben lagen weiße Hemden, in der Mitte guckte meine Jeans heraus. Immer wenn ich die Wäsche abhängte, schmiss ich alles obendrauf. Wenn ich was brauchte, nahm ich es runter. So machte es mein Vater auch.

Ich brachte es nie fertig, alles zu bügeln und in den Schrank zu räumen. Zu Hause fühlte ich mich immer wie die Häschen in der Duracell-Werbung, die Billigbatterien in sich trugen und nur noch gaaanz kraftlos auf die Trommel schlugen.

Sarah sagte: »Das ist für Michas Papa praktischer.«

»Ich komm lieber zu dir.«

»Warum?«, fragte Sarah. »Hier nervt uns nur meine Ma und du hast doch immer sturmfreie Bude.«

»Was macht ... du weißt schon?«

»Ich lauf seit Stunden schon mit diesen Lockenwicklern herum. Wenn der das wüsste!«

»Jetzt scheiß endlich!«, schrie die Frau von oben.

»Was ist Scheiße?«, fragte Sarah.

»Das war die Nachbarin.«

»Heute ist er mit dem Bus gefahren. Er hat sich sogar direkt vor mich gesetzt! Ständig starrt er mich so an. Das hast du doch mal live mitgekriegt!«

Mitgekriegt? Letzte Woche war uns ihr neuer Schwarm vor Klingenthal über den Weg gelaufen: »Oh Gott, da hinten, da ist er, der mit der schwarzen Jeansjacke! Oh Gott, er kommt auf uns zu!« Ich dachte nur: Heino. Blondes Haar, blass, rechteckige schwarze Brille. Seine Brillengläser waren aber durchsichtig statt dunkel.

Als er an uns vorbei war, hatte sie mich in die Seite gestoßen und gehechelt: »Was sagst du?«

»Was hat er gesungen? Den Enzian?«

»Ich spreche von Bela!«, hatte sie ausgestoßen. Sofort drehte sie sich um, ob Bela nicht doch stehen geblieben war und sich jetzt genau hinter uns befand.

»Ich muss rausfinden, was für ein Sternzeichen er ist«, riss sie mich jetzt aus meinen Gedanken. »Hoffentlich Jungfrau!«

Ich sah zum Fenster. Da flogen Hundekötel runter. Die Nachbarin hielt den Hund also wieder aus dem Fenster. Manchmal hatte ich das von außen gesehen, wenn ich auf das Hochhaus zuging. Ob die blöde Nachbarin gar keine Angst hatte, der Köter könnte ihr mal durch die Hände gleiten und die acht Stockwerke hinunterplumpsen?

Sarah sagte: »Ich muss mich noch fertig machen. Ciao Süße.«

~

Das *Glashaus* füllte sich. Die meisten Discobesucher waren Oberstufenschüler, aber das waren wir ja auch bald.

Sarahs Tortur mit den großen Lockenwicklern hatte sich gelohnt. Ihre Haare sahen aus wie aus der Dreiwettertaft-Werbung. Lipgloss glänzte auf ihren Lippen, sie hatte dunkelblauen Lidschatten aufgetragen und ihre langen Wimpern kräftig schwarz getuscht.

Micha hatte sich die Haare hochgesteckt. Sie war nicht geschminkt, aber wenn man lange blonde Haare hatte, reichte das schon aus.

Sarah fragte uns mit ihrem kreisenden Zeigefinger, ob wir eine Runde drehen sollten. Micha nickte und wir setzten uns in Bewegung. Es wurde jetzt ziemlich voll.

Sarah ging vor mir. Auf einmal blieb sie stehen. »Da!«, rief sie.

Ein Typ mit roten Haaren kam gerade durch den Eingang und direkt hinter ihm Heino.

»Weitergehen!«, schrie ich in Sarahs Ohr. Sie versperrte den Gang. »Hier wollen Leute durch!«

»Kann nicht weitergehen!«, schrie sie zurück. »Herzinfarkt!«

Heino und der Rothaarige sahen sich um und grüßten ihre Freunde, indem sie alle mit einer Hand lässig abklatschten.

Micha wurde wieder gegen meinen Rücken geschubst. Sarah rührte sich aber immer noch nicht. Ich packte sie an den Schultern und schob sie weiter.

Endlich waren wir aus der größten Enge raus und die Leute konnten durch. Heino kam uns entgegen. Der Song verebbte gerade.

Ein Typ lief an uns vorbei: »Blöde Tussis!«

Der Rothaarige flüsterte Heino etwas ins Ohr. Der schaute uns jetzt an. Sarah löste sich aus ihrer Starre und rannte schnurstracks zu den Toiletten.

Sarah stand im Vorraum vor den Waschbecken. Sie betrachtete sich im Spiegel, als müsste sie ergründen, wen sie da überhaupt sah.

»Doof gelaufen«, sagte ich und bereute es sofort. Die Worte klangen wie »mein Beileid«.

Aus den Toiletten kamen immer wieder andere Mädchen. Sie wuschen sich die Hände, sahen sich kritisch von allen Seiten an, zupften ihre Haare zurecht und zogen sich die Lippen nach.

»Ich komm gleich wieder«, sagte Micha und ging in eine Kabine.

Einige Mädchen schielten zu uns rüber, denn Sarah stand so regungslos vor dem Waschbecken.

Weil Sarah sich immer noch anschaute, drehte ich mich auch zum Spiegel und betrachtete mein Gesicht. Der Pickel war einfach widerlich! Er war mit Eiter gefüllt und saß mitten auf meiner Stirn. Ich hatte ihn mit einem Abdeckstift übermalt, aber auf glatten Eiterhauben hielt sich die Farbe so schlecht. Und die dicke Wölbung konnte man damit sowieso nicht kaschieren. Bestimmt waren die gebratenen Nudeln schuld! Beim nächsten Mal –

»Ich will mir mal die Hände waschen!«

Ich schaute zur Seite. Das Mädchen war hochgewachsen und sah ziemlich gut aus. Sie meinte aber Sarah.

Sarah rührte sich nicht.

»Hey!«, rief die Tussi und wischte mit der Hand vor Sarahs Gesicht vorbei. »Hey, jemand zu Hause?«

»Wasch dir doch woanders die Hände«, sagte ich. »Dahinten ist auch noch ein freies Waschbecken.«

Nun wandte sie sich mir zu. Ich konnte an ihrem Blick sehen, was jetzt kam.

»Geh Reis pflücken!«, sagte sie.

Sarah drehte sich um und ihre Hand schnellte auf einmal hoch. Sie pikte ihr fast ins Auge. Ich sah die Angst auf dem Gesicht der Tussi. Sie drehte sich um und lief raus.

Jetzt kam auch Micha aus dem Toilettenraum.

»Du hast was verpasst!«, regte sich Sarah auf. Von ihrer Schockstarre keine Spur mehr. »Eben kam ein Miststück! Die hat Mini blöd von der Seite angemacht!«

»Und weiter?«, fragte Micha und drehte den Wasserhahn auf.

»Ich wollte ihr die Augen auskratzen, aber sie ist einfach abgehauen!«

Ich fügte hinzu: »Sie hat sogar vergessen, sich die Hände zu waschen.«

Micha fing an zu lachen und wir lachten mit.

Auf einmal stöhnte Sarah: »Kacke.«

Micha fragte: »Warum?«

»Dieser Typ beschimpft uns, und ausgerechnet da muss Bela um die Ecke kommen! Ich bin voll unten durch!«

»Quatsch«, sagte Micha. »So wirkst du nur interessanter.«

*Sometimes I feel I've got to run away – get away from the pain you drive into the heart of me – the love we share – seems to go nowhere ...*

Heino stand mit dem Rothaarigen am Rand der Tanzfläche.

Wir schlüpften in die Menge. Riesige Boxen waren auf uns gerichtet. Hier hörte man die Musik nicht nur, man spürte sie. Ich wollte weiter Richtung Heino, aber Sarah hielt mich fest: »Lass uns in die Mitte!«, schrie sie. Sie wollte nicht, dass Heino sie beim Tanzen beobachtete und ihren dicken Hintern bemerkte.

*Tainted love – don't touch me please – I cannot stand the way you ...* wir schrien mit: *Teeeaase!*, und sangen auch den Rest mit: *I love you though you hurt me so – now I'm gonna pack my things and gooo!* Ich fühlte mich super. Sarah hatte Recht. In der Mitte war man frei. Wenn man außen tanzte, wurde man nur von allen begafft. Ich machte extra komische Bewegungen und Sarah lachte. Micha hatte die Augen geschlossen und ließ sich ganz auf die Musik ein. Am Ende ging es weiter: *Baby baby, where did our love go …* Wir jubelten: Die lange Version!

Irgendwann hörte aber auch die lange Version auf und es kamen schnellere Bässe. Noch mehr Leute stürmten auf die Tanzfläche: *… all the things you do to me and everything you said – I just can't get enough, I just can't get enough …* Die Tanzfläche tobte zu Depeche Mode. Alle waren ausgelassen. Bei *I just can't get enough* sangen Sarah und ich uns zu, während Micha weiter mit geschlossenen Augen im Rhythmus versank.

Die Musik verebbte. Schräge Töne erklangen. Plötzlich hatten sich alle von der Tanzfläche entfernt. Nur ein paar Spinner waren geblieben. Micha öffnete die Augen und wurde schon kräftig geschubst.

Pogen oder wie hieß das? Wieso gabs so was überhaupt? Punklieder, bei denen man nur andere schubste?

Ein Idiot mit James-Dean-Gesicht stieß Sarah in den Rücken und sie klatschte auf den Boden. Die Punkfreunde lachten. Ich half ihr hoch. Sie war noch etwas benommen. Die Spinner rempelten sich weiter an. Manche hielten dabei noch ihre eingeschmuggelte Billigbier-Flasche in der Hand. Wir kamen trotzdem gut durch. Die Punks blieben in der Mitte. Als wir schon fast am Rand waren, schaute Heino uns wieder doof an.

*Carpe diem*, dachte ich. Ich lenkte Sarah in seine Richtung und dann schubste ich sie mit voller Kraft. Er löste erschrocken seine verschränkten Arme und fing sie auf.

Das hätte der Beginn einer wunderbaren Freundschaft werden können, aber er ließ sie wieder los und Sarah stammelte entschuldigende Worte. Sie hielt ihre Hände dabei hoch wie ein Fußballer, der dem Schiedsrichter weismachen will, er hätte nicht gefoult. Heino nickte lässig, als erteile er ihr die Absolution. Sie wandte sich ab, zwängte sich durch die Massen und kämpfte sich vor bis zur Theke.

Als Micha und ich endlich bei ihr waren, schaute sie mich an, als sei ich an allem schuld.

Die Thekenfrau kam und Sarah schrie ihr was ins Ohr. Die Frau nickte und nahm auch die Bestellungen von Micha und mir entgegen.

Nachdem wir unser Bier bekommen hatten, wollte Sarah raus. Mir gefiel es hier aber besser. Micha zeigte mit Fingerbewegungen, dass sie eine Runde draußen gehen wollten und genau hierhin zurückkehrten.

Einer der Barhocker war gerade frei geworden. Die Restwärme fühlte sich seltsam an, aber ich hatte jetzt einen guten Überblick. Durch den Eingang strömten immer mehr Leute. Ines, Tine und Frederike waren auch darunter. Drei Mädchen aus unserer Klasse, die einen immer mit diesem Blick anschauten: »Du siehst so billig aus!«

Die Musik verebbte. Sinead O'Connor lief an. Die Singles verließen enttäuscht die Bühne, die Pärchen fielen sich in die Arme. Die Musik war heute echt gut. Schon dafür hatte sich das Kommen gelohnt.

Heino kam in meine Richtung und stellte sich an die Theke. Seine Freunde gingen weiter. Aus den Augenwinkeln sah ich, dass er ein Bier bekam. Von irgendwoher ergatterte er auch einen Barhocker. Ich ließ mir nichts anmerken und starrte weiter Richtung Tanzfläche.

»Was sollte das?«, schrie er mir auf einmal ins Ohr.

Es hörte sich nicht wie Heino an. Seine Stimme war nicht ganz so tief.

Hoffentlich kamen die beiden gleich zurück. Und hoffentlich schaltete Micha schnell genug und schob Sarah hierhin.

Ich drehte mich zu ihm. Sein Blick richtete sich auf meine Stirn. Blöder Pickel! War ein Pickel denn so sehenswert? Ich sah, wie die weißen Kleidungsstücke im Schwarzlicht leuchteten, und musste zugeben: Wenn die weiße Eiterhaube genauso leuchtete, dann ja.

»Du hast deine Freundin auf mich geschubst«, schrie er.

Ich trank das Bier aus und fragte dann: »Wie findest du sie?«

»Deine Freundin?«

Ich nickte.

»Zu dick.«

»Was hast du gegen Dicke?«, fragte ich und schaute ihn mir genauer an. Er sah gar nicht so schlecht aus. Er hatte blaue Augen. Sein Gesicht war nicht teigig wie beim echten Heino, sondern schön glatt. Eigentlich sah er richtig gut aus.

Das Lied hörte gerade auf und Westernhagen grölte die ersten Sätze. Wir sahen uns an und mussten lachen.

Dünne waren auf der Tanzfläche, die mitbrüllten: »Dicke haben dicke Beine! Dicke haben 'n Doppelkinn!«

Die Sache war jetzt klar. Aber wie sollte ich es Sarah sagen?

»Da ist deine Freundin!«, schrie Heino mir ins Ohr.

Da ich noch am gleichen Platz saß, entdeckten mich Sarah und Micha sofort. Micha winkte, aber Sarah blieb wieder stehen.

Ich verstand: Herzinfarkt! Kein Weitergehen. Später würde

sie mich aushorchen und herausfinden, dass sie ihm zu dick war. Sie würde wieder tagelang heulen. Sie würde wieder jammern, dass ihr Übergewicht an allem schuld sei. Dass sie niemals glücklich werden würde, weil sie nicht aussah wie Cindy Crawford. Dabei war sie richtig hübsch. Aber das würde sie mir wieder nicht glauben.

Ich wusste nicht, was mich überkam, aber ich drehte mich zu Heino und küsste ihn auf die Wange.

Er zuckte zusammen, als hätte es einen Donnerhall gegeben. Und ich hörte auch den Donnerhall in Sarahs Kopf.

Ich starrte wieder zum Ausgang. Die beiden waren – schnipp – wie weggezaubert. Sofort sprang ich vom Hocker und zwängte mich durch die Massen.

Hier vor der Tür konnte man viel besser atmen. Ich ging zum Parkplatz. Er war überfüllt. Einige Autos kurvten herum, aber zu dieser Zeit fuhr noch niemand weg.

Ganz weit hinten standen zwei Personen in enger Umarmung. Es war kein Paar, sondern es waren Sarah und Micha. Micha sah mich und zog Sarah einige Meter weiter. Während Sarah nun den Laternenpfahl umklammerte, kam Micha auf mich zu. Ihre Augen waren zusammengekniffen. Bei ihrem schmalen Gesicht sah das ganz schön angsteinflößend aus.

Micha blieb vor mir stehen. »Ich verstehe dich nicht«, sagte sie.

Darauf konnte ich keine Antwort geben. Ich verstand mich ja selbst nicht.

Micha wartete. Schließlich sagte sie: »Wir steigen gleich da vorne in ein Taxi. Ich ruf dich die nächsten Tage an.«

Das Taxi fuhr weg. Als es um die Ecke verschwand, schlurfte ich zurück, an der langen Schlange vorbei und zeigte meinen Stempel vor. Heino saß nicht mehr an der Theke.

In der Hosentasche hatte ich noch zehn Mark.

»Drei Bier!«, schrie ich der Thekenfrau ins Ohr.

Die ersten zwei trank ich sofort aus. Das dritte nahm ich mit zur Tanzfläche.

Es war das letzte Bier und ich trank es langsam. Vielleicht brauchte ich auch etwas, woran ich mich festhalten konnte.

Obwohl ich mir vorgenommen hatte, mich nicht mehr umzusehen, tat ich es doch und sah Heino an der Säule. Er rauchte. Seine Freunde alberten herum.

Jetzt hatte er mich auch entdeckt. Ich sah ihn weiter an und versuchte herauszufinden, was er dachte. Er drückte seine Zigarette aus und setzte sich in Bewegung.

Irgendwann stand er neben mir.

*Tom's Diner* lief immer noch. Die lange Version wie schon bei *Tainted Love*. Vielleicht war heute die Nacht der langen Versionen. Suzanne Vega sang weiter *deddededdededde* und *window* und *coffee* und *shaking her umbrella* und *somebody coming in*.

Ich versuchte den Text zu verstehen. Sooft ich das Lied gehört hatte – mir war nie aufgegangen, worum es da eigentlich ging.

»Was sollte das?«, schrie er mir auf einmal ins Ohr.

Hatte er vorhin nicht dasselbe gefragt?

Sein Atem roch nach Bier. Die Leute tanzten lässig.

»Nur wegen deiner Freundin!«, schrie er mir weiter ins Ohr.

*Tom's Diner* tönte immer noch.

»Bin ich etwa auch zu dick?«, schrie ich zurück. Was kümmerte mich das überhaupt? Mich interessierten keine Jungs, die ein Mädchen zu fett fanden.

»Das hast du nur wegen ihr gemacht!«, wiederholte er. Er war so nah an meinem Ohr, dass sein warmer Atem mich berührte.

Die Musik wurde leiser, bis es ganz still war.

Langsames Gitarrengezupfe erklang. Ich stellte das Glas ab. Heino stand immer noch neben mir und ich zog ihn zu Axl Rose' *don't hang your head in sorrow and please don't cry* weiter in die Mitte.

Er protestierte nicht. Es war schön, sich jemandem betrunken in die Arme zu werfen. Ich schmiegte meinen Kopf an ihn und schloss die Augen. Im Gegensatz zu *Tom's Diner* verstand ich bei diesem Lied, worum es ging. Es war kein Lied, zu dem man im Takt herumhopste. Man sollte heute Nacht nicht weinen, der Himmel ist über uns *and please remember that I've never lied*.

Als Axl Rose bei *give me a whisper* die Luft einsog, atmete ich auch tief ein.

Er roch so gut. Er war warm, leicht verschwitzt. Mir fiel sein Name wieder ein: Bela ... *you'll be alright now sugar* ... Während ich seinen Herzschlag spürte, schlief ich fast ein.

Auf einmal platzten schnelle Bässe rein. Ich öffnete die Augen. Die Paare verzogen sich und die Tanzwütigen stürmten wieder auf die Fläche. Es wurde schlagartig hell. Buntes Licht leuchtete abwechselnd zum Takt der Musik. Als sei der Tag angebrochen und das vorhin in der Dunkelheit nur geträumt gewesen.

Bela ließ mich los. Ich zwängte mich durch die Tanzenden, ging weiter zum Geländer und wartete. Er hatte sich wieder neben mich gestellt und verschränkte die Arme. Die Masse sprang und zuckte auf der Tanzfläche. Ich hoffte auf irgendeine Ballade. Es sollte wieder dunkel werden. Als aber noch so ein schnelles Lied gespielt wurde und das Licht immer greller wurde, hielt ich dieses stumme Nebeneinanderstehen nicht mehr aus. Ich drehte mich zu ihm und schrie in sein Ohr: »Ich muss jetzt gehen!«

»Kommst du nächsten Freitag?«, fragte er.

»Ja«, sagte ich.

Auf dem Nachhauseweg wurde ich wieder nüchtern. Es fuhren nur wenige Autos auf der Straße. Die Leute waren alle noch in der Disco. Immer wenn ein Auto vorbeirauschte, hoffte ich, dass es Bela war. Eigentlich wollte ich an Sarah denken. Aber es ging nicht. Ich wünschte mir, immer noch in Belas Armen zu liegen, während *Don't cry* lief.

Wenn man doch nicht nur das Lied, sondern auch diese paar Minuten auf eine Kassette bannen könnte. In meinen Gedanken versuchte ich das Ganze noch mal zu erleben: den Geruch, die Wärme, seinen Herzschlag – aber das alles konnte ich durch meine Vorstellung nicht wiederholen.

Draußen wurde es schon hell. Ich schleppte mich die Treppen hinauf in den siebten Stock. Meine Füße taten weh.

Als ich die Tür öffnete, strömte mir sofort der typische Wohnungsgeruch entgegen. Dann stolperte ich über ein Paar Schuhe.

Ich war wieder hier angekommen. In dieser öden Welt. Was für ein Unterschied. Die funkelnden Lichter, die Menschenmassen, die alles übertönende Musik im *Glashaus*. Und jetzt diese stille Wohnung, in der mein Vater hinter einer Tür schlief.

Ich putzte mir die Zähne und zog mich um. Dann legte ich mich ins Bett und stellte mir vor, wie Bela jetzt auch nicht schlafen konnte – weil er an mich dachte.

~

Am nächsten Morgen stand mein Vater in der Tür und sagte: »Ich gehe einkaufen.«

Als Antwort grunzte ich verschlafen und er schloss die Tür wieder.

Samstags fuhr er zum Aldi und packte den Einkaufswagen bis oben hin voll mit Mehl, Zucker, Eier, Nudeln und Kondensmilch. Das musste alles ins Auto und von dort in den Restaurant-Keller hinunter.

Meist stierten uns die Leute an und fragten, was wir mit dem ganzen Zeug wollten. Mein Vater lachte dann und antwortete: »Wil gloße Familie.« Dabei gab es nichts Kleineres als eine Zweierfamilie. Es war ihm peinlich, dass wir zum Aldi gingen. Im Mios schaute uns keiner an, da kauften ja alle für ihre Restaurants ein. Aber im Aldi war es billiger.

»Warte!«, rief ich.

Im gleichen Moment schlug die Wohnungstür zu.

Ich legte mich wieder hin.

»Scheißköter! Sitz!«, hörte ich von oben. Es polterte etwas auf den Boden. Ich zog mir die Decke über den Kopf und wollte mir Belas Herzschlag an meinem Ohr vorstellen.

»Sitz!«, schrie die Frau wieder und ich zog die Decke vom Kopf runter.

Es war halb elf. Ich schaute aus dem Küchenfenster. Ob Bela sich da unten herumtrieb? Unten gab es Gewusel. Samstags mussten ja alle einkaufen. Die Autos parkten im Halteverbot und eine Politesse verteilte Strafzettel.

Bis nächste Woche Freitag konnte ich auf keinen Fall warten. Ich musste ihn schon vorher wiedersehen.

Ich rief bei Sarah an.

»Ja?«, schrie sie durch den Hörer.

»Gehts dir besser?«, fragte ich.

»Was willst du noch von mir?« Ich wollte gerade antworten, da brüllte sie weiter: »Er ist zu dir hin und wollte dich über mich ausfragen! Und du? Du krallst ihn dir gleich! Wieso? Nur weil *ich* ihn wollte?«

Nicht deswegen, dachte ich.

In der Leitung klackte es. Sie hatte aufgelegt.

Ich dachte weiter: Ich kann nicht aufhören an Bela zu denken, weil ich mit ihm gelacht habe, weil ich seinen Herzschlag gespürt – und dabei diese endlose Ruhe gefunden habe.

Ich stand vor dem Spiegel und starrte auf den Pickel, auf den Bela die ganze Zeit gestarrt hatte. Die weiße Eiterhaube war noch breiter geworden. Wahrscheinlich würde er immer an diesen Pickel denken, wenn er an mich dachte. Alles andere an mir war auch nicht besser. Ich sah einfach scheiße aus! Nur betrunken konnte ich glauben, dass sich jemand in mich verliebte.

Sarah war pummelig, aber sie hatte tolle Haare und ein hübsches Gesicht. Vielleicht war Bela wirklich nur gekommen, um mich über sie auszufragen? Vielleicht wollte er es nicht zugeben und hatte deswegen gesagt, sie sei zu dick?

Das Telefon klingelte! »Herzinfarkt!«, würde Sarah jetzt sagen. Ich versuchte, ohne zu stolpern, durch den Flur zu kommen.

»Hallo?«, hauchte ich in den Hörer.

»*Leij hei djo san?*« Ob ich schon aufgestanden sei, wollte mein Vater wissen. »Ich hab gebratenen Reis gemacht, alles schon fertig«, sagte er weiter. »Du kannst kommen und frühstücken.«

Das war das Letzte, was ich wollte. Mit meinem Vater frühstücken. Ich war zwar nicht so dick wie Sarah, aber immer noch fett genug.

»Ich hab keinen Hunger«, sagte ich.

Draußen war es schön und hier drinnen nicht. Ich hätte durch die Stadt schlendern und eine Runde am Wall entlanggehen können. Es war Wochenende. Es gab keinen Stress wegen Hausarbeiten, die Noten standen schon seit langem fest. Bela konnte doch meine Nummer oder wenigstens meine Adresse herausfinden!

Nach einer Weile ging ich zurück ins Bett. Die Zimmertür blieb offen.

Das Fenster stand auf Kippe. Unten hörte ich Autos fahren. Immer wenn ein Auto bremste, stellte ich mir Bela darin vor. Er musste doch dieselbe Sehnsucht nach mir haben wie ich nach ihm!

Aber er würde sowieso wieder kehrtmachen, wenn er unser schäbiges Hochhaus sah. Als Elverdisser wohnte er bestimmt in einem schönen Haus. Die Elverdisser hatten alle ein Haus mit Garten.

Ich holte mir eine Cola aus dem Kühlschrank und ging ins Wohnzimmer. Der alte Wandschrank fiel mir ins Auge. Er war eine Spende gewesen wie so vieles, als wir gerade in Deutschland angekommen waren. Ich schaute auf den abgewetzten Teppich, den zerkratzten Tisch. Solche Möbel sah man nur noch auf dem Sperrmüll. Bloß das Sofa hatten wir vor ein paar Jahren neu gekauft, weil aus dem alten die Sprungfedern rausgekommen waren.

Bei Bela zu Hause sah es bestimmt schick und ordentlich aus – so wie bei allen anderen auch.

Irgendwann ging die Sonne unter und es wurde dunkel. Über mir bekam die Frau Besuch.

Als ich das Deckenlicht einschaltete, wusste ich, dass Bela heute nicht mehr kommen würde. Oben knallte die Wohnungstür zu. Die Frau ging mit ihren Freundinnen runter. Im Treppenhaus hallten die Stimmen besonders laut. Wahrscheinlich war der Fahrstuhl immer noch kaputt. Normalerweise hätte ich mich über die Stille gefreut, aber jetzt kam mir alles nur noch verlassener vor. Ich schaltete das Radio ein. Es lief *It must have been love*, Sarahs Lieblingslied aus ihrem Lieblingsfilm *Pretty Woman*.

Dann kamen Nachrichten, Musik, eine politische Diskussion, Musik, Nachrichten und so weiter. Ich wusste nicht, wann ich jemals so traurig gewesen war. Ich saß in diesem gelben Licht, das von der altmodischen Deckenlampe herunterstrahlte. Ich saß vor einem leisen Radio. Ich saß vor einem schwarzen Fernseher, in dem ich mich nur selbst spiegelte. Das Telefon läutete nicht. Niemand klingelte an der Tür.

Im Radio war gerade Stille. Der Sekundenzeiger der Wanduhr klackte immer weiter. Dann war der Tag zu Ende und es war Sonntag. Totensonntag, dachte ich. Es war nicht Totensonntag, aber ich dachte, Totensonntag ist das Wort, das passt.

Aus dem Radio tönte nun ein alter Schlager. Bald würde mein Vater wiederkommen. Er würde den Fernseher einschalten mit den wechselnden Flimmerbildern, die berieselten, ohne zu trösten.

~

Den ganzen Sonntag verbrachte ich im Bett. Ich glaubte nicht mehr daran, dass Bela anrief. Am Abend stand ich aber doch auf. Ich sah mir einen Krimi an und noch einen, holte dann aus der Küche schon mal zwei Teller und Besteck. Hoffentlich brachte mein Vater Tofu und Nudeln mit anstatt Rindfleisch mit Zwiebeln und Reis.

Ich wartete, aber mein Vater kam immer noch nicht. Wahrscheinlich waren noch Spätgäste da gewesen. Sie quatschten sich fest und merkten auch die offensichtlichsten Hinweise nicht. Punkt Mitternacht stoppte mein Vater die Musik. Wenn die Gäste immer noch nicht bezahlen wollten, schaltete er ein paar Lichter aus, und wenn auch das nicht half, sammelte er die Blumen ein. Der letzte Schritt war, alle Lichter zu löschen, bis die Gäste ganz im Dunkeln saßen. Meist waren die Spätgäste Pärchen im mittleren Alter und frisch verliebt. Ich verstand nicht, warum sie dann nicht endlich allein sein wollten. Vielleicht waren die Spätpärchen aber noch nicht so weit, zu ihm oder zu ihr zu gehen, und wollten trotzdem zusammenbleiben.

Um halb eins rief ich im Restaurant an. Es ging niemand dran. Mein Vater war also auf dem Weg. Dann konnte es nicht mehr lange dauern. Ich wartete. Um eins rief ich wieder an. Es nahm keiner ab.

Im Flur starrte ich lange auf das Durcheinander. Schließlich zog ich mir meine Schuhe an.

Es war noch warm. Ich lief durch den kleinen Schleichweg, der auf die andere Seite der Berliner Straße führte, und da sah ich ihn auf dem Bürgersteig.

Er lag auf dem Bauch. Der Korb war umgekippt, die Porzellanschüssel mit dem Essen war auf den Boden gefallen, daneben ein Teller, der sonst die Schüssel abdeckte. Ein Auto fuhr vorbei, ohne anzuhalten.

Ich stolperte, fing mich, rannte zu ihm, beugte mich runter und drehte ihn um.

»*Meij jäh* – was ist?«, fragte ich.

Er röchelte und sagte: »*Tung* – Schmerzen.«

Er hielt sich den Brustkorb. Ein weiteres Auto kam um die lange Kurve. Ich hörte es ganz klar, als hätte jetzt alles einen reinen Klang. Ich drehte mich um und rannte vom Bürgersteig auf die Fahrbahn. Das Auto bremste so laut, wie ich es noch nie gehört hatte. Ich dachte, nun prallt es gegen dich. Ich war ganz ruhig, ohne Angst. Man sagt ja, in so einem letzten Moment würde das ganze Leben wie ein Film vorbeiziehen – aber die Zeit war wohl zu kurz dafür. Die Filmrolle konnte so schnell nicht eingelegt werden.

Das Auto bremste weiter und schaffte es, vor mir anzuhalten. Die Lichter strahlten an meinen Beinen vorbei in die Ferne. Durch die Scheibe sah ich den Fahrer. Er drehte sich zur Seite. Der Sicherheitsgurt hielt ihn fest. Er machte sich los, stieß die Tür auf und sprang raus. Er öffnete schon den Mund und wollte mich anbrüllen. Dann sah er mein Gesicht und schloss den Mund wieder.

»Krankenhaus!«, sagte ich. Er folgte meinem Blick.

»Was ist mit ihm?«, fragte er.

Es klappte nicht, ich konnte nichts mehr sagen.

Er ging um das Auto herum, betrat den Bürgersteig und sah sich meinen Vater an. Ich musste auch zurückgegangen sein, denn ich stand auf einmal neben ihm und starrte ebenfalls auf meinen Vater.

Der Fahrer beugte sich hinunter und fragte: »Hallo?«

Mein Vater sah ihn nur stumm an.

»Krank!«, presste ich auf einmal heraus, als hätte sich ein dicker Kloß gelöst. Natürlich war »krank« nicht das richtige Wort. Kranksein – das war Husten, Schnupfen, Fieber.

Ich ging herum und packte meinen Vater schon unter den Armen. Der Fahrer machte mit und nahm die Beine. Mein Vater hing schlaff nach unten. Der Fahrer schaffte es, beide Beine meines Vaters unter seinen Arm zu klemmen und mit einer Hand die Tür zu öffnen. Er stieß sie mit seinem Ellenbogen weiter auf. Jetzt konnte ich die Rückbank sehen. Ich musste an eine enge Höhle denken.

Mein Vater glitt mir langsam aus den Händen, er hing immer tiefer.

Der Fahrer zog an den Beinen und ich machte einen Schritt nach vorn. Die Waden lagen nun auf dem Rücksitz. Der Fahrer quetschte sich zwischen Tür und meinem Vater vorbei und lief ums Auto herum. Er öffnete die andere Tür, beugte sich hinein, griff mit den Händen die Fußknöchel, zog und rief: »Schieben!«

Ich spürte den Ruck und ging weiter vor. Mein Vater war ein sperriges Bündel, das man irgendwie ins Auto bekommen musste.

»Beine anwinkeln«, wollte ich sagen. Dann fiel mir ein, dass ich das auf Chinesisch sagen musste, und da wusste ich nur, was »Beine« hieß.

Mein Vater schien aber von selbst zu wissen, dass er sie anziehen musste.

Sein Kopf war immer noch so nah an der Tür. Ich konnte sie nicht einfach zuschlagen, und so drückte ich sie ganz langsam ran. Sie schloss nicht ganz, stand einen Zentimeter ab und ich drückte noch mal, bis ich ein Klacken hörte.

Drüben knallte der Fahrer die andere Tür knapp vor den Füßen meines Vaters zu. Erst als er einstieg, wusste ich, was ich zu tun hatte: auch einsteigen.

Kaum saß ich, gab der Fahrer Gas, wechselte die Spur und ordnete sich links ein. Die Ampel stand auf Rot. Der Fahrer trat auf die Bremse. Mir wurde zum ersten Mal klar, dass Ampeln nur stur ihre Arbeit taten, ohne jemals von ihrem Rhythmus abzuweichen, egal was um sie herum geschah. Jetzt sprang sie endlich auf Grün.

Wir fuhren auf der endlosen Mindener Straße geradeaus, bogen rechts ab, dann wieder links und fuhren die Schwarzenmoorstraße hoch. Der Motor wurde ganz laut, als wäre es eine Plackerei, uns den Berg hochzufahren.

Wir fuhren nicht auf den Parkplatz, sondern immer weiter, auf den schmalen Weg, wo nur Krankenwagen hochfuhren. Der Fahrer parkte direkt vor dem Eingang.

Ich sprang raus und lief zu der großen Glastür. Die Scheiben schoben sich nicht zur Seite. Ich stoppte, hatte aber noch Schwung drauf und fing mich mit meinen Händen am Glas ab. Schließlich trat ich einen Schritt zurück und wieder vor, es passierte aber nichts.

»Worum gehts?«, fragte eine verzerrte Stimme aus einer Sprechanlage.

»Mein Vater!«

Endlich schoben sich die Scheiben zur Seite. Die riesige Halle war leer. Sie erinnerte mich an die leere Hotelhalle in dem Film *Shining*.

»Was möchten Sie?«

Hinter einem Tresen saß eine ältere Frau mit Dauerwelle.

Ich ging zu ihr hin, wusste aber nichts zu sagen und starrte sie nur an.

»Der Mann im Auto braucht Hilfe.« Auf einmal stand der Fahrer neben mir.

Sie fragte: »Was hat er?«

Was sollte diese Frage? Etwas umklammerte meinen Hals. Ich hatte gedacht, die Frau würde aufspringen und Hilfe holen. Ich dachte, hier wird einem sofort geholfen!

»Ich weiß nicht. Ihm gehts sehr schlecht«, sagte der Fahrer.

»Und um was geht es genau?«, fragte sie schon wieder.

Ich zitterte noch stärker. Wieso tat sie nichts? Warum fragte sie immer noch so dumm weiter?

Warum war sie so lahmarschig? So gleichgültig?

»Wir brauchen eine Liege, er kann nicht gehen«, sagte der Fahrer.

Sie telefonierte und sagte, wir sollten hier warten.

Es kam niemand.

Ich lief weg. Die Türen öffneten sich diesmal sogar. Draußen war es noch heißer als drinnen. Die Sommerluft passte nicht. Es hätte kalt und regnerisch sein müssen.

Ich lief weiter zum Auto und riss die Tür auf. Mein Vater lag immer noch da, die Beine angewinkelt, die Augen geschlossen. Vielleicht war er tot. Ich traute mich nicht, ihn anzusprechen.

Endlich kamen zwei Schwestern mit einer Rolltrage herbei. Sie schlurften so langsam, als hätten sie alle Zeit der Welt. Allen war es egal, wie es meinem Vater ging.

Sie schoben die Liege ums Auto herum und eine Schwester beugte sich über ihn und fragte: »Wie gehts Ihnen?«

Mein Vater antwortete nicht. Was sollte er auch sagen: »Danke, gut, und selbst?«

Die Schwester und der Fahrer wuchteten ihn auf die Liege. Er öffnete die Augen und gab einen komischen Laut von sich.

Sie mussten über eine Bordsteinkante und mein Vater wurde

durchgerüttelt. Ich lief neben ihm her. Er war ganz blass im Gesicht.

Wir gingen durch einen anderen Eingang hinein und einen Flur hinunter. Hier war es nicht gespenstisch leer wie in der Halle. Alles wuselte herum, als fände das heimliche Leben in diesem Geheimtrakt statt. Drei Schwestern standen hinter einer langen gebogenen Theke, eine telefonierte. Leute saßen in einer Wartezone. Wir gingen weiter, an kleinen Kabinen vorbei, die teils offen standen. In manchen warteten Leute.

Wir bogen in die letzte Kabine ein.

Die eine Schwester fragte mich, was passiert sei, ich sagte, ich hätte ihn auf dem Bürgersteig gefunden und er habe Schmerzen.

Die andere Schwester ging weg, der Fahrer war wohl auch gegangen.

Die dagebliebene Schwester legte meinem Vater eine grüne Manschette um, setzte sich ein Stethoskop auf, drückte das runde Ende gegen seinen Arm, pumpte die Manschette auf, ließ die Luft wieder raus. Dann fühlte sie an seinem Handgelenk. Mein Vater starrte stumm an die Decke, als sei alles zu spät. Die Schwester sagte, er solle sich obenherum frei machen.

Ich half ihm sein Hemd aufzuknöpfen.

»Das Unterhemd einfach nur hochschieben«, sagte die Schwester. Sie klebte Elektroden auf und stellte das EKG an. Papier mit gezackten Linien lief ratternd aus dem Gerät, wie bei einem Seismografen, als gäbe es Beben nicht nur in der Erde, sondern auch im Menschen. Als die Schwester die Saugnäpfe wieder abzog, machte es leise »plopp-plopp-plopp«.

Schließlich sagte sie, ein Arzt würde gleich kommen. Sie ging raus und schob die Tür zu. Obwohl vom Flur her so viele Geräusche kamen, gab es diese Stille, die alles umschloss.

In den Filmen war es immer hektisch, wenn jemand ins Krankenhaus gebracht wurde. Eine Horde von Ärzten kümmerte sich sofort, aber hier lief alles in Zeitlupe ab. Niemand stand unter Strom. Hier herrschte nur gähnende Gleichgültigkeit.

Endlich hörte ich ein Schlurfen, das auf unsere Tür zukam. Ein Arzt schaute rein. Er wäre bestimmt nicht so langsam unterwegs, wenn *sein* Vater in der Kabine gelegen hätte.

Er fragte meinen Vater, wann das angefangen hätte, aber mein Vater sagte nichts, wahrscheinlich dachte er nach. Der Arzt wandte sich an mich: »Du sprechen Deutsch?«

Ich nickte.

Er sah sich den Zettel mit den EKG-Linien an.

Der Arzt stellte mir Fragen. Er sprach laut und falsch: »Wann das so? Er nehmen Me-di-zin? Ha-ben Pro-ble-me mit Bauch? Ma-gen? Ma-gen-ge-schwüre? O-pe-ra-tion?« Er bewegte seine Finger wie eine Schere.

Ich beantwortete alles.

Er sagte, dass mein Vater einen Herzinfarkt gehabt hatte und sie ihn auf die Intensivstation bringen würden, um das Blut zu verdünnen.

Herzinfarkt? Starben nicht die meisten Leute nach einem Herzinfarkt?

Zum Schluss sagte der Arzt, ich solle der Schwester die Krankenkasse meines Vaters nennen und ihr noch andere Informationen geben wie Adresse, Alter, Gewicht: »Das seeehr wich-tig!« Er stand auf und verschwand.

Zwei Schwestern kamen und schoben meinen Vater weg, ich solle ruhig nach Hause gehen. Ich wollte etwas zum Abschied sagen, aber mir fiel nichts ein. Sie gingen den Gang immer weiter. Ich sah ihnen hinterher. Am Ende bogen sie um die Ecke.

An der Theke erinnerte ich mich an meine Aufgaben und leierte die Daten meines Vaters herunter. Zum Schluss fragte ich, wann ich ihn besuchen könnte.

»Morgen Vormittag«, sagte die Schwester und erklärte mir, wo die Intensivstation war.

Ich verzog die Mundwinkel, was ein Abschiedsgruß sein sollte, und ging. Mir kamen Ärzte, Schwestern und normale Leute entgegen. Es schien für sie nicht mitten in der Nacht zu sein. Im grellen Flurlicht war die Tageszeit sowieso egal. Ich ging immer weiter, kam an einer Tür an und zog sie auf. Mir wehte wieder die warme Sommerluft entgegen und ich sah den schwarzen Himmel.

Ein Krankenwagen stand mit offenen Hecktüren da und ich dachte: Das sieht viel einladender aus als eine Rückbank. Hier drin hätte mein Vater nicht die Beine anwinkeln müssen.

Als der Parkplatz hinter mir lag, ging ich die Straße hinunter.

Ich machte einen Schritt nach dem anderen und entfernte mich von den Krankenhauslichtern. Irgendwann wurde die Straße wieder bewohnter. Häuser standen dicht an dicht. Zugleich war es hier stiller. Das gelbe Licht der Straßenlaternen fiel nur auf den Bürgersteig. Die Fenster der Häuser blieben dunkel. Auf einer Fensterbank saß eine graue Katze, die tagsüber bestimmt weiß war.

Das Dahinziehen der Straßen merkte ich nicht. Ich merkte erst, wo ich war, als ich den Korb sah. Ich war an der Berliner

Straße angekommen. Der Korb befand sich noch an derselben Stelle. Daneben die umgekippte Porzellanschüssel mit dem gebratenen Reis. Ich beugte mich hinunter, nahm die Schüssel und wollte den Rest auch auf den Bürgersteig auskippen. Plötzlich dachte ich: Das Essen *in* der Schüssel ist doch noch gut!

Ich stellte sie wieder in den Korb.

~

Ich stand im Wohnzimmer. Wie ich die Tür aufgeschlossen hatte, wie ich durch den Flur gekommen war, wann ich die Lichter eingeschaltet hatte, das wusste ich alles nicht mehr. Mein klopfendes Herz sagte mir aber, dass ich das Treppenhaus hochgerannt sein musste.

Ich stellte den Korb ab, nahm die Schüssel raus, griff mir einen Löffel und setzte mich. Dann schob ich mir den gebratenen Eierreis in den Mund und auch das Gemüse mit Tofu. Ich machte immer weiter.

Es war zwar einiges herausgefallen – trotzdem war das Essen zu viel. Vielleicht war es aber das letzte, was mein Vater für mich gekocht hatte, und das musste gegessen werden.

Der Fernseher lief. Ich erinnerte mich nicht, ihn eingeschaltet zu haben. Ich starrte auf die Scheibe. Irgendjemand quatschte. Die Bilder blieben außen vor, sie spielten sich vor meinem Gesicht ab und drangen nicht in meinen Kopf. Ob der Tofu nach Tofu schmeckte, nahm ich auch nicht wahr. Es hätte genauso gut

Rindfleisch sein können. Es war Reis, es waren keine Nudeln, aber ob Reis oder Nudeln – war das jemals wichtig gewesen? Lebte mein Vater überhaupt noch? Der Essensbrei kam hoch. Ich spürte schon ein Drücken im Hals, und im Mund sammelte sich Speichel an, ich versuchte ruhig zu atmen.

Als das Essen wieder nach unten gesunken war, ging ich mit der Schüssel in die Küche und stellte das Radio an.

Ich stellte mich vor die Spüle, steckte den Gummistöpsel rein und drehte am linken Griff. Das dampfende Wasser floss in das Becken. Den rechten ließ ich unberührt.

Der Radiosprecher sagte nichts mehr. Eine Zeit lang war Stille. Ich drehte das Wasser ab. Rhythmische Gitarrenklänge setzten ein, ein Flüstern, Schlagzeug, Bässe, hohe Geigen und schließlich die zerbrechliche Stimme von Robert Smith: *On candy stripe legs the Spiderman comes softly through the shadow of the evening sun ...*

Aus dem Becken dampfte es, als sei es ein nebelverhangener Teich im Herbst. Ich sah darin das weiße Gesicht von Robert Smith in dem Video *Lullaby*.

Als meine Hände dort eintauchten, verschwand das Gesicht. Ich nahm einen Teller vom Stapel, griff den Schwamm, der im Wasser herumtrieb, und presste ihn auf dem Teller aus.

*... I'm being eaten by a thousand million shivering furry holes ...*

Ich nahm mir den nächsten und tauchte ihn immer wieder unter Wasser.

*... and I know that in the morning I will wake up in the shivering cold ...*

Die eingetrocknete Soße wollte sich nicht lösen. Ich ließ den Teller im Wasser treiben. Er war schwer und sank.

Ich nahm mir den nächsten Teller und versprach: Wenn mein Vater weiterleben sollte, würde ich das Geschirr immer sofort spülen. Es sollten sich auch keine Wäscheberge mehr ansammeln. Ich versprach, jedes Wochenende im Restaurant zu kellnern, damit mein Vater mal freihatte. Ich versprach, täglich drei Räucherstäbchen anzuzünden, und nahm mir den nächsten Teller. Das dampfende Wasser umströmte meine Hände.

*… the Spiderman is always hungry …*

Am Ende wurde Robert Smith von einer riesigen Spinne aufgefressen.

Nachdem das Wasser abgeflossen war, fischte ich die Essensbrocken aus dem Becken und ging ins Wohnzimmer. Meine Hände waren jetzt rot. Das war doch die Glücksfarbe der Chinesen.

Ich räumte den Tisch frei, kurbelte ihn hoch und bügelte. Ein Hemd nach dem anderen, die Hosen, die Sweatshirts.

Als keine Wäsche mehr da war, holte ich einen Lappen, kletterte auf einen Stuhl und wischte ganz oben auf dem Wandschrank. Dicke Staubwolken kamen herunter. Ich arbeitete mich nach unten durch.

In einem Regalbrett standen drei Porzellanfiguren mit langen Bärten in bunten Gewändern. Sie hielten irgendwelche Dinge in den Händen.

Ich fragte mich, ob es die Heiligen Drei Könige in chinesischer Version waren. Zwei hatten schwarze Bärte, einer hatte einen weißen Bart. Das Gesicht des Weißbärtigen war kindlich. Alle drei Figuren waren reich verziert und es dauerte bei ihnen besonders lange, den Staub abzuwischen.

Schließlich nahm das Tuch nichts mehr auf. Der Staub wirbelte nur noch herum und ließ sich einfach woanders nieder.

Langsam wurde es hell. Ich stellte mich ans Fenster und schaute mir den Himmel an. Er war noch dunkelgrau, durchzogen von einigen graublauen Streifen.

Bald wurde es Zeit, ins Krankenhaus zu gehen. In eine große Sporttasche packte ich Unterwäsche, Schlafanzüge, Socken, Handtücher, Zahnbürste, Shampoo und Seife.

Hatte ich wirklich an alles gedacht? Ich lief durch die Wohnung und schaute in die Regale, bis die Drei Könige mir wieder begegneten. Sie schienen mir mit ihren Blicken gut zuzureden. Ich griff mir den Weißbärtigen mit dem kindlichen Gesicht und wickelte ihn in ein Handtuch. Dann nahm ich ein paar Sachen aus der Tasche, legte ihn hinein und packte die Sachen wieder obendrauf. In der Mitte war er gut aufgehoben.

Aus den anderen Wohnungen kamen die ersten Geräusche. Toilettenspülungen, Türenknallen.

Bevor ich ging, sah ich mir noch einmal jeden Raum an: das Wohnzimmer, die Küche, mein Zimmer, das Zimmer meines Vaters, sogar das Badezimmer. Es hatte mir nie Freude bereitet, nach Hause zu kommen. Ich hatte alles immer nur schäbig gefunden. Nun bekam ich aber Angst, all das zu verlieren.

Draußen war der Himmel ganz grau geworden, die blauen Streifen waren nicht mehr zu sehen. Kalter Wind blies mir ins Gesicht. In der menschenleeren Fußgängerzone gab es zu viele stumme Geschäfte.

~

Ich ging durch die Eingangshalle ins Krankenhaus und stieg in den Fahrstuhl. In einer seltsamen Morgenstimmung stand ich zwischen seifig duftenden Krankenschwestern, krank riechenden Patienten und einem Rollstuhlfahrer am Tropf. Die Flasche hing hoch oben an einem Metallständer. Ich beobachtete, wie die Flüssigkeit in den durchsichtigen Schlauch hineintropfte. Da tauchte der Satz in meinem Kopf auf: Das Leben hängt an einem seidenen Faden.

Der Fahrstuhl hielt und ich stieg aus. Der Flur wirkte, als läge er unter der Erde. Es gab einen Eingang mit zwei Türen.

Der Raum war riesengroß und voller Maschinen. Er hatte die Atmosphäre einer Reparaturwerkstatt. Es roch aber nicht nach Öl, sondern nach Desinfektion. Die Patienten waren an verschiedenen Stellen platziert. Fast alle schliefen oder waren bewusstlos. Sie hingen an Schläuchen und bunten Kabeln. Manche Geräte glucksten und blinkten ständig.

Mein Vater lag im Bett und kam mir viel kleiner vor als sonst.

»Hast du schon Reis gegessen?«, fragte er.

Ich antwortete, ich hätte schon gegessen, und fragte ihn: »Wie ist es?«

Und er antwortete: »*Hou* – gut.«

Von seiner Bettdecke ging ein dickes Kabel hoch zu einem Monitor. Neunzig Pulsschläge zeigte es an und die EKG-Wellen schwammen immer neu herein.

Gestern hatte ich mich noch selbst bemitleidet: Ich armes Mädchen, wenn Bela sich nicht meldet, werde ich nie wieder glücklich sein und dann – mein Vater fragte mich, ob ich nicht in die Schule müsste. Heute könne er vermutlich nicht ins Restaurant gehen. Sein Gesicht wurde ganz ernst.

»In ein paar Tagen sind Ferien«, sagte ich. »Wir machen nicht mehr viel.«

Er bestand darauf, dass ich trotzdem zur Schule ginge, und übergab mir gleichzeitig den Restaurantschlüssel.

Eine Schwester kam. »Herr Tu«, sagte sie, »Sie sind stabil. Sie werden jetzt auf eine andere Station verlegt. Auf die Innere.«

Was meinte sie mit »stabil«? Und was meinte sie mit »Innere«?

Im Zimmer angekommen, rief die Schwester dem Mann am Fenster zu: »Herr Schmidt, das ist Herr Tu, ihr neuer Zimmernachbar.«

Der Typ sah fies aus.

»Tag«, nuschelte ich, aber er antwortete nicht.

Während ich die Sachen meines Vaters in den Schrank packte, sagte mein Vater: »*Gogo Gwai Lou houssi hm djungi ngo.*«

*Gwai* bedeutet »Gespenst« oder »Geist«. Ich finde »Gespenst« passender, denn Gespenster sind körperlicher. Sie spuken um einen herum. Wörtlich heißt *Gwai Lou* »Gespenstermenschen«. (Mehrzahl und Einzahl sind im Chinesischen gleich und werden nur durch den Zusammenhang bestimmt.)

Vom Sinn her meinte es »die Weißen«. Mein Vater hatte gerade gesagt: »Dieser Gespenstermensch mag mich anscheinend nicht.«

Er redete ständig über Anwesende auf Chinesisch und meinte, sie würden das nicht merken. Er fühlte sich so sicher in seinem Chinesisch, dass es ihm gar nicht auffiel, wenn er dabei auf die entsprechenden Leute zeigte. Manchmal stellte ich mir vor, wie jemand meinen Vater anblaffte: »Ich hab genau verstanden, was Sie über mich gesagt haben!«

~

Vor der Schule war alles still. Der Lehrerparkplatz war bis auf den letzten Platz gefüllt. Alle befanden sich schon längst in den Klassenräumen. Die Schüler saßen auf ihren Plätzen, die Lehrer standen vor der Tafel.

Erst jetzt merkte ich, dass meine Schultasche zu Hause war.

Der Pausengong ertönte. Drei Töne, die eine Tonleiter hinabfielen. Sie klangen seltsam hohl. Ich kehrte um, bog rechts ein und ging an der Musikschule vorbei, aus der noch keine Töne drangen.

Ich stand vor der Theke und wartete. Etwas Sorgen machte ich mir schon. Ich hatte zwar oft zugeschaut, ich wusste auch, wie alles ablief, aber ich hatte noch nie wirklich gekellnert.

Kurze Zeit später trudelten endlich Ling und Bao ein. Bao ging in die Küche und kam wieder raus.

»Wo ist dein Vater?«, fragte er und ich sagte: »Krank.«

»Was ist mit ihm?«, fragte Bao weiter.

Er war doch nur beleidigt, weil nichts vorbereitet war.

Drei Männer in Jeans und Hemd kamen rein. Sie setzten sich nach draußen, auf die Terrasse. Ich brachte den Gästen die Karte, sie sagten nichts. Erst als ich wegging, meinte der Fette zu seinen Kollegen: »Na endlich 'n bisschen Frischfleisch.« Daraufhin gabs dreckiges Gelächter.

Ich beobachtete die drei durch die Scheibe. Es war etwas ganz anderes, ob man beim Kellnern zusah oder es selbst machen musste. Als sie die Karten zuklappten, fühlte ich mich, als müsste ich in der Mathestunde an die Tafel und eine mir völlig unbekannte Aufgabe lösen.

Alle wollten Fleisch. Schweinefleisch mit Hoisin-Soße.

Sie bestellten Bier und eine Frühlingsrolle dazu.

Der Blödmann sah an mir hoch und runter und sagte: »Und mit viel Fleisch!«

Die drei lachten wieder.

Als alle Gäste gegangen waren, versuchte ich die Einnahmen zusammenzurechnen. Hatte mein Vater nicht einen Taschenrechner gehabt? Wo war er? Ich kramte in den Schubladen. Bao kam durch die Schwingtür und rief auf Chinesisch: »Essen!«

»Gut«, gab ich zurück.

»So ist es nicht«, sagte er. Er hatte sich gegen die Wand gelehnt und eine Hand in seine schwabbelige Hüfte gestemmt. »Dein Vater macht uns das Essen immer.«

»Du bist der Koch.«

»Nicht für das eigene Essen.«

»Mein Vater ist aber nicht da«, sagte ich.

»Dann musst du das jetzt machen.«

»Na klar.« Der Taschenrechner musste doch irgendwo sein!

»Wir bekommen immer mittags und abends unser Essen, das gehört dazu«, sagte Bao.

Ling wischte an der Theke rum. Bao stand immer noch angelehnt da, lässig wie ein Angeber.

Ich sagte: »Mach nur dir und Ling was zu essen. Ich hab keinen Hunger.«

Ling ging mit Bao in die Küche und ich versuchte schon wieder, die Einnahmen ohne Taschenrechner zusammenzurechnen. Meine Gedanken schweiften aber immer wieder ab. Ich schaute noch mal in alle Ecken und kramte endlos weiter. Wusste Ling vielleicht, wo der Taschenrechner war? Ich drückte die Schwingtür auf und ging in die Küche. Die beiden saßen ganz hinten vor dem großen Fenster. Warum aßen sie nicht draußen? Ling sah mich und zuckte zusammen. Bao stopfte sich gerade eine große Garnele in den Mund.

Ling stand auf und sagte: »*Bao.*«

Er meinte aber nicht Bao, sondern »bao«, was »satt« hieß. Das »satt-bao« wurde am Ende hochgezogen.

Bao nahm Lings Schüssel und kippte den Inhalt in seine eigene. Den Rest kratzte er noch mit seinen Stäbchen aus. Ling hastete an mir vorbei.

Ich blieb vor Bao stehen, aber das störte ihn nicht. Er aß ohne Eile weiter. Schließlich stand er auf, ging an mir vorbei und stellte die Schüssel in die Spüle zu dem restlichen schmutzigen Geschirr.

Ich rief: »Warte!«

Bao setzte sich in Bewegung und ich krallte meine Finger in sein T-Shirt. Er griff mit seinen dicken Händen meinen Arm. Ich spürte die Schwielen.

Er motzte: »Ist bei dir die Sicherung durchgebrannt?«

»Iss keine Garnelen mehr! Und spül ab!«

Ich wollte noch viel mehr sagen. Dass er faul war. Dass er meinem Vater schon lange genug auf der Nase herumgetanzt war. Und ich wurde noch wütender – aber auf mich, weil mir nicht einfiel, was »auf der Nase rumtanzen« auf Chinesisch hieß.

»Du Riesenarschloch!«, brüllte ich stattdessen auf Deutsch.

Er brüllte auf Chinesisch zurück. So laut konnten nur große dicke Männer brüllen, genauso wie nur große Hunde richtig laut bellen konnten.

Manches verstand ich nicht. Das, was ich verstand, war: Ich sei ein kleines Mädchen, könnte ihm gar nichts sagen, hätte nur ein großes Maul.

Er ließ meinen Arm los, stieß die Tür auf und war weg. Die Tür schwang noch lange hin und her.

~

Ich kam ins Zimmer und mein Vater fragte: »Hast du schon Reis gegessen?«

Gedankenlos antwortete ich: »Bao ist ein schlimmer Kerl.«

Mein Vater richtete sich auf und ein kleines Säckchen fiel aus seinem Bett.

Ich lief zum Bett und hob es auf. Es war schwer, bestimmt mit Sand gefüllt.

»Das muss auf das Bein«, sagte er.

Er zog die Decke hoch und zeigte auf die Stelle, wo auch noch eine Lage Tupfer drauf lag.

»Sie sind da rein und haben vom Bein aus ein Kabel bis zum Herzen geschoben.«

Wie sollte das gehen? Ein Kabel vom Bein bis zum Herzen? Ich legte den Sandsack auf die Tupfer. Dabei wurde mir schwindelig. Ich schwankte weg und setzte mich auf einen Stuhl.

»Was ist mit Bao?«, fragte er.

Meine Beine fühlten sich an wie Pudding und meine Arme jetzt auch.

Ich sagte: »Er kocht sehr gut.«

Mein Vater nickte zustimmend und schlief ein.

Zurück im Restaurant, setzte ich mich nicht auf die Terrasse, sondern stellte drei Stühle zusammen, zog meine Schuhe aus und legte mich hin.

Ich hörte das Brummen des Kühlschranks. Warum war gestern Nachmittag noch alles in Ordnung gewesen und jetzt nicht mehr? Wie sollte es weitergehen? Obwohl ich nur heute in der Schule gefehlt hatte, kam mir diese Welt so weit weg vor. In der Klasse sitzen, den Lehrern zuhören, auf die Tafel starren, in den Pausen mit Sarah und Micha rumquatschen. Würde Sarah überhaupt mit mir sprechen? Hatte er im Bus wieder vor ihr gesessen? Bela. Der war auch so weit weg.

Irgendwann war es halb sechs und ich stand auf.

Heute Abend waren nur sechs Gäste gekommen. Ich versuchte gar nicht die Beträge zusammenzurechnen. Das wäre jetzt schnell gegangen, aber ich wollte die Summe nicht schwarz auf weiß sehen.

Um elf ging ich in die Küche. Bao saß auf einem Hocker und las die *Tsing Tao Daily*. In der Spüle stand das schmutzige Geschirr. Vorhin hatte ich mir noch gesagt: Spül einfach selber ab, du brauchst nicht noch mehr Ärger.

»Du wäschst die Schüsseln«, sagte ich. »Schüsseln waschen« war die chinesische Formulierung für abspülen.

Er schaute genervt auf. Ich hörte das Telefon klingeln, rannte raus und nahm ab.

»Hast du schon Reis gegessen?«, fragte mein Vater.

»Warum spült Bao nie ab?«, fragte ich gedankenlos.

»Was sagst du?«

»*Mou jäh* – kein Ding«, sagte ich schnell. »Kein Ding« bedeutete »nichts«.

Ich fragte ihn ebenfalls, ob er gegessen hätte, obwohl es schon fast Mitternacht war.

Mein Vater antwortete, er hätte schon gegessen, und sprach weiter. Wegen des »Sunheiam« müsse die Küche sauber sein.

Wahrscheinlich gab es im Chinesischen kein Wort für »Gesundheitsamt«.

Es solle kein Hackfleisch herumliegen, ich müsse auf die Gummidichtung der Kühlschränke achten. Außerdem solle ich freundlich zu dem Mann vom Gesundheitsamt sein und ihm anbieten unsere Ente zu probieren. Auf Kosten des Hauses natürlich. Mein Vater sagte nicht »auf Kosten des Hauses«, er sagte, der Mann brauche kein Geld dafür zu zahlen. Und ich solle ihm eine Flasche Pflaumenwein schenken.

»Ich muss dir etwas sagen«, flüsterte er in seltsamem Ton. »Ling ist soundso bei uns.«

Das »soundso« hab ich mir ausgedacht. Jedenfalls kannte ich das Wort nicht.

»Was ist mit Ling?«, fragte ich.

Ling wischte nervös die Theke, obwohl sie schon blitzblank war. Die Gläser hatte er schon alle gespült und poliert.

»Wenn die *Po-li-sai* kommt«, mein Vater flüsterte immer noch, »und du siehst sie auf der Straße kommen, soll er durch den Keller hinten raus.«

Was sollte das denn jetzt schon wieder?

»Wenn keine Zeit bleibt«, hörte ich weiter, »sag der *Po-li-sai*, Ling ist bald dein Ehemann.«

Ich musste lachen. Wovon sprach er bloß?

Ling schaute noch nervöser.

»Verwandte dürfen im Geschäft helfen«, erklärte mein Vater weiter. »Teile ihm das jetzt mit.«

Ich musste wieder lachen und sagte zu Ling: »Du bist bald mein Ehemann.«

Ling schlug die Augen nieder, blickte auf das Putztuch in seiner Hand und wurde knallrot.

»Er hat keine Erlaubnis zu arbeiten«, sagte mein Vater. »Aber –«

»Hör auf zu sabbeln!«, hörte ich im Hintergrund.

»Was Sie sagen?«, fragte mein Vater. Irgendwas schepperte auf den Boden. Die Verbindung war tot.

»Hallo!«, rief ich in den Hörer. »Hallo? Hallo?«

Hatte jemals eine Leitung wieder funktioniert, wenn man »Hallo, hallo?« in den Hörer rief?

Das hatte man nur aus dummen Filmen, in denen die Leute

noch verzweifelt weiter »Hallo, hallo!« in den Hörer riefen. In Wirklichkeit gab es überhaupt keine Störungen in der Leitung.

Ich legte auf, ging um die Theke herum und stieß die Schwingtür zur Küche auf. Fast wäre sie gegen Bao geknallt. Er stand wie angewurzelt da.

»Du gehst sofort«, sagte ich.

»Ich hab noch nicht gegessen.« Er verschränkte seine dicken Arme.

»Geh raus!«, brüllte ich und er war so überrascht, dass er wirklich ging.

Ich scheuchte auch Ling nach draußen und schloss hinter uns die Restauranttür ab.

Die beiden blieben vor dem Restaurant stehen und ich lief Richtung Bahnhof.

Der Taxifahrer stand rauchend vor seinem Wagen, warf aber die Zigarette weg, als ich angelaufen kam.

Eine Frau fragte durch die Sprechanlage: »Worum gehts?«

Was sollte ich sagen? Dass der Zimmergenosse meines Vaters ein Arschloch war? Deswegen ließ man mich so spät bestimmt nicht rein. Auf einmal erinnerte ich mich an das Gesicht des Weißbärtigen. Er lächelte mich zuversichtlich an.

»Mein Vater liegt auf Station 2. Die Schwester hat angerufen, ich soll sofort kommen. Ihm gehts gar nicht gut!«

Die Tür öffnete sich.

Es schien grelles Licht. Es war still. Hinter der Glasscheibe des Schwesternzimmers saß niemand. Der Gang kam mir vor wie in einem Horrorfilm. Die Leute warteten ängstlich auf den Kettensägenmann. Alles sieht leer aus, alles ist ruhig, aber er ist hier. Er steht hinter der nächsten Ecke und er wird dich kriegen. Er kriegt alle, außer der schönsten Frau und dem mutigsten Mann.

Ich hörte meine eigenen Schritte zehnmal lauter als sonst.

Mein Vater lag im Zimmer 208, ganz hinten im Flur.

Ich ging weiter. Endlich kam ich vor der Tür an. Ich umfasste die schwarze Türklinke und zögerte.

Schließlich gab ich mir einen Ruck.

Der dicke Mann saß auf der Bettkante. Sein knappes T-Shirt bedeckte seine behaarte Wampe nicht ganz.

Er starrte mich an, als sei ich ein Gespenst.

Mein Vater saß aufrecht in seinem Bett. Er war auch überrascht mich zu sehen, aber er wusste, dass ich kein *Gwai* war.

»Ach Gott«, stöhnte sein Bettnachbar jetzt und fuhr sich über die Halbglatze.

Ich ging zum Bett meines Vaters und blieb am Fußende stehen. Der Weißbärtige mit dem Kindergesicht lag auf dem Boden. Ich hob ihn auf und auch seinen abgebrochenen Stab. Die kleineren Splitter ließ ich liegen.

Den Stab legte ich auf den Nachttisch und drückte meinem Vater den Weißbärtigen in die Hand. Ich fragte meinen Vater, ob dieser *Gwai Lou* die Sachen runtergeworfen hatte. Drüben stöhnte der Spinner wieder genervt auf. Am liebsten hätte ich ihm eine geknallt.

»*Hm hai*«, sagte mein Vater und klärte mich auf, dass der *Gwai*

*Lou* nach dem Telefon gegriffen habe und im Gerangel sei auch die Figur runtergefallen.

Mein Vater betrachtete den Weißbärtigen und sagte: »*Lan djo* – kaputtgegangen.«

»Hört auf zu sabbeln!«

Der Spinner schlüpfte in seine Pantoffeln und erhob sich. Er kam auf mich zu. Dann ging er aber an mir vorbei und motzte, er würde sich jetzt beschweren.

Plötzlich stand mein Vater neben mir. In der einen Hand hielt er immer noch den Weißbärtigen. Er stellte ihn auf den Nachttisch und stieg wieder ins Bett.

»Er ist allein«, sagte er.

Eigentlich sagte mein Vater nicht »allein«. Er sagte, er sei ein »einzelner Mensch«, aber das bedeutete »allein«. Ein extra Wort gibt es dafür nicht.

Ich fragte mich, ob er den *Gwai Lou* damit entschuldigen wollte.

Ich zitterte immer noch vor Anspannung.

»Er muss zu den anderen zwei zurück«, sprach mein Vater weiter. »Die drei gehören zusammen.«

Ach so, er sprach von dem Weißbärtigen.

Wir schauten beide eine Zeit lang stumm durch die Gegend, bis mein Vater sagte: »Geh nach Hause und ruh dich aus.«

Als ich den Flur zurückging, war es genauso so still wie vorhin. Ich dachte: Die Gespenstermenschen passen so gut hierhin, nachts in einen langen Flur.

Der Fahrstuhl kam.

Unten in der Halle fiel die Anspannung von mir ab. Meine Beine machten schlapp. Ich schlurfte nur noch.

»Herzliches Beileid!«, hörte ich die Frau vom Nachtschalter rufen.

Automatisch antwortete ich: »Guten Appetit!«

~

Ich schaute mich um. Seit ich die Regalbretter abgestaubt hatte, wunderte ich mich, dass ich die Dinge vorher nie wirklich gesehen hatte, obwohl sie mich mein ganzes Leben lang umgeben hatten.

Die drei Könige waren schon immer auf ihrem Platz gewesen, aber ihre freundlichen Gesichter waren mir nie aufgefallen.

Man interessierte sich wohl mehr für die Fernsehbilder. Die bewegten sich. Ich schaute von der Schrankwand zum Fernseher. Ich musste ihn irgendwann eingeschaltet haben. Die Menschen auf dem Bildschirm sahen unechter aus als die zwei Götter. Die Menschen liefen viel zu schnell und schnitten übertriebene Grimassen.

Das Telefon klingelte. Ich sah auf die Uhr. Es war schon zwei.

Ich griff den Hörer.

»Tu?«, sagte ich.

»*Hai ngo* – ich bins«, sagte mein Vater.

Ich lauschte angestrengt, ob sein Zimmernachbar wieder etwas sagte, aber es war still.

»Holst du mich morgen ab?«, fragte er. »Die Schwester sagt, ich kann nach Hause.«

Mitten in der Nacht erzählte man ihm, dass er morgen entlassen würde? Warum? Weil der Zimmernachbar sich beschwert hatte?

»Die Schwester sagt, sie weiß noch nicht, um wie viel Uhr«, sagte mein Vater. »Aber es muss früh sein. Sonst bleibt das Restaurant so lange geschlossen. Das geht nicht.«

»Wir können ein bisschen später öffnen.«

»Nein«, sagte er. »Ich gehe um zehn Uhr.«

Nach dem Gespräch legte ich mich aufs Sofa. Ich war zu müde, um ins Bett zu gehen. Eigentlich mochte ich es nicht, auf Leder zu liegen und die tote Haut zu riechen.

Ich öffnete die Augen und schaute auf das breite Fenster.

Wenn ich im Sommer von der Schule kam, standen die Hausfrauen auf einem Stuhl und putzten die Fenster. Manchmal wehte der Duft vom zitronigen Wischwasser bis auf den Bürgersteig. Mein Vater putzte nie die Fenster und ich auch nicht. Komischerweise musste ich wieder an Bela denken. Er wohnte bestimmt in einem Haus mit sauberen Fenstern.

Ich schwang mich auf.

Vor dem Fenster angekommen, zog ich die Gardinen zur Seite. Die Fensterbank war übersät mit Erdkrümeln, Staub, vertrockneten Blättern und toten Insekten. Ich holte den Staubsauger aus der Abstellkammer. Den kahlen Benjamin stellte ich auf den Boden.

Alles verschwand in dem schwarzen Rohr.

Ich steckte die Düse wieder rein und saugte den Boden, unter dem Tisch und auch unter dem Sofa, wo Essensreste, Socken und zwei Obstmesser lagen.

Plötzlich klingelte es an der Tür. Ich blieb reglos stehen, dann schlich ich durch den Flur. Es klingelte noch mal, jetzt klang es aber viel lauter. Durch den kleinen Türspion sah ich: Die Nachbarin von oben war es.

Kaum hatte ich die Tür geöffnet, schimpfte sie los: »Es ist mitten in der Nacht!«

Ich überlegte, ob ich mich entschuldigen sollte, da sprach sie auch schon weiter: »Ich schreibe einen Brief und beschwere mich bei der Wohnbau!« Sie tat so, als hielte sie ein Notizblock in der Hand und würde da etwas draufkritzeln. »Und euer Fernseher läuft auch immer in voller Lautstärke!«

Sie wartete. Ich wusste nicht, worauf. Schließlich drehte sie sich um und ging.

Ich rief ihr hinterher: »Dann schreiben Sie auch dazu, dass Ihr Hund aus dem Fenster kackt!«

Die Frau wirbelte herum. Ich schmiss die Tür zu, ging zurück ins Wohnzimmer und saugte weiter.

~

Im Flur kamen mir so viele Leute entgegen. Das krasse Gegenteil von gestern Nacht. Ich öffnete die Tür zu Zimmer 208. Der fiese Typ war nicht da und mein Vater auch nicht. Die Luft roch frisch, nicht so abgestanden wie sonst. Jemand zog an der Toilettenspülung. Die schmale Tür hinter dem Waschbecken öffnete sich und mein Vater kam raus.

»*Hai leij* – du bist es«, stellte er fest.

Er trug seine Hose und sein Hemd von vorletzter Nacht.

Ich hatte ihm nur Schlafanzüge und Unterwäsche mitgebracht, aber keine Kleidung für draußen.

Er sah genauso unfrisch aus wie ich. Ich hatte das Gefühl, dass man mit speckiger Kleidung kraftloser war. Sie zog einen runter. Man trug den Ballast der letzten Zeit noch mit sich rum.

Mein Vater hatte schon gepackt. Er hatte sogar sein Bett gemacht. Auf dem Nachttisch stand nur noch das Frühstückstablett. Ich sah die leere Butterfolie, die Krümel auf dem Teller. Etwas schwarzer Kaffee war noch in der Tasse.

»Die Butter liegt schwer im Magen«, sagte mein Vater. »Ich weiß nicht, wieso die *Gwai Lou* immer so viel Butter essen.«

»Wieso isst du sie dann?«, fragte ich.

»Und warum trinken sie so viel Kaffee?«, sprach er weiter. »Das ist nicht gut für den Magen. Viel zu sauer.«

»Wieso hast du nicht nach Tee gefragt?«

»Keine Umstände«, winkte er ab und schaute noch einmal in seinen Spind.

Die Tür ging auf und eine Schwester kam rein, um das leere Tablett mitzunehmen.

»Ich jes gehen«, sagte mein Vater.

Sie drehte sich mit dem Tablett in den Händen um. »Jetzt?«, fragte sie überrascht.

Mein Vater nickte.

»Der Doktor weiß nichts von einer Entlassung.«

»Ich gehen müsen«, sagte mein Vater. »Viele Albeit.«

»Ich hab doch gesagt, das geht jetzt nicht!« Das Gesicht der Schwester wurde fleckig wie rohes Hackfleisch.

Mein Vater nahm seine Tasche und öffnete die Tür.

Die Schwester stellte das Tablett wieder ab und quetschte sich an ihm vorbei: »Dann kommen Sie mit!«

Wir gingen hinter ihr her. Sie bog ins Zimmer mit der Glasscheibenfront ein und kam mit einem Zettel raus, drückte den meinem Vater in die eine Hand und in die andere Hand einen Kugelschreiber.

»Hier! Unterschreiben!«

Mein Vater hielt den Zettel gegen die Wand und setzte schon an, da überlegte er es sich doch anders. Er gab mir das Blatt und sagte: »Wir müssen das durchlesen. Man darf nicht alles sofort unterschreiben.«

Die Schwester zappelte ungeduldig herum.

Ich fing an zu lesen. Immer wenn die Schwester genervt aufstöhnte, fing ich wieder von vorn an. Nach einer Ewigkeit gab ich meinem Vater den Zettel zurück. Auf Chinesisch sagte ich: »Du kannst das unterschreiben.«

»Gefah?«, fragte er.

Man ging auf eigene Gefahr, so wie man im Winter manche Wege auf eigene Gefahr betrat und nachher nicht meckern durfte, wenn man ausrutschte.

Mein Vater legte das Blatt wieder an die Wand und kritzelte seine Unterschrift. Er schrieb seinen Nachnamen immer zuerst: »Tu Thien« wie »Müller Hans«.

Wir gingen zusammen am Wall entlang. Leichter Wind wehte. Die Sonne zeigte sich. Fahrradfahrer fuhren an uns vorbei. Mein Vater schien seine wiedergewonnene Freiheit zu genießen. Er schaute sich um, als sei er hier noch nie gewesen. Unter den Bäumen, die den Weg säumten, war es mal hell, mal schattig. Unten am Fluss gab es ein schmales Steinufer, das an manchen Stellen grasbewachsen war. Dann kam der rauschende Fluss mit seinem erdigen Wasser.

Ich stellte mir vor, wie es im Mittelalter hier gewesen sein mochte, mit Gauklern und Händlern auf Pferdekarren, die am Tag über die Brücke in die Welt hinausfuhren und abends alle zurückkehrten. Die Brücke wurde bestimmt nachts hochgeklappt. Die Stadt lag dann in ruhigem Schlaf. Beschützt durch das Wasser, das um sie kreiste.

Mein Vater schloss die Glastür auf. Er schaute sich die Tische an. Die Blumen standen noch dort. Ich hatte sie am Vorabend nicht eingesammelt.

Kurz darauf kam Bao. Er fragte, was los gewesen war, und mein Vater sagte: »*Mou jäh* – nichts.«

Mein Vater war nicht blass, nicht abgemagert, aber er sah trotzdem schlecht aus.

Es kamen Gäste.

Ich ging zu dem großen Porzellanelefanten, holte die Karten und brachte sie nach draußen auf die Terrasse. Als ich wieder reinkam, war der Fette mit seinen Kollegen gekommen.

Denk nur an das Geld, das sie hierlassen. Alles andere ist egal. Du bist nicht hier, um Spaß zu haben.

Ich grüßte ihn sogar, doch er ignorierte mich und grüßte nur meinen Vater. Seine Kollegen folgten ihm. Sie setzten sich auf die Terrasse. Mein Vater fragte mich: »Willst du ihnen nicht die Speisekarten bringen? Obwohl sie bestimmt schon wissen, was sie essen wollen: Schweinefleisch mit Hoisin-Soße. Das sind Stammgäste.«

Stammgäste waren die besten. Am allerbesten waren Stammgäste, die keine Spätgäste waren. Sie aßen etwas Teures und bestellten mindestens zwei Getränke. Sie ließen die Tischdecke sauber und zum Schluss gaben sie ordentlich Trinkgeld.

Jetzt kamen trotz des guten Wetters immer mehr Gäste und ich geriet so richtig ins Schwimmen. Wer hatte was bestellt? Wer wollte zahlen? Ich hörte nur noch »Ping, ping, ping«! Immer wieder stand Essen in der Durchreiche.

Ich sah zu meinem Vater, aber er hatte seine Lesebrille aufgesetzt und schaute in die Zeitung.

Irgendwie überstand ich die Mittagsstunden. Der Fette hatte keinen Spruch mehr abgelassen, alle hatten das richtige Essen bekommen.

Die Gäste waren gegangen. Ich wechselte noch ein paar Tischdecken aus. Mein Vater erhob sich endlich.

»Das Geschäft war heute nicht schlecht«, sagte er und ging in die Küche. Er bat Bao, Nudeln mit Schweinefleisch zu braten, und Bao motzte gar nicht.

Heute wollte mein Vater die Mittagspause zu Hause verbringen. Er würde staunen, wenn er sah, wie sauber nun alles war.

Ihm fiel aber nichts auf. Ich packte im Flur seine Tasche aus, nahm die Kleidung heraus, ertastete den Weißbärtigen mit dem Kindergesicht und freute mich, als würde ich einen alten Freund wiedersehen. Ich schmiss die Wäsche in den Korb und ging mit dem Weißbärtigen ins Wohnzimmer, um ihn zwischen seine beiden Freunde zu stellen. Den Stab legte ich zu seinen Füßen.

Mein Vater lag auf dem Sofa wie auf den drei Stühlen. Der Fernseher lief. Dabei schlief er besonders gut.

In den nächsten Tagen fragte ich mich, wie mein Vater das schon seit Jahren durchhalten konnte. Im Restaurant zu arbeiten war hundertmal anstrengender, als in der Schule zu sitzen. Jeden Abend fühlte ich mich wie von einer Dampfwalze überrollt.

Es wunderte mich gar nicht mehr, dass mein Vater zu Hause nur noch auf dem Sofa einschlief.

Ich dachte weiter über das Leben meines Vaters nach. Erst als er gesagt hatte, Onkel Wu käme zu Besuch, war mir aufgegangen, dass er keine Freunde hatte. Und jetzt, nach den endlosen Tagen im Restaurant, ging mir weiter auf, dass er auch sonst nichts hatte.

~

Ich war zum ersten Mal auf einem Flughafen. Eigentlich war es nicht das erste Mal. Aber an das frühere Mal konnte ich mich nicht erinnern.

Alles war so hektisch hier. Meine Stirn wurde schon ganz heiß. Zum Glück war ich nicht allein. Mein Vater war neben mir.

Ein Mann ging mit seiner kleinen Tochter auf dem Arm vor uns her. Auf einmal stieg ein Bild in mir auf. Wie ich in einer kalten Halle stand mit einem kleinen Stoffhasen in der Hand.

Ich drehte mich zu meinem Vater um.

»Früher«, sagte ich, »als wir hier angekommen sind.«

»*Meij jäh* – was?«, fragte er.

»Sind wir hier gelandet?«

Nach vielen Schritten antwortete er endlich: »Zuerst gab es einen Stopp in Neu-Delhi, von da aus sind wir nach Frankfurt geflogen und dann nach Düsseldorf.«

»Und dann?«, fragte ich.

»Sie haben uns mit einem Bus nach Unna gefahren, dann nach Herford. Zu einer Wohnung, die wir uns mit vielen anderen Flüchtlingen teilen mussten. Erst ein Jahr später haben wir unsere Wohnung bekommen.«

Ich wartete, dass er noch mehr erzählte, aber für ihn schien alles gesagt.

Die Menschenmenge wurde immer dichter. Mein Vater ging durch sie hindurch, als gäbe es einen unsichtbaren Gang. Woher wusste er, wo wir hinmussten?

Wir erreichten eine Stelle, an der Menschen auf andere warteten. Die Wartenden quiekten vor Freude auf, wenn sie ihre Angehörigen um die Ecke biegen sahen. Die Ankömmlinge wurden minutenlang geküsst und gedrückt.

Irgendwann kam ein Asiate mit einer Tasche und einem riesigen Koffer durch die Türen. Er blieb vor uns stehen.

Mein Vater hatte Onkel Wu seit dreizehn Jahren nicht mehr gesehen und begrüßte ihn mit den Worten: »Hast du schon Reis gegessen?«

Onkel Wu antwortete: »Im Flugzeug gab es etwas zu essen, aber es hat nicht geschmeckt.«

Er hatte einen Leberfleck auf der Wange, aus dem ein langes schwarzes Haar herauswuchs. Auf den Fotos hatte man dieses einzelne Haar nie gesehen. Es sah so hässlich aus. Wieso schnitt er es sich nicht ab?

Onkel Wu begrüßte mich mit den Worten: »Ah! Mui-Mui!«, was ein chinesischer Kosename war. Mein Vater hatte ihn früher benutzt, als ich noch klein war. Er hieß so viel wie »kleine Schwester«. Dabei hatte ich gar keine älteren Geschwister.

Auf der Heimfahrt konzentrierte sich mein Vater gar nicht mehr aufs Fahren.

Er unterhielt sich mit Onkel Wu. Er fragte viel, lachte viel. Obwohl Onkel Wu meinem Vater überhaupt nicht ähnelte, war durch das gleiche Lachen klar, dass die beiden verwandt sein mussten.

Hinten im Auto wurde mir immer schlecht. Und jetzt, wo mein Vater so komisch fuhr, überkam mich erst recht eine schlimme Übelkeit. Ich schloss die Augen, aber es wurde nur noch schlimmer.

Onkel Wu und mein Vater klangen komisch. Dieser ganze Tonfall, in jedem Wort steckte so viel Gefühl drin. Das Chinesisch meines Vaters hatte schon immer anders geklungen als meins, aber jetzt ging seine Stimme noch viel stärker rauf und runter, manches Wort wurde seltsam lang gezogen. Ich dachte an die EKG-Linien. Die beiden sprachen ähnlich wie diese Wellen, die ständig nach oben und unten ausschlugen. Meine Aussprache hingegen wäre nur eine gerade Linie gewesen.

Onkel Wu lobte die deutschen Autos. Mercedes sei sehr gut und in Australien unbezahlbar. Ein Mercedes sei so teuer wie ein ganzes Haus. Wir hätten ihn mächtig beeindrucken können, wenn wir einen gefahren hätten, aber wir fuhren einen alten Honda.

Onkel Wu wunderte sich, dass es kein Tempolimit gab und man so schnell fahren durfte, wie man konnte. Mein Vater trat nun das Gaspedal durch. Wenn er schon kein deutsches Auto fuhr, wollte er wenigstens zeigen, dass er schnell fahren konnte. Er sagte: »Man kann auch über zweihundert fahren.«

»Wie viel ist das in *miles*?«, fragte Onkel Wu.

»Das weiß ich nicht«, antwortete mein Vater. Er überholte die großen Laster und Reisebusse. Ich beugte mich nach vorn. Die Tachonadel blieb bei 160 km/h stehen. Mehr gab das Auto wohl nicht her. Mein Vater fuhr weiter auf der mittleren Spur, während links die wirklich schnellen Autos vorbeischossen.

Onkel Wu fragte: »Wie läuft das Geschäft?«

»*Hou*«, sagte mein Vater, was eine glatte Lüge war. Aber das hörte ich ihn ständig sagen, wenn er mit den Verwandten telefonierte. Alles lief immer gut.

Und wenn er einmal antwortete, alles sei Scheiße?

Ich wusste nicht, was »Scheiße« hieß. Ja, »Kacke« kannte ich, aber im Chinesischen konnte man das nicht so wie im Deutschen sagen, das hätte geklungen wie »Alles ist Stuhlgang«.

Als wir ankamen, sah Onkel Wu überrascht an unserem Hochhaus hinauf. Die Verwandten schickten immer Fotos von ihren Häusern, aber soweit ich wusste, hatte mein Vater noch nie Fotos von unserem Gebäude verschickt. Als ich klein war, hatte ich ihn gefragt, wieso wir nicht in so einem schönen Haus mit Garten wohnten. Mein Vater hatte gelacht. Zu zweit in einem Haus – das sei schlecht fürs Feng-Shui. Bei zu viel Raum für zu wenige Menschen würde sich das Geld verflüchtigen.

Onkel Wu schaute immer noch auf das Hochhaus und meinte: »Das Haus ist hässlich.«

Wir gingen hinein und blieben vor dem Fahrstuhl stehen. Mein Vater drückte auf den Knopf und lachte Onkel Wu verlegen an. Er sagte: »Der Fahrstuhl ist sehr langsam.«

Wir warteten. Zwei Nachbarn gingen an uns vorbei. Irgendwann gab mein Vater endlich zu, dass der Fahrstuhl nicht kommen würde, und erklärte: »Wir müssen Treppen steigen.«

Während wir uns die Stufen hinaufschleppten, stöhnte Onkel Wu, dass in Australien nie jemand Treppen steigen würde. In Australien seien fast alle Häuser ebenerdig. Die Häuser hätten auch keinen Keller.

Mein Vater sagte: »Kein Keller ist gut. Hier in Deutschland laufen die Keller immer voll Wasser, wenn es regnet.«

»Und warum haben die Deutschen dann Keller?«, fragte Onkel Wu.

Wir hatten ja auch einen Keller, wenn auch nur einen kleinen Verschlag.

»Die Deutschen stellen Dinge da rein, die sie nicht mehr brauchen«, sagte mein Vater.

»Wieso stellen sie die Dinge dann da rein, wenn sie die nicht mehr brauchen?«, keuchte Onkel Wu.

»Das weiß ich auch nicht«, antwortete mein Vater. »Im Keller ist es kalt.«

Ich schleppte Onkel Wus Koffer Stufe für Stufe hoch und verschnaufte zwischendurch. Von oben kam jemand mit lautem Klacken die Treppe herunter.

Das Gekläffe fing an und die Frau sagte: »Ach.«

Es war die Nachbarin von oben. Sie trug ihren Köter auf dem Arm.

»Allo«, sagte mein Vater und wollte weitergehen, merkte aber, dass die Frau was von ihm wollte.

»Ach«, sagte die Frau wieder. »Ihre Tochter saugt Staub, und das mitten in der Nacht!«

Mein Vater sah sie verständnislos an.

»Die Decken sind sehr dünn. Das wissen Sie doch?«

»Ja«, sagte mein Vater und machte einen Schritt auf die nächste Stufe.

»Moment!«, schrie die Frau, als sei er taub: »Ihre Tochter nachts viiiiel zu laut! Verstehen Sie? Vieeel zu laauut!« Sie bewegte ihre Hand so, als würde sie sich etwas in hohem Bogen aus dem Mund ziehen. Damit wollte sie wohl das »laaauut« meinem tauben Vater sichtbar machen.

»Ja, laut«, sagte mein Vater und ging weiter, Onkel Wu folgte ihm.

Die Frau sah mich an und verzog ihr faltiges Gesicht. Ihre gefärbten Haare machten sie auch nicht jünger.

In der Wohnung freute ich mich schon auf eine kalte Dusche, aber mein Vater sagte: »Wir müssen ins Restaurant, die Pause ist vorbei.« Er wandte sich an Onkel Wu: »Willst du dich von dem Flug ausruhen oder mit ins Restaurant kommen?«

Onkel Wu wollte mit. Er sei gar nicht *gum gui* – so müde –, er habe schon im Flugzeug geschlafen. Er stellte seine Sachen in mein Zimmer. Mein Zeug hatte ich aus dem Kleiderschrank geräumt und bei meinem Vater in den Schrank reingestopft. Ich hatte aufgeräumt, das Bett frisch bezogen und eine Flasche Wasser danebengestellt.

Onkel Wu sah sich um und entdeckte die Wasserflasche.

Mein Vater sagte: »Das ist deutsches Mineralwasser.«

Das erstaunte Onkel Wu.

»In Australien trinkt niemand *mineral water*«, sagte er. »Das ist sehr teuer. Alle trinken Tee, Sojamilch oder Orangensaft.«

»Die deutschen Männer trinken auch viel Bier«, sagte mein Vater. »Das deutsche Bier ist sehr bekannt. Aber es macht dick.«

Onkel Wu hatte die Wasserflasche an sich genommen und drehte sie in den Händen, als sei sie ein kostbares Gut. »Es sieht sehr gesund aus.«

Wir fuhren die kurze Strecke zum Restaurant, denn das Auto konnte nicht vor dem Haus im Parkverbot stehenbleiben.

»Sonst gehen wir immer zu Fuß. Es ist nicht weit weg«, sagte mein Vater.

Onkel Wu wunderte sich. Er fuhr überall mit dem Auto hin und kannte es nicht, zu Fuß zu gehen. Oft gab es noch nicht mal Bürgersteige. Bis zum Supermarkt seien es fünfzehn Minuten mit dem Auto und bis in die City über eine Stunde. Zu Fuß würde man sich ja tot laufen.

Zum Restaurant zu fahren dauerte sogar länger, als zu gehen. Man musste einen Umweg machen und an drei Ampeln halten.

Vor dem Restaurant beäugte Onkel Wu alles.

»Du musst unbedingt am Eingang zwei große Wächterlöwen aufstellen«, erklärte er meinem Vater, »damit das Restaurant beschützt wird. Die Straße macht eine Kurve, da muss erst recht etwas hin, um die Energie umzuleiten.«

»Löwen?«, fragte ich.

»Wächterlöwen sind eine Mischung aus Löwe und Drache«, sagte Onkel Wu. »Sie müssen an der Tür stehen und groß sein.« Er zeigte durch eine Geste, wie hoch sie sein sollten.

Wir gingen hinein. Onkel Wu beäugte den Raum.

»Im Raum fehlt Wasser.«

»Direkt hier nebenan fließt ein Fluss«, antwortete mein Vater.

»Den habe ich gesehen. Das Wasser ist schmutzig«, entgegnete Onkel Wu.

»*Hm hai ladja* – es ist nicht schmutzig«, sagte ich und beide guckten mich an, als hätte ich zum ersten Mal gesprochen. »Das ist nur Schlamm.«

»Das ist auch nicht gut«, sagte Onkel Wu. »Der Schlamm soll nicht mitfließen.«

»Ein Wasserhahn ist hinter der Theke«, sagte mein Vater, »und in der Küche ist auch Wasser.«

»Zeig mir die Küche«, sagte Onkel Wu und die beiden gingen hinein.

Aus der Küche hörte ich Onkel Wu etwas über einen Küchengott faseln, der uns fehlte. Man müsse ihn hoch oben platzieren, niemals unten. Er bräuchte schließlich den Überblick.

»Küchengott« fand ich ziemlich albern. Dann könnte es genauso gut einen Wohnzimmergott oder einen Toilettengott geben. Wie konnte man bloß mit so viel Aberglauben leben? Mein Vater war mir bis jetzt nicht so abergläubisch vorgekommen, jedenfalls machte er sich nichts aus schwarzen Katzen oder der Unglückszahl Dreizehn. Allerdings glaubte er an die Unglückszahl Vier. Im Chinesischen klang »vier« wie »sterben«. Die Acht war die Glückszahl. Sie klang so ähnlich wie »fat«, also nach etwas, das sich vergrößert. Meist verband man damit wachsenden Reichtum. Mein Vater erzählte einmal, dass in China jemand eine Menge Geld ausgegeben hätte, um dreimal die Acht im Kennzeichen zu bekommen. Wir hatten das Kennzeichen HF-HA 268.

»Eine Acht reicht«, hatte mein Vater gesagt.

Endlich kamen auch Bao und Ling. Bao ging grußlos an mir vorbei in die Küche und ich hörte, wie mein Vater ihm Onkel Wu vorstellte.

Bao tat so, als sei er ein netter Kerl, und Onkel Wu erzählte ihm nun auch von dem Küchengott. Ich hörte durch die Tür zu.

Nach Onkel Wus Erzählung war der Küchengott früher ein normaler Mann gewesen. Er hatte seine Frau verstoßen, um mit einer jüngeren durchzubrennen. Später wurde er arm und musste betteln gehen. Eines Tages bat ihn eine Frau herein und gab ihm in der Küche zu essen. Schließlich erkannte er, dass es seine erste Frau war, die ihn trotz allem nun gut behandelte. Er schämte sich so, dass er nicht mehr gesehen werden wollte. Als sie kurz aus der Küche ging, versteckte er sich im Küchenherd. Dort verbrannte er und ging in Rauch auf. Weil im Himmel jemand sah, dass dieser Mann seine Fehler bereute, wurde er zum Küchengott ernannt.

Einige Tage vor Neujahr musste man dem Küchengott besonders viel opfern, denn dann stieg er in den Himmel auf und berichtete darüber, wie die Menschen sich im letzten Jahr verhalten hatten.

~

Am Abend bemerkte Onkel Wu, dass in Australien die Chinarestaurants immer voll seien. Kein einziger Platz bleibe frei, aber hier komme ja kaum jemand. Dabei lief es heute Abend noch gut. Mein Vater versuchte alles zu beschönigen, es sei Freitag, da sei am wenigsten los (was nicht stimmte, Freitag war nach Samstag der beste Tag), die *Gwai Lou* seien in dieser Jahreszeit im Urlaub und im Fernsehen laufe bestimmt »Dellick«.

Onkel Wu ließ sich von den vielen Rechtfertigungen nicht beeindrucken: »Das Feng-Shui im Restaurant ist nicht gut.«

Bestimmt hat sich das Feng-Shui geändert, als ein paar Ecken weiter der China-Imbiss aufgemacht hat, dachte ich.

Als keine Gäste mehr da waren, holte mein Vater die Plastikdecke, kleine Suppenschüsseln, Stäbchen, einen Teller und eine Gabel und deckte den Tisch.

Mein Vater, Bao und Ling aßen immer aus den kleinen

Schüsseln. Die Gäste bekamen sie auch anstatt der Teller, wenn sie mit Stäbchen essen wollten.

Der Vorteil war, dass man sich die Schüsseln an die Lippen setzen konnte, um sich mit den Stäbchen Reis in den Mund zu schieben. Wenn Gäste mit Stäbchen essen wollten, ärgerte sich mein Vater. Sie ließen alles fallen, machten die Tischdecke schmutzig, und statt den Reis mit den Stäbchen zu schieben, versuchten sie ihn zu greifen, was immer zu Gelächter führte. Mein Vater sagte, er hätte die Gäste beobachtet. Sie stellten sich absichtlich schusselig an, damit es etwas zu lachen gab.

Eine Menge großer Schüsseln standen auf dem Tisch. Ente, Rindfleisch, Nudeln, sogar Garnelen. Das war wohl extra ein Festessen für Onkel Wu.

Ich stocherte mit der Gabel in meinen Nudeln und Onkel Wu fragte: »Wieso isst du mit einer Gabel?«

»Sie ist eine Banane«, sagte Bao verächtlich.

»Sei nicht so frech!«, gab Onkel Wu zurück und fragte mich: »Kannst du nicht mit Stäbchen essen?«

»Doch, das kann sie«, sagte mein Vater, »aber sie hat sich an die Gabel gewöhnt.«

»In Australien isst niemand im chinesischen Restaurant mit Messer und Gabel«, sagte Onkel Wu an mich gewandt. »Es sprechen auch alle besser Chinesisch als du.«

»Ich sag doch, sie ist eine Banane«, mischte sich Bao wieder ein.

»Sie ist hier aufgewachsen«, gab mein Vater tonlos zurück.

»Banane? Was soll das heißen?«, wollte ich wissen.

Mein Vater sagte: »Das ist nicht wichtig.«

»Du weißt nicht, was eine Banane ist?«, fragte Onkel Wu ungläubig. »Sie ist außen gelb und innen weiß.«

Ich fühlte mich seltsam getroffen. Onkel Wu sah mich immer noch ungläubig an. Mein Vater sagte: »Das Essen wird kalt«, und Onkel Wu schüttelte sich kurz, als würde er aus einem Traum erwachen. Er nahm sich Reis. Mein Vater sagte, wir sollten langsam essen.

Ling schlang alles in sich hinein und auch Bao aß viel, vor allem von den Garnelen. Wenn Onkel Wu ein deutscher Gast gewesen wäre, hätte er höflich gesagt: »Alles sehr lecker«, aber er verzog keine Miene. Nur einmal sagte er, das Rindfleisch sei zu salzig.

~

Auf dem Nachhauseweg machte ich mir immer noch Gedanken über das Bananensein. »Gelb« war sowieso eine doofe Bezeichnung. Welcher Idiot hatte sich das ausgedacht – dass Asiaten gelb waren, Europäer weiß und Afrikaner schwarz?

Ich hatte jedenfalls noch nie einen Asiaten mit gelber Haut gesehen. Bekamen nicht Leberkranke eine gelbe Haut? Wieso sollten alle Asiaten Leberprobleme haben? Und warum war ich nicht froh darüber, dass ich angeblich innen weiß war? Hatte ich mich nicht immer wie jeder andere hier gefühlt?

Onkel Wu dachte schon lange nicht mehr über die Banane nach, sondern redete davon, wie gefährlich es nachts auf den Straßen sei.

»Ist es in Australien so gefährlich?«, fragte ich.

Mein Vater sagte: »Bei Onkel Wu ist schon zweimal eingebrochen worden.«

»Bei Bat auch«, fügte Onkel Wu hinzu. »Und die Polizei kommt frühestens nach zwei Stunden. Beim letzten Mal habe ich den Einbrecher sogar gehört.«

»Was hast du dann gemacht?«, fragte ich.

»Ich bin ins Wohnzimmer gegangen. Wir haben gekämpft. Ich habe ihn geschlagen und er hat mich geschlagen.«

Ich wartete, dass er weitererzählte. Das konnte ja wohl nicht das Ende sein, aber Onkel Wu sagte nur noch: »Ihr solltet nachts wirklich nicht draußen sein.«

Onkel Wu wollte sofort ins Bett, die Zeitumstellung. Er ging nur noch vorher duschen.

Ich nahm mir eine Decke und ein Kissen aus dem Zimmer meines Vaters und legte mich auf das kühle Ledersofa.

Obwohl ich müde war, schlief ich nicht ein. Es fehlte der Abschaltknopf für meine Gedanken. Ich fragte mich, warum es mich so sehr störte, eine Banane zu sein. Schließlich war ich eine, denn ich sah wirklich anders aus, als ich innen war.

~

Am nächsten Morgen fühlte ich mich wie gerädert. Auf dem Sofa war ich alle fünf Minuten aufgewacht.

Als ich aus dem Bad kam, trat Onkel Wu aus meinem Zimmer. Er trug einen altmodischen Schlafanzug, wünschte mir einen guten Tag und wirbelte wie der frische Morgenwind an mir vorbei.

Nachdem mein Vater auch im Bad fertig war, saßen wir zu dritt im Wohnzimmer. Andere Leute hätten wohl Frühstück gemacht, aber mein Vater aß im Restaurant und mir fehlte vor der Schule immer die Zeit. Onkel Wu klatschte sich auf die Schenkel und sagte freudig: »Gut, lasst uns jetzt Tee trinken gehen.« »Tee trinken« war eine andere Formulierung für *Dim Sum* essen.

Mein Vater antwortete: »Hier gibt es keine *Dim Sum*-Restaurants.«

»Was?«, fragte Onkel Wu richtig entsetzt. »Ich dachte, nur *ihr* bietet es nicht im Restaurant an! Aber was sollen wir dann essen?«

Mein Vater dachte nach.

»Fu, Lu, Shou!«, rief Onkel Wu auf einmal aus.

»*Meij jäh* – was?«, fragte mein Vater.

»Du hast sie in deinem Schrank stehen, kennst sie aber nicht?«, fragte Onkel Wu entrüstet zurück.

Mein Vater sah auf die drei Könige.

»Ich habe mich nur nicht an die Namen erinnert«, sagte mein Vater. »Natürlich kenne ich sie.«

Onkel Wu stand auf und sah sie sich genauer an. »Shou sein Stab ist abgefallen«, stellte er fest.

Shou. Jetzt wusste ich endlich, wie der Weißbärtige hieß. Ich musste nicht mehr nur sein Aussehen beschreiben. Wenn man den Namen wusste, hatte man auf einmal das Gefühl, denjenigen zu kennen.

»Was macht Shou?«, fragte ich Onkel Wu. Was ich wissen wollte, war eigentlich: Wozu war es gut, ihn im Regal stehen zu haben?

»Langes Leben«, sagte Onkel Wu. »Seine Mutter hat ihn zehn Jahre in sich getragen. Als er geboren wurde, war er schon ein alter Mann.«

Wieso war man mit zehn Jahren schon alt? Jetzt wusste ich aber, dass ich richtig gesehen hatte: Sein Gesicht war kindlich, obwohl er glatzköpfig war und als Einziger einen weißen Bart trug.

»Wenn der Stab kaputtgegangen ist, wird das Leben dann kürzer?«

Onkel Wu ging zur Seite, damit er Shou nicht mehr verdeckte. »Da!« Er zeigte auf die andere Hand von Shou. »Dieser Pfirsich«, sagte Onkel Wu, »steht für ein langes Leben, nicht der Stock.«

Ich hatte immer gedacht, es sei die Erdkugel, und fragte mich nun, was ein Pfirsich mit einem langen Leben zu tun hatte.

»Und wofür ist der Stock?«, fragte ich.

Onkel Wu stand lange da und starrte auf Shou: »Vielleicht kann er sich damit gut abstützen. Die anderen beiden sind die Götter des Reichtums und des Glücks.«

Ich glaubte jedenfalls, dass Onkel Wu mit dem letzten Wort »Glück« meinte.

»Es ist also nicht schlimm, wenn der Stock abgefallen ist?«, fragte ich weiter.

Onkel Wu starrte wieder auf Shou und zupfte an dem langen schwarzen Haar, das ihm aus der Wange wuchs.

»Es ist nie gut, wenn etwas kaputt ist. Shou wird dich dafür aber auch nicht hassen. Er ist ein sehr freundlicher Gott. Und wenigstens ist der Pfirsich noch in seiner Hand.«

Mein Vater schien sich über Onkel Wus Ausführungen zu freuen, denn er hatte plötzlich die Spendierhosen an. Er erhob sich vom Sofa und sagte: »Gehen wir zum Klingenthal-Lestaulant.«

Das war ein vornehmes Café-Restaurant in der obersten Etage des großen Kleidergeschäfts in der Innenstadt.

~

Wir setzten uns ans Fenster. Von hier aus hatte man einen schönen Ausblick. Auch die Tische sahen interessant aus. Unter den dicken Glasplatten lagen Weizenbüschel.

Onkel Wu schaute in die Karte, obwohl er nichts verstand.

Ich sollte Onkel Wu die Speisen übersetzen. Ich sagte, es gebe Brötchen und Croissants, aber davon wollte er nichts wissen.

Er blätterte weiter und fragte, was die Nummer 26 sei. Das interessierte ihn, weil am Rand ein lachendes Schwein abgebildet war.

Ich sagte: »Schweinefleisch mit frittierten Kartoffeln.« Was ich meinte, war: Schnitzel mit Pommes, aber ich kannte das Wort für Schnitzel nicht.

Ja, das wollte Onkel Wu nehmen.

Am Nebentisch saßen zwei Damen. Die eine strich sich gerade mit einer eleganten Handbewegung Marmelade auf ihr Croissant. Beide schauten uns schon die ganze Zeit streng an.

Onkel Wu wollte doch nicht wirklich um neun Uhr morgens ein Schnitzel essen?

Mein Vater sagte, er wolle auch das Schnitzel nehmen.

Die Kellnerin verzog keine Miene, als mein Vater zweimal »Schnisel« bestellte. Ich sagte, ich wolle ein Brötchen mit Marmelade haben.

Mein Vater fragte: »Nur Marmelade? Wieso hast du nicht auch ein *Schnisel* bestellt?« Er wusste anscheinend auch nicht, was »Schnitzel« auf Chinesisch hieß.

Schon nach kurzer Zeit brachte die Kellnerin das Essen.

Die anderen Gäste sahen uns jetzt erst recht an, manche verstohlen, manche unverhohlen.

Es reichte nicht, dass drei Chinesen ohne Kontrabass in ein feines Café gingen. Sie mussten auch noch Schnitzel mit Pommes zum Frühstück bestellen.

Beim Essen schwatzten mein Vater und Onkel Wu so laut, als seien sie auf einem chinesischen Basar. Ihr Sprechen hob sich von dem leisen Gemurmel der anderen ab. Die beiden sprachen mit vollem Mund und einmal fiel Onkel Wu ein Stück vom angekauten Schnitzel auf den Teller. Ungerührt spießte er es auf und schob es sich wieder in den Mund. Wenn sie nicht sprachen, schmatzten sie laut. Ich sah die anderen Leute tuscheln.

Ich dachte an den Küchengott und seine Scham. Wenn hier irgendwo ein großer Herd gestanden hätte, wäre ich hineingeklettert und hätte mich in Rauch aufgelöst.

Weil hier kein Herd stand, schnitt ich lustlos in mein Brötchen.

Wir waren Chinesen und blieben Chinesen. Das Gegenteil

von feinen deutschen Damen. Ich starrte auf meinen Teller, spürte aber immer noch die Blicke der anderen. Auf meinen Fingern, auf meinem Gesicht, auf meinem Hinterkopf.

Die Chinesen. Sie haben schwarzes Haar, platte Nasen und Schlitzaugen. Sie kommen hierhin, essen Schnitzel und schwängern das ganze Café, das morgendlich nach frisch gebackenen Brötchen und Kaffee geduftet hat, mit dem Gestank von Frittenfett.

»Was hast du?«, fragte mein Vater.

»*Mou jäh* – nichts«, sagte ich.

~

Als wir unser Restaurant betraten, war ich richtig froh, hier zu sein. Hier wunderte sich niemand über uns. Wir passten zu der Einrichtung. Das Restaurant kam mir auf einmal vor wie eine Theaterbühne. Nur wenn ich den Mund aufmachte, schauten manche Gäste irritiert. Akzentfreies Deutsch passte nicht zu meinem Erscheinungsbild. Und wenn ich mich besser auf die Rolle vorbereitet hätte, hätte ich auch die falsche Aussprache gelernt. Ich würde mir mit einem Seidenfächer Luft zufächern und schüchtern lächeln.

Ich dachte an die Filme, in denen kleine asiatische Männer immer lispelten und die letzten Trottel waren. Wenn so ein Film lief, griff mein Vater nach der Fernbedienung, schaltete um und sagte: »Bruce Lee hätte diesen Regisseur verhauen.«

Onkel Wu lief mit meinem Vater in die Küche. Ich blieb im Gastraum zurück und hörte Onkel Wu noch sagen, das *Schnisel* sei etwas zu sauer gewesen. Er hatte die Zitronenscheibe darüber ausgedrückt. Jetzt war er sich aber sicher, die Zitrone sei bestimmt nicht für das Fleisch gewesen, sondern zum Reinigen der Finger. Nächstes Mal wollte er sie zur Seite legen und nach dem Essen seine Finger damit abreiben.

Bao ging an mir vorbei in die Küche. Ich wollte gerade die Musik einschalten, da hörte ich, wie es aus der Küche klapperte.

Ich ging hinein und sah meinen Vater wieder an der Spüle stehen, da schrie ich Bao an: »Du fettes, faules Arschloch!«

Mein Vater drehte sich zu mir um.

Leider hatte mir mein Vater keine chinesischen Schimpfwörter beigebracht. Ich wusste nur, was »Sicherung durchgebrannt« und »schlimmer Mensch« hieß, aber es war doch lächerlich, »Du schlimmer Mensch« zu schreien. Also schrie ich auf Deutsch.

»Jeden Tag zu spät kommen und nichts tun!«, schrie ich Bao weiter an.

Bao kam auf mich zu, aber Onkel Wu war auf einmal zwischen uns. Bao blieb stehen und wurde knallrot. Er stieß uns beide zur Seite, trat die Küchentür auf und verschwand.

Mein Vater sah mich entsetzt an. Ich konnte seinem Blick nicht standhalten und starrte auf die gekachelte Wand.

»Bao verliert sein Gesicht, wenn du ihn vor anderen beschimpfst«, sagte er.

Ich war mir sicher, dass ich »das Gesicht verlieren« noch niemals aus seinem Mund gehört hatte, und dennoch wusste ich, was gemeint war.

»Du beschimpfst mich auch immer vor anderen!«, erwiderte ich, was gelogen war. Er schimpfte nie mit mir.

»Das ist etwas anderes«, erklärte er trotzdem. »Mit den eigenen Kindern darf man schimpfen.«

Meinem Vater fiel auf einmal ein, nach Bao zu sehen. Er ging raus. Ich hörte ihn »Bao, Bao!«, rufen, als würde er einen Hund mit Futter anlocken wollen.

Mittlerweile war Ling wohl auch ins Restaurant gekommen, denn ich hörte, wie mein Vater fragte: »Wo ist Bao hingegangen?« Ling antwortete so leise, dass ich es nicht hören konnte. Vielleicht schüttelte er aber auch einfach nur den Kopf.

»Du bist deinem Vater nicht ähnlich«, sagte Onkel Wu. Wir standen zu zweit in der Küche.

War das ein Vorwurf? Ich wollte meinem Vater ja auch nicht ähnlich sein. Am besten gefiel mir, wenn jemand sagte: »Du bist gar nicht so wie eine Chinesin.«

Aber von Onkel Wu hörte sich dieser Satz an wie: »Du bist eine Banane.«

Onkel Wu war meinem Vater auch nicht ähnlich, aber ich hielt den Mund.

Ich hörte meinen Vater weiter »Bao, Bao!« rufen. Er zog das O am Ende seltsam hoch, so dass es sich ganz wehklagend anhörte. Ich hätte niemals so verzweifelt klingen können, egal was oder wen ich gerufen hätte.

Die Tür schwang auf, mein Vater kam mit aufgerissenen Augen in die Küche gelaufen.

»Bao ist fort«, sagte er. »Und jetzt sind drei Gäste gekommen.«

»Hast du auch draußen auf der Straße geschaut?«, fragte ich.

»Schau du. Ich muss hier Sachen vorbereiten.«

Ich wollte Bao nicht suchen gehen.

»Was sollen wir jetzt machen?«, fragte mein Vater und da musste ich einfach rauslaufen.

~

Natürlich stand Bao nicht beleidigt in Sichtweite herum und wartete darauf, dass man ihn zurückholte. Er war ja nicht so wie ich. Ich lief durch die Querstraße bis zum Bahnhof, suchte auch am Wall und ging schließlich zurück.

Die Gäste hatten mittlerweile schon ihre Getränke. Hatte ihnen niemand gesagt, dass es heute nichts zu essen gab?

Wo war mein Vater? Ich schaute in die Küche. Onkel Wu hatte sich eine Schürze umgebunden und mein Vater auch.

»Wo wohnt Bao?«, fragte ich. Er war bestimmt nach Hause gegangen.

Mein Vater sah mich an: »Zweimal Schweinefleisch mit Paprika und Cashewkernen und einmal gebratener Reis mit Huhn.«

Er goss Öl in den Wok und gab das gefrorene Schweinefleisch hinein.

Manchmal hatte mein Vater damit geliebäugelt, selbst zu kochen, weil er für einen Koch mehr zahlen musste als für einen Kellner, aber er hatte das nie richtig verfolgt. Ich nahm an, er sorgte sich, dass der Kellner mit Ling gemeinsame Sache machen könnte. In der Küche hätte mein Vater nur die Übersicht über das Essen gehabt und nicht kontrollieren können, wie viele Getränke tatsächlich rausgingen. Also kellnerte er selbst und bezahlte Bao fürs Kochen.

Direkt gesagt hatte er aber nie etwas in dieser Richtung. Ich hatte noch nie gehört, dass er über irgendjemanden schlecht geredet hätte.

In der Schule lästerte jeder über jeden. Mit der Zeit hatte ich gemerkt, dass die Unzufriedenen am meisten lästerten und die Zufriedenen am wenigsten. Demnach war mein Vater der zufriedenste Mensch auf der Welt.

Mir fielen wieder Sarah und Micha ein. Die zwei großen Pausen waren vorbei. Es ging auf Mittag zu, die letzte Schulstunde des Tages. Und Bela? Lästerte er auf dem Schulhof? Er gehörte bestimmt zu den Zufriedenen. Und wozu gehörte ich? Hier fing die Arbeit gerade an. Ich verließ die Küche, stellte mich vor die Theke und starrte auf die sauberen Gläser.

Irgendwann machte es »ping« und das Essen kam aus der Durchreiche. Es sah nicht ganz so schön aus. Ich brachte es zum Tisch. Als ich zurückkam, streckte mein Vater seinen verschwitzten Kopf durch die Tür und sagte: »Wenn du den nächsten Gästen die Karte gibst, sag ihnen, sie sollen süßsaure Soße essen.«

»Warum?«

Er lief schon wieder rein.

Ich brachte die Karten und tat, was er wollte. Die süßsaure Soße sei unsere Spezialität, behauptete ich.

Das überzeugte sie.

Ich war zufrieden mit mir. Ich lief in die Küche, um mir mein Lob abzuholen.

»Fünfmal Ente süßsauer«, sagte ich stolz.

»*Hou*«, sagte mein Vater und lief zum Kühlschrank, während Onkel Wu sich in der Küche umsah.

»Wieso süßsauer?«, fragte ich.

Mein Vater bestrich die Enteteile mit einem dickflüssigen Teig und warf sie in den großen Wok mit Frittieröl. Sie gingen unter.

»*Gum sui!*«, schimpfte er.

Onkel Wu griff ein. Er holte die Enteteile mit dem großen Schaumlöffel wieder raus und ließ sie auf einem Edelstahlgitter abtropfen. Das Öl war noch nicht heiß genug gewesen. Mein Vater drehte den Gashahn weiter auf. Die blau-gelben Flammen schossen in die Höhe.

Er erklärte mir, dass Bao so viel süßsaure Soße vorbereitet hätte, dass sie noch zwei Tage reichen würde. Also würde süßsauer wie immer schmecken.

Bei den nächsten Gästen versuchte ich es auch. Aber die zwei Frauen sagten, sie wollten lieber Huhn mit Gemüse.

Nachdem ich die Bons durchgeschoben hatte, kam mein Vater schwitzend aus der Küche. Er schaute mich vorwurfsvoll an.

»Die Frauen wollen aber Gemüse«, sagte ich.

Da ließ mein Vater die Schultern hängen.

Der Mittag ging vorbei, ohne dass sich ein Gast beschwerte. Vielleicht waren manche unzufrieden, aber sie sagten nichts. Dafür sah mein Vater ziemlich fertig aus.

In der Nachmittagspause schien mein Vater wieder entspannt zu sein und wir gingen mit Onkel Wu in die Stadt.

Onkel Wu fragte meinen Vater, warum wir im Restaurant so komische Gerichte hätten, solche hätte er vorher noch nie gesehen. Mein Vater antwortete, die Gerichte seien nicht wirklich chinesisch, sondern chinesisch aussehende Speisen für die Deutschen.

»Schmecken die Gerichte?«, fragte Onkel Wu.

»Nicht so gut. Chinesische schmecken besser«, sagte mein Vater.

Onkel Wu kannte das nicht, dass man in chinesischen Restaurants keine echten chinesischen Gerichte anbot. In Australien sei das nicht so. Mein Vater sagte, in Australien sei es halt nicht so, weil dort Chinesen in die chinesischen Restaurants gingen und nicht die Australier. Hier gebe es aber zu wenig Chinesen. Die Gäste seien Deutsche, manchmal kämen auch Italiener, Griechen und Holländer. Wie er auf Holländer kam, wusste ich nicht.

Ganz selten kamen doch Asiaten. Mein Vater sprach sie dann freudig an, ob sie Chinesen seien. Es waren meist aber Japaner, Koreaner und einmal waren es sogar Russen gewesen.

Ich musste bei diesen Begegnungen an einen einsamen Hund denken, der durch die Straßen läuft und plötzlich einen anderen Hund entdeckt. Er läuft freudig auf ihn zu und stellt fest, dass es eine Katze ist, die er durch sein Beschnüffeln verärgert hat.

Wahrscheinlich waren die Leute genervt, weil sie ständig gefragt wurden, woher sie kamen. Mein Vater wollte es aber nicht aus denselben Gründen wissen wie die Deutschen, sondern weil er auf Gleichgesinnte hoffte.

Onkel Wu fragte meinen Vater: »Hast du schon einmal probiert, den Deutschen richtiges chinesisches Essen zu verkaufen? Vielleicht mögen sie es.«

Mein Vater meinte, dass man nicht alles bekomme, zum Beispiel Pak Choi habe er hier noch nie im Supermarkt gesehen und auch die schwarzen Bohnen nicht.

Onkel Wu schüttelte den Kopf darüber. In Australien gebe es Pak Choi und auch alle anderen Gemüsesorten. Er hätte noch nie etwas nicht kaufen können. Das ginge auch nicht, dann würden sich doch alle beschweren. Wenn die Australier chinesisch essen gehen wollten, hätten sie gar keine andere Wahl, als richtig chinesisch zu essen. Die Australier hätten aber auch Gefallen daran gefunden.

Mein Vater sagte, der Geschmack sei wahrscheinlich nicht so das Problem, sondern dass die Deutschen kein Fleisch mit Knochen mögen. Ente, Huhn, Schwein – von allem müsste man die Knochen abmachen. Und sie würden auch keine ganzen Fische essen, nur das Fleisch ohne Haut, Kopf, Schwanz und Fischknochen.

Onkel Wu fragte: »Warum? Die Knochen geben dem Fleisch doch erst Geschmack und die Fischbäckchen sind das Beste an einem Fisch. Ohne Kopf hat ein Fisch keine Bäckchen mehr. Bat zum Beispiel isst am liebsten die Augen.«

Wir gingen durch die Fußgängerzone, am Alten Markt vorbei. Onkel Wu sagte: »Ah! Sightseeing!«

So wie mein Vater manchmal deutsche Wörter benutzte, verloren sich manchmal englische Wörter in Onkel Wus Sätze.

Am Gänsemarkt angekommen, machten wir kehrt und gingen zurück. Onkel Wu und mein Vater unterhielten sich die ganze Zeit. Ich trottete stumm nebenher. Onkel Wu schaute sich gar nicht groß um. Mein Vater wies auf die alte Kirche hin.

Onkel Wu sah kurz hoch und erwiderte nur: »Wirklich sehr alt.«

Ich hatte mir immer gewünscht, wir wären Christen. Bei denen gab es nur Jesus. Meine Religionslehrerin hatte mich in der fünften Klasse gefragt, welchem Glauben wir angehörten.

Zu Hause fragte ich meinen Vater. Er sagte, er sei zum kleinen Teil Buddhist, zum Teil Taoist und zu einem großen Teil sei er gar nichts.

Das hatte sich durch das ganze Leben gezogen. Wenn er doch Vollbuddhist gewesen wäre, wenn wir doch richtige Vietnamesen gewesen wären oder wenigstens richtige Chinesen. »Wo kommst du wech?« – »Aus Vietnam.« – »Ah, Vietnamesen also.« – »Nein, Chinesen.« – »*Ni hau!*« – »Nein, Chinesen, die Kantonesisch sprechen.« – »Hongkong-Chinesen?« – »Nein, aus Vietnam, hab ich doch gesagt.«

Wenn ich meinem Vater vorwarf, wir seien überhaupt nichts Richtiges, niemand könne was mit Chinesen anfangen, die aus Vietnam kamen, antwortete er, dass wir doch richtige Chinesen seien. Für Chinesen sei es nicht ungewöhnlich, außerhalb Chinas zu leben. Sie hätten nicht nur in Vietnam gelebt, sondern lebten schon seit Generationen in Singapur, Thailand, Malaysia oder Amerika, wo sie ihre Chinatowns aufgebaut hätten. Man nannte sie »Auslandschinesen«.

Dass wir keine Christen waren, hielt meinen Vater nicht davon ab, den Verwandten jedes Jahr Weihnachtskarten zu schreiben.

Wir bekamen auch immer Karten zugeschickt. Die Vorderseiten waren glitzernd und bunt. Klappte man sie auf, sah man die handgeschriebenen chinesischen Zeichen. Stolz stellte mein Vater die Karten auf den Fernseher und nahm sie erst im Februar nach dem chinesischen Neujahr wieder runter. Er warf sie nie weg, sondern legte sie ordentlich in die Schublade.

Heiligabend war der einzige Tag im Jahr, an dem das Restaurant geschlossen war.

Ich bekam an Heiligabend immer Geld. Mein Vater hatte schon Wochen vorher viele Weihnachtsgeschenke erhalten – vom Getränke-Lieferanten, vom Geflügel-Lieferanten und von Stammgästen. Letztes Jahr hatten sie ihm einen Präsentkorb, drei Kalender, eine Flasche Wodka, ein Kugelschreiberetui und einen Brieföffner geschenkt. An Heiligabend kochte mein Vater dann sein chinesisches Fondue. Es war ein Topf mit Brühe, in den er ständig Fleisch und Gemüse warf und kurz danach wieder herausfischte.

Da die *Gwai Lou* Jesus' Geburt feierten, feierte er einfach mit. Da war er praktisch veranlagt. Immer wenn mein Vater »Jesus« hörte, musste er lachen, denn bei dem Wort erinnerte er sich an Lustiges von früher: Ein Chinese, der nach Cholon kam, war zum Christentum bekehrt worden und versuchte nun ebenfalls, andere zu bekehren. Chinesisch ist aber eine Tonsprache und die gleichen Wörter bedeuten je nach Betonung etwas völlig anderes. Zum Beispiel kann *Ma* je nach Tonfall »Mutter«, »Pferd« oder auch »schimpfen« bedeuten. Jedenfalls traf der zugezogene, eigentlich Mandarin sprechende Chinese die Töne im Kantonesischen nicht. Er lief herum und wollte verkünden, dass Jesus der Sohn Gottes sei. Stattdessen erzählte er allen, Jesus sei ein dummer Junge. Diese Geschichte wiederholte mein Vater bei jeder Gelegenheit.

An den beiden Weihnachtstagen war das Restaurant wieder geöffnet und jeder Gast bekam einen Topflappen. Die hatte mein Vater mal irgendwo günstig gekauft und gebunkert. Zu Weihnachten holte er sie hervor, versah sie mit einer Schleife und legte sie in einen Korb. Nach dem Essen durfte sich jeder Gast einen Topflappen in Form einer Katze, eines Hundes oder eines Schweins aussuchen.

Am 31. Dezember feierten wir nicht wirklich ins neue Jahr hinein. Ich ging kurz vor Mitternacht ins Restaurant, wir aßen gemeinsam und danach zündete mein Vater vor der Tür ein paar Böller.

Das chinesische Neujahr war für meinen Vater viel wichtiger. Es fand aber erst im Februar, manchmal auch Ende Januar statt. Das Datum richtete sich nach dem Mondkalender. Es kam dann nicht nur das Jahr 1990 oder 1991, es war auch das Jahr des Drachen oder des Tigers. Jetzt hatten wir das Jahr des Affen, letztes Jahr war das Jahr der Ziege gewesen. Immer fragte ich meinen Vater, welches Jahr nun komme. Ein Jahr des Drachen war bestimmt gut. War aber ein Jahr des Büffels auch gut? Mein Vater antwortete: »Jedes Jahr ist ein gutes Jahr.« Nur dieses Jahr hatte er etwas mehr zu dem Tierkreiszeichen gesagt: Im Affenjahr würde sich vieles verändern, denn der Affe war immer in Bewegung.

Für mich war das chinesische Neujahrsfest nie etwas Besonderes. Ich bekam Geld in einem roten Umschlag. Mein Vater telefonierte an diesem Tag lange nach Australien, was Unsummen an Geld kostete. Ich hatte ihn gefragt, was die Chinesen an Neujahr machten. In den Nachrichten wurden immer überfüllte Züge in China gezeigt, weil alle Wanderarbeiter zum chinesischen Neujahr nach Hause reisten. Also musste auf dem Fest ja was ganz Tolles passieren. Aber mein Vater antwortete: »Verwandte besuchen.«

Jetzt kamen uns ein paar Schulfreunde von Bela entgegen und ich wurde aus meinen Gedanken gerissen. Plötzlich hatte ich Angst, dass Bela hier auch irgendwo rumlaufen könnte. Was sollte ich dann überhaupt sagen? Wahrscheinlich würde ich mit rotem Kopf weitergehen oder kurz angebunden »Hallo« nuscheln – aber nur wenn er mich zuerst grüßte. Zu Hause würde ich mich dann über meine Feigheit ärgern und mir wünschen, die Zeit zurückdrehen zu können.

Bela war aber nirgendwo zu sehen. Am Alten Markt fragte mein Vater, ob wir ein Eis wollten. Ich schüttelte den Kopf, aber Onkel Wu hatte Lust auf Eis. Er stand ziemlich ratlos da, weil er die Schilder nicht verstand. Er fragte, was es alles gebe, und mein Vater fing an aufzuzählen. Die Frau hinter der Theke verzog das Gesicht, weil die beiden alles aufhielten. Es hatte sich schon eine Schlange gebildet.

Onkel Wu unterbrach meinen Vater und fragte, ob es Stinkfruchteis gebe, das mochte er am liebsten. Mein Vater verneinte. Dann, sagte Onkel Wu, wolle er Lilarübeneis haben. Das gab es auch nicht. Schließlich entschied er sich für Kokos, aber nur eine Kugel, denn zu viel Kälte sei nicht gut für den Magen.

Die Frau schaute böse, als sie meinem Vater das Wechselgeld gab, und schimpfte vor sich hin. Mein Vater sagte: »Danke, Sie auch«, und überreichte Onkel Wu das Eis.

Onkel Wu schmeckte es. Alle waren zufrieden. Es hatte sich keiner aufgeregt außer der Frau. Plötzlich gefiel mir die Art meines Vaters. Wie er einfach über alles Schlechte hinwegsah und unbekümmert durchs Leben ging, egal ob ihm die Menschen wohlgesonnen waren oder nicht.

~

Bao kam abends wieder. Er war sogar pünktlich. Er ging an allen vorbei, als hätte er Scheuklappen.

Draußen wurde es noch dunkler, richtig trüb. Hier drinnen leuchteten die vielen Glühbirnen. Sie erzeugten das rotgelbe Licht eines Sonnenuntergangs, auf das bald die tiefe Schwärze der Nacht folgen würde.

Ich gab den Gästen die Karte, ging zurück zur Theke und fragte mich, ob ich jetzt für den Rest meines Lebens den Leuten die Karte bringen würde, danach die Getränke und dann das Essen.

Es lief immer dieselbe Kassette. Später würden die Lieder noch in meinem Kopf weiterlaufen. Nachts träumte ich sogar von ihnen. Die Melodien waren seltsam. Die Sängerin Teresa

Teng sang auf Mandarin. So setzten sich wenigstens nicht die Worte in meinem Kopf fest. Alles klang nach »tjin tjin«. Ich verstand ja nur Kantonesisch, den Dialekt aus Kanton.

Den Refrain eines Liedes sang Teresa Teng aber auf Englisch: »Goodbye my love«.

Die Gäste klappten ihre Speisekarten hörbar zu. Diese ewige Schleife von – es machte »klack« und dann war Stille. Hinter der Theke beugte sich Ling runter, nahm die Kassette raus, drehte sie um und alles fing wieder von vorn an.

Als wir nachts in die Wohnung zurückkehrten, war Onkel Wu immer noch nicht müde. Er wollte uns die mitgebrachten Fotos zeigen. Er lachte. Sein rundes Gesicht wurde noch runder. Die Fotos hätten das meiste gewogen.

Ich sagte: »Ich muss duschen«, aber das war kein Problem, sie wollten schon mal anfangen.

Onkel Wu ging mit meinem Vater ins Wohnzimmer und ich hörte, wie der Fernseher eingeschaltet wurde.

Nachdem ich extra lange geduscht hatte, glaubte ich, dass die beiden mit den Fotos durch sein mussten.

Ich zog einen frischen Schlafanzug an und schlich durch den Flur.

Auf einmal hörte ich Onkel Wu sagen: »Sie kann dem Koch nicht vor allen Leuten sagen, dass er abspülen muss. Er verliert sein Gesicht.«

»Dann sag mir, was ich tun soll«, antwortete mein Vater. Ich hörte die Abweisung in seiner Stimme.

»Du musst auch mit ihr schimpfen«, sagte Onkel Wu.

»Mit ihr schimpfen?«

Eine lange Pause entstand. Man hörte Pferdehufe aufschlagen. Ich war mir sicher, dass Pferde eigentlich nicht so laut klapperten wie in den Filmen.

»Ich kann nicht mit ihr schimpfen«, sagte mein Vater. »Sie hat keine Mutter.«

»Du hättest dir längst eine neue Frau suchen sollen, dann hätte sie eine Mutter, die endlich mal mit ihr schimpft. Sie ist doch schon seit fünfzehn Jahren verschwunden.«

Ich tapste wieder zurück, öffnete die Badezimmertür und knallte sie zu. Ich rief übertrieben laut: »Ich bin fertig mit Duschen!«, und stapfte laut polternd durch den Flur.

Mein Vater und Onkel Wu sahen mich betreten an. Onkel Wu sagte: »*Ji go hej hou tai.*« Aha, den Film konnte man sich also gut ansehen. Ein Cowboy trank gerade Whisky. Mein Vater sagte, den Krimi hätte er schon gesehen.

Auf dem Tisch lagen Fotos verstreut. Zwei volle Gläser Orangensaft standen dazwischen.

Ich sollte mich setzen und auch Fotos gucken.

Onkel Wu reichte mir eines der Bilder. »Das sind Onkel Bat und seine Frau«, sagte er. Das Haus war wirklich sehr schick. Man sah zwei dicke Säulen vor dem Eingang wie bei den Häusern in den Südstaaten-Filmen.

Was Onkel Wu noch sagte, kümmerte mich nicht. Ich war beleidigt, weil mein Vater mit mir schimpfen sollte.

»*Gui* – müde?«, fragte mein Vater. »Wir wollen noch weiter Fotos gucken. Geh in mein Zimmer, ich schlafe später hier.«

Onkel Wu rief mir ein »Good night« hinterher.

Ich ging durch den Flur, betrat das kühle Zimmer meines Vaters, legte mich in das große Bett und zog mir die Decke bis über das Kinn.

Zwischendurch wachte ich auf, als mein Vater seine Sachen aus dem Schrank holte. Später polterte Onkel Wu durch den Flur und schrie: »*Ai jah!*« Der Schlaf hielt mich gefangen. Ich konnte nicht aufstehen und nach Onkel Wu sehen. Obwohl ich schlief, wusste ich, dass er das Flurlicht nicht gefunden hatte und auf dem Weg zur Toilette gestolpert war.

Langsam merkte ich, wie es hell wurde, aber ich schlief trotzdem weiter.

Es klopfte laut. Mein Vater kam ins Zimmer.

»Du musst aufstehen.«

Ich konnte nicht. Ich fühlte mich wie Blei.

»*Hou*«, sagte er. »Onkel Wu schläft auch noch.« Er sei wohl doch noch *gum gui* von dem Flug. Ich solle weiterschlafen und später zusammen mit Onkel Wu ins Restaurant kommen.

Konnte ich meinen Vater schon wieder arbeiten lassen?

Es ist Sonntag, sagte ich mir, da geht keiner so früh essen.

Mein Vater nahm sich Kleidung aus seinem Schrank und ging ins Bad. Ich drehte mich auf die andere Seite. Nie wieder wollte ich aufstehen. Zwischendurch blinzelte ich und sah vor meiner Nase das blau karierte Bettzeug. Das war beruhigend und ich schloss die Augen.

Die Wohnungstür schlug zu. Schön ruhig ist es jetzt, dachte ich und hoffte, Onkel Wu würde auch noch lange weiterschlafen.

Über mir schaltete die Frau ihr Radio ein. Seit meiner nächtlichen Staubsaugeraktion drehte sie es jedes Mal bis zum Anschlag auf. Der Nachrichtensprecher verkündete monoton das Neueste aus aller Welt, obwohl doch alles beim Alten blieb: Kämpfe irgendwo, ein früherer Politiker war gestorben und zum Schluss das Wetter. Kurz war es wieder still. Dann setzten langsame Gitarrenklänge ein und Axl Rose' Stimme: *Talk to me softly* … Ich erinnerte mich wieder. An dem Tag hatte mein Vater mir auf der Restaurant-Terrasse mitgeteilt, Onkel Wu würde bald zu Besuch kommen. Und abends an Bela geschmiegt, war alles von mir abgefallen. Ich hatte mich verliebt.

Das Radio tönte weiter und ich konnte nicht anders, als doch aufzustehen. Auch Onkel Wu polterte schon wieder durch den Flur.

Ich verstand Onkel Wu nicht immer und er mich auch nicht. Mir fehlten noch mehr Wörter als sonst. Vielleicht weil ich mit meinem Vater immer nur das Nötigste sprach, Onkel Wu aber von tausend Dingen erzählte.

Auf dem Weg ins Restaurant sagte Onkel Wu wieder irgendwas, das ich nur zum Teil verstand.

»*Meij jäh* – was?«, fragte ich.

Onkel Wu überlegte, indem er über sein hässliches Wangenhaar strich. Er fragte: »Bist du mehr deutsch als chinesisch?«

Er hätte auch gleich »Banane« sagen können. Dabei hatte ich nur nachgefragt, weil ich verstehen wollte, was er sagte.

Ich antwortete patzig, ich könnte besser Deutsch sprechen, und Onkel Wu schaute mich vielsagend, aber nicht milde an. Er fing schon wieder von meinen Cousins und Cousinen an. Sie würden perfekt Chinesisch sprechen, mit Stäbchen essen, sie seien gebildet und würden studieren. Komischerweise hatten sie in Australien aber nicht ihre chinesischen Vornamen behalten. In ihren Pässen standen Namen wie »Bobby«, »David« oder »Amy«. Hier gab es das nicht. Da behielt man seine chinesischen Vornamen (eigentlich chinesisch-vietnamesische, weil in Vietnam unsere Namen ins Vietnamesische übertragen wurden).

Auch Onkel Wu hatte einen australischen Vornamen. Er hieß »Peter«, was doch lächerlich war: als Chinese »Peter« zu heißen.

Im Restaurant begrüßte uns mein Vater und ich war froh, nicht mehr mit Onkel Wu allein zu sein.

»Ich habe zu lange geschlafen«, sagte Onkel Wu und mein Vater entgegnete sofort: »*Mou!* Schlaf ruhig länger. Was willst du zum Frühstück essen? Hast du schon *dag gog lap tjön* gegessen? Deutsche Bratwurst ist sehr bekannt.«

Onkel Wu war interessiert. Er strich sich mit seinem Daumen und seinem Zeigefinger wieder über sein Wangenhaar.

»Ich schick Mäi Yü welche holen«, sagte mein Vater. »Mäi Yü« – so wurde mein Name auf Chinesisch ausgesprochen. Das hatte überhaupt keine Ähnlichkeit mit Minh Thi oder Mini. Er gab mir einen Zwanzigmarkschein und sagte: »Hol fünf Würstchen.«

In der Stadt war tote Hose. Ich ging zu *Kochlöffel* und musste warten. Die Bratwürstchen waren noch ganz blass. Ich setzte mich ans Fenster. Draußen wurde es etwas dunkler, hellgrau, aber noch keine Spur von Regen. Da vorne hatte ich mit Sarah gestanden, als Bela uns entgegengekommen war. Mir schien das schon Jahre her zu sein. Sarah hatte sich Bela bestimmt aus dem Kopf geschlagen – mich wohl auch. Und Bela? War ich noch in seinem Kopf?

»Ihr Essen!«, rief die Frau mit den strähnigen Haaren.

Mein Vater hatte inzwischen die Plastikdecke ausgebreitet und die Teller verteilt. Lange Würstchen konnte man ja nicht in die Schälchen legen.

In der Mitte stand eine Schüssel mit Pommes, die mein Vater in der Küche gemacht hatte. Ich hatte sie gleich gerochen. Ling putzte hinter der Theke und Bao klapperte in der Küche. Das Frühstück war nicht inklusive, nur das Mittagessen und Abendessen, eigentlich Nachmittags- und Nachtessen.

Onkel Wu wollte Stäbchen trotz der Teller. Er lief zur Durchreiche und holte sich welche. Er setzte sich, nahm die Wurst zwischen die zwei Stäbchen, biss ab, sah vor sich hin, kaute und sagte: »*Hou mej* – guter Geschmack.« Mir fiel ein, dass er ja Metzger war, und ich wollte wissen, ob er auch Würstchen mache, aber er sagte, er zerteile das Fleisch nur, Würstchen seien ihm zu kompliziert. Er fragte mich, ob ich die chinesischen *lap tjön* kannte, die würden auch gut schmecken, sie hätten eine rote Farbe. In Scheiben gebraten machten sie sich gut zu gebratenem Reis.

»Sie kennt sie nicht«, sagte mein Vater. »Die gibt es hier nicht zu kaufen.«

Er schien zufrieden, dass wir alle hier unsere Bratwurst mit Pommes aßen.

Das hier war auch nichts anderes, als Schnitzel zu frühstücken. Hier schaute uns aber keiner naserümpfend an.

Onkel Wu fragte schmatzend: »Musst du gar nicht in die Schule?«

»Sie hat Ferien«, sagte mein Vater.

»Habt ihr keine anderen Kellner?«

»Das brauchen wir nicht.« Was eine schöne Formulierung war für: Das können wir uns nicht leisten.

»Mui-Mui sollte nicht arbeiten, sondern mehr lernen«, sagte Onkel Wu. »Damit sie später viel Geld verdient.«

»Mein Reden. Aber ihre Noten sind sehr gut.«

»Es kann alles immer noch besser werden.«

»Sie ist die Beste in ihrer Klasse«, behauptete mein Vater.

»Sie kann die Beste der Schule werden.«

Onkel Wu fragte meinen Vater, wie die Schulen hier so seien, und mein Vater verkündete, ich ginge auf ein »Nasium«, und fügte ein lässiges »*Gan hai* – natürlich« hinzu.

Wäre ich nicht aufs Gymnasium gegangen, wäre es mit seiner Gutmütigkeit aus gewesen. Und würde ich später nicht studieren, dann auch. Ich dachte an das Zeugnis, das ich nicht abgeholt hatte.

Die beiden redeten weiter über Kinder, als seien sie Bäume, die man nur gut düngen musste, damit sie später reichlich Äpfel trugen.

Ich fragte: »Habt *ihr* etwa studiert?«

Onkel Wu wirbelte herum und herrschte mich mit vollem Mund an: »Wir? Wir lebten doch früher in Vietnam!«

Mein Vater sah mich ungläubig an.

Onkel Wu zeterte weiter: »Als Chinesen durften wir nicht in Vietnam studieren! Dein Vater wollte dazu nach Taiwan gehen, aber die Regierung meinte auf einmal: ›Ihr Chinesen seid doch alle in Vietnam geboren und deswegen Vietnamesen. Ihr müsst jetzt die vietnamesische Staatsangehörigkeit annehmen und für uns in den Krieg ziehen.‹«

»Ihr habt gekämpft?«

»Wie dumm kann man sein, um sterben zu wollen?«, fragte Onkel Wu. »Aber dein Vater hatte Glück, dass er einen Laden für Reis betrieben hat. Er kannte sich mit Buchhaltung aus und hat die meiste Zeit für das Militär die Lohnabrechnungen gemacht. Manchmal musste er auch mit seiner Truppe Dörfer außerhalb kontrollieren und er musste auch in vielen Nächten Wache halten im Hauptquartier der südvietnamesischen Armee.«

»Was für ein Reisladen?«, fragte ich.

»Weißt du das denn nicht!«, schimpfte Onkel Wu. »Dein Vater hat Reis verkauft!«

Ich starrte ihn nur an. »Reis? Und was noch?«

»Nur Reis!«

Das ist ja genauso, als würde es hier Kartoffel-Läden geben, dachte ich. Und woher sollte ich wissen, was mein Vater alles früher gemacht hatte? Ich konnte mich an nichts erinnern und er hatte nie viel erzählt!

»Der Laden war klein, denn er hat ausgeliefert. Man konnte nur große Säcke bestellen. Du warst auch einige Male in dem Laden. Wieso weißt du das nicht mehr? Dort bist du das erste Mal aufgestanden. Du bist zu einem Reissack gekrabbelt, der umgekippt war, hast dich mit den Händen aufgestützt und dich aufgerichtet. Wir haben dich gelobt, da bist du wieder auf den Hintern gefallen.« Onkel Wu schüttelte den Kopf. »Dein Vater hat in dieser Zeit gute Geschäfte gemacht und viel sparen können.«

»Und du?«, fragte ich. »Hast du gekämpft?«

»Nur kurz«, sagte Onkel Wu.

Sein Ton verriet mir, dass er nicht weiter darüber sprechen wollte.

Bisher hatte es mich immer geärgert, wenn mein Vater mir sagte, ich müsse später studieren. Bei Sarah und Micha war es nie so. Sie sollten zwar ihre Hausaufgaben machen, aber ihnen wurde nicht gesagt: Du *musst* später studieren, du *musst* später viel Geld verdienen, damit wir reich und angesehen werden.

Sie sollten das machen, was sie wollten. Sie sollten glücklich werden.

Jetzt musste ich darüber nachdenken, dass es egal war, ob man geliebt wurde oder nicht, wenn man gezwungen war, in den Krieg zu ziehen.

Onkel Wu und mein Vater fingen wieder an, über die Familie zu sprechen. Ich kannte noch nicht einmal alle Bezeichnungen für die Verwandten. Onkel Wu war auch nicht einfach ein Onkel. Dieses ungenaue Wort gab es im Chinesischen gar nicht. Er war der ältere Bruder meines Vaters, also nannte man ihn *Bak*. Wäre Onkel Wu der ältere Bruder meiner Mutter gewesen, hätte er *Dai Kaufu* geheißen und als jüngerer Bruder meines Vaters *Suk*. Und so ging es immer weiter. Ich hörte schon gar nicht mehr zu.

Auf einmal fragte mein Vater: »Was können wir Onkel Wu noch Deutsches zeigen?«

Was war denn typisch deutsch? Mir fiel nichts ein.

Onkel Wu antwortete: »Ich will *Nabsui* sehen. Die Menschen, die Hitler mögen.«

Er meinte wohl die Nazis.

»Ja, Nazis gibt es noch«, sagte mein Vater. »Aber sie sehen nicht mehr so aus, sie tragen keine Uniformen mehr. In Australien gibt es doch auch Nazis.«

»In Australien?«, fragte Onkel Wu.

»Die *Gwai Lou*, die keine Chinesen mögen.«

Mein Vater bezeichnete alles, was ausländerfeindlich war, als Nazis.

»Das sind keine *Nabsui*«, sagte Onkel Wu, »so sind die *Gwai Lou* einfach.« Er wandte sich abrupt an mich: »Ich hab auf dem Weg wirklich keinen einzigen Chinesen gesehen. Wie kannst du überhaupt Freunde haben, wenn es hier keine anderen Chinesen gibt?«

Er schaute mich fragend an, als überlegte er schon lange, wie ich Gesellschaft in dieser Gesellschaft finden konnte.

Mich hatte man ja schon vieles gefragt, aber so was noch nie.

Auf den Fotos waren meine Cousins und Cousinen immer mit anderen Chinesen abgebildet. Ich hatte noch nie einen Australier zwischen ihnen gesehen.

Ich sagte: »Ich habe deutsche Freunde.« Insgeheim fragte ich mich, ob ich wirklich noch Freunde hatte. Sarah war sauer, Micha war enttäuscht und Bela – der war nie mein Freund gewesen.

»Deutsche Freunde? *Diem jön* – wie geht das?«

Ich zuckte mit den Schultern, was Onkel Wu übersah und weswegen er immer noch auf eine Antwort wartete.

Ich hatte mir nie mehr Chinesen hierhin gewünscht. Ich hatte mir immer nur gewünscht, deutsch auszusehen. Sollte ich Onkel Wu antworten: Ich bin halt eine Banane. Das weißt du doch?

Die Deutschen fragten mich immer, ob ich meine Heimat vermisste. Sie waren sich sicher, dass ich innen auch gelb war. Gab es dafür auch ein Wort? Zitrone?

»Hier gibt es keine Chinesen«, sagte mein Vater. »Da muss sie sich natürlich mit *Gwai Lou* anfreunden. In Australien gibt es genug Chinesen, da hat man chinesische Freunde.«

Onkel Wu schüttelte den Kopf: »Ich verstehe nicht, wie ihr hier leben könnt, so allein ohne andere Chinesen.«

Früher waren wir an manchen Wochenenden zu Chinesen ins Ruhrgebiet gefahren. Ich wusste nicht, woher mein Vater sie kannte. Aber seit er das Restaurant betrieb, tat er nichts anderes mehr, als zu arbeiten. Bevor er das Restaurant übernahm, hatte er hier gekellnert. Nach einigen Jahren wollte der Chef nach Düsseldorf ziehen. Mein Vater ergriff die Chance beim Schopf und nahm einen Kredit auf. Zu dem Termin mit der Bank hatte er von irgendwoher einen altmodischen Anzug bekommen. Nachher war er mit Pizza wiedergekommen und da wusste ich, dass es geklappt hatte.

Mein Vater hatte gar keine Freunde, weder chinesische noch deutsche. Seine Verwandtschaft lebte in Australien, also auf der anderen Seite der Welt. Weiter weg ging nicht.

»*Sick jün* – fertig gegessen?«, fragte er.

Endlich kamen Gäste. Ich stand auf und räumte meinen Teller ab.

Onkel Wu war anstrengender als alle Gäste zusammen. Ich

hatte das Gefühl, dass er mich immer nur tadelte. Beim Weggehen hörte ich noch, wie er zu meinem Vater sagte: »Lass uns gleich in die Küche gehen. Die süßsaure Soße ist ganz gut, aber nicht sauer genug. Da muss mehr Essig hinein.«

Ob der Besuch von Onkel Wu für meinen Vater auch anstrengend war? Sprachlich nicht. Er verstand ja alles und schien es zu genießen, den ganzen Tag mit einem richtigen Chinesen zu plaudern. Mich zählte er wahrscheinlich nicht dazu. Außerdem merkte ich jetzt, dass mein Vater noch ein anderes Thema hatte: das Leben von früher. Früher war alles nur schön, das Essen war gut. Es gab Früchte, die es hier nicht gab. Darunter *Lau Lin*, eine kopfgroße Frucht mit Stacheln, von der die *Gwai Lou* meinten, sie stinke. Deswegen hieß sie hier »Stinkfrucht«. Sie stinke aber überhaupt nicht, schwärmte mein Vater, sondern im Gegenteil – sie dufte. Seit wir in Deutschland waren, hatte er keine duftende Stinkfrucht mehr gegessen.

~

In der Mittagspause wollte mein Vater mit Onkel Wu im Restaurant bleiben und sich unterhalten. Ich ging nach Hause.

Unten fiel mir ein, dass ich schon lange nicht mehr den Briefkasten geleert hatte. Weil der Schlüssel oben in der Wohnung lag, griff ich durch die Klappe. Kleine Hände zu haben war dafür sehr praktisch.

Meine Finger ertasteten gleich zwei Briefe. Vielleicht hatte

Bela doch heimlich meine Adresse herausgefunden und mir einen Brief geschrieben?

Zwei Frauen kamen durch die Haustür und sahen mich an, als sei ich eine Diebin. Ich ließ die Briefe wieder los, sie fielen in den Briefkasten zurück. Hastig ging ich an ihnen vorbei.

»Hast du das gesehen?«, hörte ich die beiden tuscheln.

Ich hasste mich dafür, dass mir nicht egal war, was die Frauen von mir dachten.

Schließlich wurde ich langsamer, blieb stehen, kämpfte kurz mit mir und kehrte um. Eine von den beiden sagte gerade, diese kleine Chinesin würde ständig Briefe stehlen. Ich hätte bestimmt auch aus ihrem Briefkasten einen Geldscheck geklaut, der sei nie bei ihr angekommen. Mein Herz pochte immer stärker. Als ich um die Ecke kam, schauten sie mich nicht verlegen an. Stattdessen musterten sie mich mit einem Blick, der alles in Geringschätzung tauchte.

Zurück vor unserem Briefkasten steckte ich meine Hand wieder in die Klappe.

»Jetzt tut sie es erneut!«, tuschelten sie.

Ich zog die Briefe heraus, blieb stehen, schaute sie mir an und ging extra langsam an den Nachbarinnen vorbei. Keiner der Briefe war von Bela. Hinter mir hörte ich die ganze Zeit wieder diesen besonderen Lästerton, den nur ältere Frauen an sich haben. Ein Singsang, am Satzende so hochgezogen wie eine Frage und immer etwas zischend.

In der Wohnung schaute ich mir die Briefe genauer an.

Der graue Brief war von der Wohnbau. Die Frau mit dem Köter hatte sich also wirklich über uns beschwert.

Komischerweise waren Zahlen aufgelistet. Ganz unten stand eine fette Zahl, und zwar 1296,55 DM, zu zahlen innerhalb von zehn Tagen.

Warum so viel Geld? Nur weil ich Krach gemacht hatte?

Dann sah ich, dass es die Mieten für Mai und Juni waren. Hatte mein Vater vergessen, sie zu überweisen?

Ich legte den Brief zur Seite und öffnete den von den Stadtwerken. Wir sollten Stromkosten nachzahlen, und zwar unverzüglich, sonst würden sie uns demnächst den Strom abstellen.

Einmal war ein Gerichtsvollzieher gekommen. Er hatte einen Kuckuck auf unseren Videorekorder geklebt. Mein Vater hatte behauptet, dass es nur ein Versehen gewesen sei.

Ich legte die Briefe unter das Kopfkissen meines Vaters. Onkel Wu durfte davon nichts wissen.

Meine Müdigkeit war verflogen.

~

Einige Meter vor dem Restaurant kam mir Onkel Wu entgegen. Er blieb vor mir stehen und sah mich mit glasigen Augen an: »Dein Vater!«

Er meinte wohl, damit alles gesagt zu haben, drehte sich um und lief zurück ins Restaurant. Ich rannte ihm nach.

Mein Vater lag vor der Theke. Er hatte die Augen geschlossen und rührte sich nicht.

»Was ist?«, fragte ich.

Da seufzte er kurz, blieb aber ansonsten regungslos.

»*Bon saou hui* – hilf ihm!«, presste Onkel Wu jetzt heraus.

Ich lief zur Theke, nahm das Telefon und wählte die 110. Während es tutete, fragte ich mich, ob das Notfall genug war, um diese Nummer anzurufen.

Der Polizeinotruf meldete sich. Ich sagte, mein Vater läge auf dem Boden, bestimmt wieder ein Herzinfarkt wie vor einigen Tagen. Meine Stimme klang hoch und fiepsig. Der Polizist sagte, ich hätte die 112 anrufen sollen, aber er wollte es weiterleiten. Nachdem ich ihm die Adresse gegeben hatte, legte er auf.

Die Sanitäter kamen sogar schnell. Und ich hatte gedacht, die würden sich so viel Zeit lassen wie die Schwestern im Krankenhaus. Sie sprachen meinen Vater an und er schlug die Augen auf.

»Was ist mit Ihnen?«, fragte nun der Sanitäter.

Mein Vater seufzte und schloss die Augen wieder.

Ich rief: »Bestimmt wieder ein Herzinfarkt!«

Sie gingen raus und kurz dachte ich, sie hätten vergessen, meinen Vater mitzunehmen, da kamen sie mit einer Trage wieder.

»Er wiegt nicht so viel«, sagte der Sanitäter, als sie ihn da draufwuchteten, als erspare mein Vater ihm netterweise Arbeit.

»Wohin fahren Sie ihn?«, fragte ich und wunderte mich wieder über diese fremde Stimme.

»Ins Kreiskrankenhaus«, sagte der eine.

Auf dem Weg zum Wagen lief Onkel Wu neben der Trage her. Er quasselte und quasselte und wirkte dadurch aufgeregter als alle anderen.

Die Hecktüren wurden zugeschlagen, der eine Sanitäter sagte, ich und Onkel Wu sollten ein Taxi nehmen, und der Wagen fuhr davon.

Wenn man denkt, es wird alles wieder gut, wird es noch schlimmer. Hatte ich nicht versprochen, dass ich mich ändern wollte, wenn mein Vater dafür überlebte? Ich hatte mich nicht genug bemüht!

Ich sah zum Restaurant. Wofür sollte mein Vater eigentlich überleben? Um bis spät in die Nacht zu arbeiten? Um sich nachmittags drei Stühle zusammenzustellen? Um nach Hause zu kommen, den Fernseher einzuschalten und dann ins Bett zu gehen?

»Wohin bringen sie ihn?«, fragte mich Onkel Wu.

»Ins Krankenhaus.«

»Haben sie gesagt, was er hat?«

Ich wusste nicht, was Herzinfarkt hieß, nur was Herz hieß, weil *Dim Sum* so viel bedeutete wie »das Herz berühren«.

»Das Herz ist nicht so gut«, sagte ich stattdessen. »Lass uns mit dem Taxi fahren.« Bloß, wo waren die Restaurantschlüssel?

Mir fiel ein: Mein Vater musste sie noch haben. Sollten wir das Restaurant unverschlossen lassen? Das ging nicht.

»Du musst hierbleiben«, sagte ich. »*Mou sosi* – keinen Schlüssel.«

Onkel Wu wollte trotzdem mit. Er trat von einem Bein aufs andere. Eine Strähne fiel ihm in die Stirn.

»Ich gehe«, sagte er, »*du* passt auf das Restaurant auf.«

»Aufpassen« hieß immer »auf etwas schauen«.

Ich sagte: »Du kannst kein Deutsch.«

»Ich kann Englisch«, sagte er. »Das versteht jeder.«

Was hieß denn noch mal »links« auf Chinesisch? Es fiel mir nicht ein. Ich sagte: »Left, taxis are left.«

Sogar Englisch konnte ich besser als Chinesisch. Aber irgendwie war es nicht richtig, mit Onkel Wu englisch zu sprechen. Es klang, als würden wir miteinander scherzen. Onkel Wu rannte los.

»Kreiskrankenhaus!«, rief ich ihm hinterher.

Onkel Wu drehte sich wieder nach vorne und kam gerade noch am Laternenpfahl vorbei.

Er rannte wie Herr Rossi, der das Glück sucht.

Ob er überhaupt das Krankenhaus erreichte?

Ich ging zur Restauranttür. Jeder, der zufällig dagegen drückte, würde reinkommen. Die Tür hatte keine Funktion mehr. Sie war nur noch eine Attrappe, und ich dachte, vielleicht ist mein Vater auch nur noch eine Attrappe.

Eine Zeit lang stand ich reglos vor der Tür. Mir fiel der nette Autofahrer ein, der meinen Vater ins Krankenhaus gefahren hatte. Ich hatte es ganz versäumt, mich bei ihm zu bedanken. Jetzt konnte ich es nicht mehr. Und hatte ich mich jemals bei meinem Vater für irgendwas bedankt? Ich hatte mich immer nur beschwert. Als ich noch klein war, hatte ich meinem Vater vorgeworfen, dass meine Freundinnen schönere Kleider hatten, dass sie mit ihren Eltern immer im Sommer verreisten.

Einmal sah ich an einer Eisdiele ein Plakat mit einem riesigen Eisbecher. Das hatte mich so beeindruckt, dass ich genau diesen Eisbecher haben wollte, schließlich hatte ich doch auch einen Riesenhunger. Ich bettelte und bettelte, aber es nutzte nichts. Mein Vater kaufte mir einfach ein Waffeleis mit drei

Kugeln. Ich heulte und sagte meinem Vater, ich würde ihn hassen.

Jetzt fragte ich mich, ob ich immer noch so war: jemand, der nur an sich dachte und auf den Gefühlen anderer herumtrampelte, ohne es zu merken

Ich drehte mich um und rannte los. Als ich am Taxistand ankam, war Onkel Wu natürlich schon weg.

Die Fahrt verlief wie immer über die endlose Mindener Straße. Passanten gingen ihrer Wege. Leute standen vor Schalks Grillimbiss. Sie kamen mir gleichgültig vor, weil sie auf ihr totes Hähnchen warteten.

~

»Tu«, sagte ich an der Info.

Die Frau antwortete, ohne nachzuschauen, ja, da hätte schon jemand gefragt, und schickte mich auf die Intensivstation.

Mein Vater lag in demselben riesigen Raum auf einem anderen Platz. Onkel Wu saß bei ihm und rieb sich die Augen. Er sah mich erst, als ich direkt vor ihm stand.

»Er schläft«, sagte er.

Auf einmal kam mir Onkel Wu nicht mehr unbeholfen vor. Ohne ein Wort Deutsch zu sprechen, hatte er es geschafft, meinen Vater zu finden.

Schlief mein Vater wirklich oder lag er im Koma? Ich hatte immer gedacht, dass die meisten Menschen nach einem Herzinfarkt starben. Und nun hatte er schon den zweiten.

Eine Schwester kam herbei: »Lassen Sie ihn ruhig schlafen.«

Sie sah auch müde aus. Alle waren müde. Die Patienten in den Betten, Onkel Wu auf dem Stuhl. Die Schwestern liefen wie Schlafwandler durch den Raum.

Mein Vater öffnete die Augen, die Lider blieben in der Mitte stehen. Es wirkte so, als wollte er nicht die ganze Welt in seinen Kopf lassen, sondern nur die halbe.

Er sah Onkel Wu an und schloss die Augen wieder.

Als wir zurück ins Restaurant kamen, schien hier nichts zu fehlen. Ich sah mich genau um, da sagte Onkel Wu plötzlich: »Ich ziehe nicht den Stecker.«

Ich fragte mich, was er meinte. Nach einer Ewigkeit ging ich zu Onkel Wu, umfasste seine Arme und grub meine Fingerkuppen in sein weiches Fleisch: »Wieso den Stecker ziehen?«

»*Ai jah!*«, schrie Onkel Wu. »*Ai jah!* Was machst du?«

Ich ließ ihn los. Onkel Wu schaute mich an, als sei er gerade aufgewacht. »*Mou jäh* – nichts«, meinte er dann.

Dabei hatte ich gar nichts gesagt. Onkel Wu ging einen Schritt vor bis zur Theke und stützte sich auf.

Eine Weile blieb er stumm, dann seufzte er. Hier im stillen Restaurant war es gut hörbar. Er klang wie mein Vater. Mein Vater seufzte aber nur, wenn er dachte, er sei allein. Die Seufzer waren für keine anderen Ohren bestimmt. Sie sollten unter Verschluss bleiben wie Gefangene, die man in den Keller gesperrt hatte und die nur rausdurften, wenn niemand in der Nähe war.

Plötzlich drehte sich Onkel Wu um und sagte: »Du hast auch keine Mutter.«

Ich ging hinter die Theke und drückte auf die Lichtschalter. Das gefiel mir so gut, dass ich mich bückte und auch noch die Musikanlage einschaltete. Ich drehte die Lautstärke bis zum Anschlag.

Teresa Teng klang schrill, alles war verzerrt: »Goodbye my love tjien tjien tjien ...«

Onkel Wu hielt sich die Ohren zu und wackelte mit dem Kopf, als hätte er schreckliche Schmerzen. Aber war das nicht auch sinnvoll? Sich die Ohren zuhalten, damit man nicht die volle Dröhnung abbekam?

Er nahm eine Hand von seinem Ohr und zeigte nach oben.

»*Mou gum tjou* – nicht so laut!«, brüllte er gegen die Musik an.

Onkel Wu war im Vergleich zu meinem Vater ein Polterer. Er sprach laut, machte hektische Bewegungen und verbreitete Unruhe.

Ling lief ins Bild. Er fühlte sich verpflichtet, auf Onkel Wus Armgefuchtel einzugehen. Er kam zu mir hinter die Theke und drehte die Lautstärke runter.

Ich bückte mich und drehte wieder lauter, nicht so laut wie eben, aber doch ziemlich laut.

»*Leij djou meij jäh* – was machst du?«, fragte Onkel Wu böse.

Hinter der großen Scheibe sah ich ein Pärchen die Straße entlanggehen und vor unserer Tür stehen bleiben.

Ich drehte leiser. Das Pärchen kam herein und kurz danach Bao. Onkel Wu ging in die Küche und alle arbeiteten schweigend.

~

Die Gäste kamen mir wie Roboter vor, die extra herbestellt wurden, damit ich etwas zu tun hatte. Ich schrieb die Bestellungen auf, ohne die Nummern wirklich zu sehen. Ich brachte das Essen an die Tische, ohne zu wissen, was ich da hintrug. Ich sagte reflexartig: »Bitte schön« und »Guten Appetit«. Alles lief irgendwie an mir vorbei.

Das Erste, was ich an diesem Abend wirklich wahrnahm, war der kleine Hirsch zwischen den Weinflaschen.

Ich fragte mich, was ein Hirsch in einem Chinarestaurant zu suchen hatte. Ein Hirsch war etwas typisch Deutsches. Mir war so, als hätte er sich einfach verirrt. Ich ging hinter die Theke und griff ihn mir.

»Ah, das Vier-nicht-ähnlich-Tier!«

Onkel Wu musste es gelungen sein, unbemerkt die Küche zu verlassen.

Ich schaute ihn ratlos an.

»Das Vier-nicht-ähnlich-Tier«, wiederholte Onkel Wu und auch noch mal auf Englisch: »Four not alike«, als läge es nur am Chinesisch, dass ich ihn nicht verstand. Wenigstens schrie er dabei nicht, als sei ich taub.

»Kennst du das denn nicht?«, fragte Onkel Wu. »Es gleicht vier Tieren nicht, deswegen heißt es so.«

Onkel Wu hatte aber auch immer eine Art, so mit mir zu sprechen, dass ich mich nicht wohlfühlte.

Ich ging an ihm vorbei, stellte mich vor die Theke und setzte das Vier-nicht-ähnlich-Tier neben dem Topf mit Räucherstäbchen ab.

»Es sieht vier Tieren nicht ähnlich«, wiederholte Onkel Wu.

»Es gleicht keinem Esel, keinem Kamel, keiner Kuh, keinem *Lug*.«

»Was ist ein *Lug*?«, fragte ich ihn.

»Dieses Tier mit den Hörnern.« Onkel Wu hob seine Arme, richtete seine Hände auf dem Kopf auf und wackelte damit. Ich ahnte, dass Onkel Wu »Hirsch« meinte, obwohl er gerade mehr wie ein Hase aussah.

»Aber das ist ein *Lug*!«, sagte ich.

»Das stimmt nicht«, sagte Onkel Wu. »Es sieht nur so ähnlich aus.«

»Aber dann ist es ihm doch ähnlich und nicht nicht-ähnlich!«

»Es heißt nun mal so«, sagte Onkel Wu schulterzuckend.

Ich dachte: Und einer Schlange und einem Bären sieht es erst recht nicht ähnlich. Eigentlich ähnelte es den meisten Tieren nicht, außer einem Hirsch.

Die Wanduhr zeigte elf an. Bestimmt kam kein Gast mehr.

»Dein Vater«, fing Onkel Wu wieder an. »Dein Vater, können wir ihn so spät noch besuchen?«

»Ich weiß nicht«, sagte ich.

In dem Moment kamen zwei Spätgäste rein und ich ließ Onkel Wu stehen.

In der Aufregung hatten wir im Krankenhaus vergessen, den Restaurantschlüssel mitzunehmen. Mein Vater kam immer als Erster und ging als Letzter. Niemand anderes hatte einen Schlüssel. Ich musste im Restaurant bleiben, damit es nicht die ganze Nacht lang unbewacht war.

Also hatte ich Onkel Wu nach Hause gebracht und noch eine Tasche für meinen Vater gepackt.

»Ich ruf dich morgen früh an«, sagte ich und gab ihm zur Sicherheit noch die Nummer vom Restaurant.

Kurz hatte ich gehofft, dass Onkel Wu sich bereit erklärte, aufs Restaurant aufzupassen, aber er sagte nur: »Niemand muss aufs Restaurant schauen.« Also ging ich zurück.

Es war windig und so düster, als durchdringe das Laternenlicht die Welt nicht wie sonst. Als sei die Dunkelheit zu dicht. Das Restaurant war jetzt nicht nur von außen gesehen dunkel.

Vor der Glastür überkam mich das Gefühl, der Raum würde mich verschlucken, wenn ich hineinging.

Ich zog die Tür auf und hätte Licht anmachen können. Es hätte die Dunkelheit sofort vertrieben. So hätte man aber von außen gesehen, dass ich versuchte, Wache zu halten.

Ich öffnete die Tür zur Terrasse. Die Aa war ganz schwarz. Das Wasser war gestiegen und floss viel zu schnell.

Obwohl ich nichts lieber tun wollte, als mich vom Wasser abzuwenden, starrte ich weiter hinunter.

Es gab nichts anderes als das Rauschen der Aa. Selbst ein Auto hätte jetzt tröstlich geklungen. Es hätte gesagt: Sieh an, es gibt noch andere Menschen. Sie fahren ganz nah an dir vorbei.

Ineinander verfangene Äste trieben unten vorbei. Sie sahen so ähnlich aus wie das Geweih von dem Vier-nicht-ähnlich-Tier.

Es war schon komisch, irgendein Tier als »Tier« zu bezeichnen. Ich hatte mich immer gewundert, dass Murmeltiere keinen anderen Namen hatten. Murmeltiere konnten auch gut pfeifen, aber bei ihren Namen dachte man immer nur ans Schlafen.

Bei Chinesen war es ähnlich. Man war nur eine Chinesin, nichts anderes.

Das Vier-nicht-ähnlich-Tier hingegen war nicht nach dem benannt, was es war, sondern nach dem, was es *nicht* war. Vielleicht war das aber doch nicht so komisch. Denn was man *nicht* war, das wusste man ganz sicher, aber was man *war*, das wusste man nie so genau.

Mir wurde ständig gesagt: »Sieh dich doch mal an, du bist keine Deutsche!«, und für Onkel Wu war ich keine richtige Chinesin. Ich ähnelte äußerlich keinem Deutschen und innerlich keinem Chinesen.

Es gab nur eins, was ich über mich wusste: Ich war der Vielen-nicht-ähnlich-Mensch.

Die ersten Regentropfen fielen. Ich ging rein und legte mich auf drei Stühle.

Auf einmal hörte ich Geräusche. Sie kamen aus der Küche. Vielleicht war die Kellertür zum Hinterhof auch nicht verschlossen?

Etwas in mir schrie: Renn weg auf die Straße!, etwas anderes in mir sagte: Sei tapfer!

Über uns war eine Nachhilfeschule. Da war nachts niemand. Außerdem war die Decke gut isoliert. Von oben hörte man nichts, weil oben auch niemand was von unten hören sollte. Wer wollte schon bei den Mathe-Hausaufgaben endlos von *Goodbye my love* zugeträllert werden?

Schon wieder Geräusche. Ich stand auf und schlich Richtung Küche. Mein Herz pochte bis zum Hals. Das Zittern breitete sich aus bis in die Hände. Ich stand vor der Schwingtür und abgesehen von dem Zittern war ich gelähmt. Das eingelassene runde Fenster sah aus wie eine Fratze. Ich schlich rückwärts zur Theke und schaltete nun doch die Lichter an, alle auf einmal. Es war jetzt grell wie im Krankenhausflur.

Dort hatte ich gewusst, dass hinter den Türen Menschen waren. Jetzt hoffte ich auf das Gegenteil.

Sei ein großes Mädchen, redete ich mir zu. Glaubst du wirklich, dass ein Einbrecher in der Küche sitzt? Wer klaut schon tiefgefrorene Ente? Da hörte ich wieder etwas. Ich rannte weg, quer durchs Restaurant bis zur dicken Glastür.

Als ich die glatte Klinke runterdrückte, hörte ich eine Stimme, die wie Onkel Wu klang: Wenn du jetzt wegläufst, bist du wirklich nur ein kleines dummes Mädchen.

Ich drehte mich um, marschierte zurück, an der Theke vorbei, stieß die Küchentür auf. Ich schaltete auch hier das Licht ein. Durch die weißen Kacheln schien es noch greller als im Gastraum. Hier war niemand. Ich atmete gerade aus, als ich es wieder hörte. Es kam aus dem Vorratskeller. Und vorhin hatte ich noch gedacht, das Schlimmste sei es, in die Küche zu gehen. Dabei war der Keller noch tausendmal schlimmer. Die Treppen runter, unter die Erde, ohne Fenster.

Ich schüttelte mich.

Ist doch egal, sagte meine blöde Vernunftstimme. Eigentlich ist das doch nur deine eigene Fantasie. Wovor also Angst haben? Da hörte ich es schon wieder. Das Zittern fing wieder an, meine Atmung wurde flach und schnell. Ich ging durch die Küche, drückte die Klinke runter und zog die Kellertür auf. Sie knarrte viel zu laut.

Unten war es stockdunkel.

Die Geräusche wurden lauter, ich legte den Lichtschalter um, setzte einen Fuß vor den anderen. Es machte Mühe, immer weiter runterzugehen. Hätte ich doch wenigstens mein Testament gemacht! Was hätte ich geschrieben?

*Mein Testament*
*Ich habe nichts, kein Geld, keinen Schmuck, nichts anderes Wertvolles.*

*An meinen Vater*
*Es tut mir leid, dass ich immer nur an mich gedacht habe. Bitte fahr nach Australien zu Deinen Verwandten und fang dort ein neues Leben an. Du hast zu viele Jahre mit Geldheranschaffen für mich vergeudet. Du sollst auch mal glücklich sein. Sei froh, dass ich nicht mehr da bin. Such Dir eine Frau und gründe eine neue Familie! Vergiss, dass es mich jemals gegeben hat.*

*An Bela*
*Schade, dass wir uns nicht besser kennenlernen durften. Auch wenn Du jetzt denkst, ich spinne: Ich liebe Dich.*
*Wenn ich noch leben würde, würde ich Dir das natürlich nicht sagen. Aber da ich jetzt tot bin, kann ich das ja tun. (Warum traut man sich erst die Wahrheit zu sagen, wenn man nicht mehr da ist?)*
*Viel Glück noch im Leben! Ich hoffe, Du hast meine Nähe während* Don't cry *genauso genossen wie ich Deine. Möge Dein ruhiges Herz nie aufhören zu schlagen.*

*An Sarah*

*Jammere nicht immer rum, ach ich bin zu dick, ach wäre ich doch ein Fotomodell, dann wäre mein Leben ganz anders. Dann wäre ich glücklich, würde die Welt bereisen und jeden Mann kriegen. Hör auf damit! Ja, Du bist klein und pummelig. Aber Du bist hübsch. Mach das Beste aus Deinem Leben, statt immer zu träumen, was sein könnte! Du bist nicht Claudia Schiffer und auch nicht Julia Roberts (Du bist hübscher als Julia Roberts, die hat einen zu großen Mund), find Dich endlich damit ab! Menschen können glücklich werden, auch wenn sie klein und pummelig sind!*

*An Micha*

*Bleib so schön vernünftig, wie Du immer warst.*

*An Onkel Wu*

*Ja, ich bin ein kleines egoistisches Mädchen gewesen. Aber jetzt bin ich nicht mehr da. Ich stehe meinem Vater nicht mehr im Wege. Kümmere Dich um ihn, wenn er in Australien ist. Vielleicht kann er in Deiner Metzgerei arbeiten? Sprich nur Englisch mit ihm, sonst lernt er es nicht so gut. Er soll eine neue Frau kennenlernen.*

*An alle*

*Ich will keinen Eichensarg, schmeißt meine Asche in die Aa, die mag ich. So kann ich für immer um die Stadt herumkreisen.*
*Ich möchte, dass* Don't cry *von Guns N' Roses dabei gespielt wird. Wenn Ihr das lest, bin ich nicht mehr da.*

*Minh Thi Tu*

Ich hörte jemanden sehr klar und gekünstelt sprechen. Eindeutig Fernsehen. Vor der zweiten Tür blieb ich stehen. In diesem Raum war ich noch nie gewesen, ich wusste nicht, was sich dahinter befand.

Ich hob meine Faust, um gegen die Tür zu klopfen. Leichtes Knarren, es bewegte sich jemand hinter der Tür.

Ich wettete mit mir selbst, es war keine wirkliche Wette, aber ich gab mir ein Versprechen: Wenn du das hier überlebst, dann sagst du den Leuten die Wahrheit. Du sagst ihnen, was du über sie denkst, ohne dich zu schämen.

Ein bisschen sträubte ich mich schon dagegen, aber ich würde hier sowieso nicht mehr lebend rauskommen.

Bloß nicht weiter denken, sagte ich mir und hämmerte gegen die Tür.

»Wer ist da?«, brüllte ich. Meine Stimme quietschte ganz schrill. »Mein Vater ist auch noch im Restaurant! Der hat mich nur runtergeschickt, um was zu holen. Gleich sieht er nach mir!«

Der Ton wurde abgestellt. Jemand kam zur Tür. Mein Körper zitterte und ich fragte mich, wie man sich gegen den eigenen Willen so stark bewegen konnte.

Ein Schlüssel wurde umgedreht, die Tür öffnete sich und vor mir stand: Bao!

Er sah mich genauso überrascht an wie ich ihn. Hinter ihm war keine Vorratskammer, sondern ein fensterloses Kabuff. Ich sah einen Fernseher flimmern. Auf der anderen Seite des Raumes befand sich ein Bett. Zwischen dem Bett und dem Fernseher war vielleicht ein Meter Platz.

Die Wände waren hier nicht betongrau, sondern mit weißen

Styroporplatten tapeziert. Der Raum schien extra dafür eingerichtet zu sein, dass jemand hier übernachtete. Aber warum?

Ich hatte Bao bei etwas Verbotenem ertappt. Sollte ich ihm sagen, keine Sorge, ich sags nicht meinem Vater?

»Was willst du?«, fragte Bao.

Nicht abzuspülen war nicht verboten, aber sich hier einzurichten war es auf jeden Fall. Jetzt hatte ich ihn in der Hand. Aber war es klug, ihm das zu sagen? Es war niemand da. Was, wenn er mich hier erwürgte? Ich dachte wieder an mein Testament, das ich nicht gemacht hatte.

»Was machst du hier?«, fragte ich. »Weiß mein Vater davon?«

»Was glaubst du?«

»Bestimmt nicht.«

Ich wartete darauf, dass Bao mich anbettelte ihn nicht zu verraten. Er sah mich aber nur gleichgültig an.

»Aber du kommst immer zu spät!«, fiel mir ein. »Wie kannst du zu spät kommen, wenn du hier wohnst!« Gut, dass mir alle Worte einfielen und ich nicht wieder doof dastand.

Bao sagte: »Geh nach Hause und ärgere mich nicht!«

»Du kommst immer durch den vorderen Eingang rein«, redete ich weiter. »Nie bist du schon in der Küche.«

Bao presste die Lippen zusammen.

Wenn mein Vater wirklich davon wusste, dann hatte er uns alle angelogen. Mich, Onkel Wu – das waren alle.

»Wieso ist dein Vater oben?«, fragte Bao. »Der ist doch im Krankenhaus.«

Ich wandte mich ab und ging die Treppe hoch. Oben angekommen, wusste ich nicht, ob ich die Tür schließen sollte.

Im Küchenkeller befand sich ein schäbiges Klo, damit der Koch nicht quer durchs Restaurant musste und die andere Kellertreppe wieder runter zu den Gästetoiletten. Eine Dusche gab es hier aber nicht. Wusste mein Vater wirklich davon? Er würde doch niemanden in so einem Kabuff hausen lassen.

~

Am nächsten Morgen hörte ich, wie jemand durchs Restaurant ging, obwohl der Teppich die Schritte dämpfte. Ich öffnete die Augen und vor mir stand Bao.
»Dein Onkel hat gestern gesagt, die Restaurantschlüssel seien nicht da und ihr müsstet heute Morgen ins Krankenhaus gehen«, sagte Bao.
Und?
»Ich passe hier auf«, sagte Bao und verschwand wieder in der Küche.
Jeder einzelne Knochen tat mir weh. Bisher hatte ich gedacht, es sei schlimm, auf dem Sofa zu schlafen. Schlimmer war es aber, die ganze Nacht auf drei Stühlen zu liegen. Und jetzt auch noch dieses fensterlose Kabuff von Bao. Ich hatte das Gefühl zu ersticken. Da kam Onkel Wu gut gelaunt herein. Er hatte eine Tasche in der Hand.
Ich drückte mich langsam hoch.
»*Gafä* – Kaffee?«, fragte ich abgekämpft.
Aber er wollte sofort ins Krankenhaus.

Auf der Intensivstation sagte uns eine Schwester schon an der Tür, dass mein Vater verlegt worden sei, wieder auf die Innere.

Er lag jetzt in einem größeren Zimmer als beim letzten Mal, hier standen vier statt zwei Betten. Zwei davon waren leer. Auf einem saß ein fetter Mann mit gestreiftem Schlafanzug.

»Hello«, sagte Onkel Wu zu ihm, aber der Mann schaute uns nur an und grüßte nicht zurück.

Wir gingen weiter zum rechten Fensterplatz, wo mein Vater lag.

Er sah noch blass aus. Überhaupt nicht gut. Auf seinem Nachttisch lag eine Liste.

»Morgen«, sagte jemand hinter mir. Ich drehte mich um und die Schwester war schon an mir vorbei am Bett meines Vaters.

»Noch mal Blutdruck messen, Herr Tu«, sagte sie.

Sie steckte sich das Stethoskop ins Ohr, legte meinem Vater eine grüne Manschette an, pumpte sie auf, ließ die Luft wieder ab, schaute auf die runde Skala.

»Gut?«, fragte mein Vater.

»Sehr gut.«

Sie schrieb Zahlen auf die Liste und ging.

Mein Vater wollte sofort einen eigenen Schlafanzug anziehen, was klar war. In diesen weißen Krankenhaus-Flatterhemden sah man ja aus wie ein Gespenst.

Ich witzelte: »Du ähnelst einem Gespenstermenschen.«

Mein Vater verstand nicht, was ich meinte.

»Wegen der weißen Kleidung«, fügte ich hinzu, aber er verstand immer noch nicht.

Wahrscheinlich dachte er bei *Gwai Lou* nur an einen Deutschen, und die wörtliche Bedeutung kam ihm gar nicht mehr in den Sinn. Genauso wie man bei Wolkenkratzer nicht mehr an Wolken und Kratzen dachte, sondern nur an ein Hochhaus.

Ich verstaute die Kleidung in seinem Spind und mein Vater erzählte Onkel Wu: »Ich habe zu viele Tabletten genommen für den Blutdruck. Das war ich nicht gewohnt und deswegen ist mir schwindelig geworden.«

»Wirklich?«, fragte Onkel Wu.

»Die Ärzte haben vorhin diese Untersuchung gemacht. Da war nichts mehr eng in den Adern im Herz.«

Zwei Schwestern mit Tabletts kamen herein.

»Frühstück!«, trällerte die rundliche, während die andere ein Gesicht machte, als müsste sie ihr eigenes Frühstück abgeben.

Mein Vater fragte, ob wir etwas von seinem Essen wollten, aber Onkel Wu lehnte ab und ich auch. So verabschiedeten wir uns und wollten nachmittags wiederkommen.

Wir waren schon an der Tür, da rief mein Vater: »Wartet!« Er hielt den Restaurantschlüssel hoch.

~

Während Onkel Wu ins Restaurant ging, überquerte ich die Aa. Sie floss schnell, ohne reißend zu sein. Alles wirkte so frisch an diesem Morgen. Von gestern Nacht war nichts mehr zu spüren. Die Sonne schien zwar nicht, trotzdem war es sehr hell.

Manche Läden machten gerade auf. Jemand putzte ein Schaufenster. Schade, dass ich das alles nicht mehr erleben konnte, wenn nach den Ferien die Schule wieder anfing.

Beim Minipreis kaufte ich Wurst und Marmelade und bei dem Bäcker nebenan Brötchen.

Zurück im Restaurant hörte ich lautes Gelächter aus der Küche. Onkel Wu und Bao. Wie konnte Onkel Wu bloß lachen? Mein Vater lag im Krankenhaus! Außerdem war Bao ein Arschloch. Mit mir zusammen hatte Onkel Wu jedenfalls noch nie gelacht.

Ich rief: »*Sick djou tjan.*«

Mir fiel auf, dass in »Früh-Mahlzeit essen« gar kein Reis vorkam.

Ich hatte gerade den Tisch gedeckt, da kamen Bao und Onkel Wu endlich heraus. Es gab Kaffee, Tee, Brötchen, Marmelade und Wurst. Onkel Wu boxte Bao schelmisch in den Oberarm, was mich überraschte. Onkel Wu und mein Vater fassten eigentlich niemanden an.

Bao lachte. Er sah aus wie ein großer Teddybär. Ich wunderte mich, dass Leute auf einmal ganz anders wirkten, wenn sie lachten.

Onkel Wu kannte bisher keine deutschen Brötchen. Es überraschte ihn, dass sie außen knusprig waren und innen weich. Bao sagte, er hätte seit Jahren nicht mehr *djou tjan* – Früh-Mahlzeit – gegessen. Bao und Onkel Wu unterhielten sich weiter über Kung-Fu.

Ich ging zur Theke, zündete ein Räucherstäbchen an und steckte es in den Aschetopf.

Am Tisch musste Onkel Wu mich mal wieder tadeln: »Weißt

du nicht? Wenn du die Räucherstäbchen angezündet hast, musst du sie zwischen die Hände nehmen und dich einige Male verbeugen!«

Ich hatte das schon mal in Berichten gesehen, in denen Chinesen in einem Tempel gebetet hatten, aber mein Vater verbeugte sich auch nicht.

Onkel Wu strich sich das Haar an der Wange glatt.

Ich hätte zu gerne gefragt: Warum schneidest du dir dieses ekelhafte Wangenhaar nicht einfach ab?

Aber Onkel Wu würde sich darüber bestimmt aufregen. Wenn mein Vater sich aufregte, bekam man es nur mit, wenn man ihn kannte. Er sprach dann die Wörter am Ende abgehackt aus.

»Vermisst du deine Onkel und Tanten?«, fragte mich Onkel Wu auf einmal. Er klang wie ein Deutscher, der fragte: »Vermisst du deine Heimat?«

Ich konnte nicht »Nein« sagen. Onkel Wu würde mich mit Vorwürfen ersticken. Dabei konnte ich doch gar keine Menschen vermissen, die ich nicht kannte. Wieso waren die Leute immer vor den Kopf gestoßen, wenn man nichts vermisste? Man sollte immer nur leiden. Wenn ich »Nein« antwortete, waren die Deutschen empört: »Du *musst* deine Heimat doch vermissen!«

Warum fragten die Leute überhaupt, wenn es für sie nur eine richtige Antwort gab?

Vielleicht war es doch nicht schlimm, dass Onkel Wu mich als Banane sah. Vielleicht nahm er nicht einfach an, dass hinter der Schale auch immer das Gleiche steckte. Er beobachtete zunächst und machte sich dann seine eigenen Gedanken.

»Ich vermisse euch«, sagte ich, weil ich Onkel Wu vermissen würde, wenn er zurück nach Australien fuhr.

Onkel Wu lächelte.

»Du und dein Vater, ihr müsst uns besuchen kommen«, sagte er.

Ich nickte, obwohl ich dachte: Onkel Wu sitzt im Restaurant und das ist doch der Grund, wieso mein Vater niemals in den Urlaub fahren kann.

»Hast du deinen Laden geschlossen?«, fragte ich.

»Onkel Bat und Gon arbeiten jetzt da.«

Onkel Bat, das war Bat Suk, ein jüngerer Bruder meines Vaters. Aber Gon?

»Onkel Gon?«, fragte ich.

»Der Mann von Tante Yen! Dein *Gu Djön*.«

Von Tante Yen hatte ich schon gehört. Aber wusste ich etwa, mit wem sie verheiratet war?

»Er war lange bei Tu Import – Export.«

Das sagte mir genauso wenig.

»Und die Firma hat einem Chinesen gehört?«, fragte ich. Schließlich war Tu derselbe Name wie unserer.

Jetzt brauste Onkel Wu richtig auf: »Du weißt nichts von der Firma? Mehrere Onkel betreiben sie zusammen! Onkel Bin reist immer nach Hongkong, um nach neuen *products* zu schauen. Die Firma verkauft Uhren!«

Onkel Wu tat so, als müsste das jeder wissen.

»Die Firma läuft nicht mehr so gut«, sagte er, »deswegen arbeiten Onkel Bat und Onkel Gon seit kurzem bei mir.«

Ich wusste, dass Onkel Wus Frau früher im Laden geholfen hatte, aber darauf wollte ich ihn lieber nicht ansprechen.

»Eigentlich muss man alles im Laden selber machen, sonst verdient man nichts. Wenn dein Vater einen Kellner einstellen würde …«

Onkel Wu hielt inne. Wahrscheinlich wollte er es nicht aussprechen: dass wir dann überhaupt nichts mehr verdienen würden.

Er zupfte an seinem komischen Haar und sagte: »Arbeiter zu bezahlen kostet Geld.«

Das war mal wieder eine der Weisheiten von Onkel Wu.

Dann fragte er: »Bist du fertig mit Essen?« Er stand auf und räumte die Teller ab.

Ich fragte mich, ob das nun alles war: Warum konnte er auf einmal Onkel Bat und Onkel Gon einstellen? Verdiente er trotzdem noch?

Onkel Wu fing gerne Geschichten an und enthielt einem das Ende vor. Vielleicht nicht weil er gemein war, sondern weil ihm an der Geschichte andere Punkte wichtiger waren als das Ende.

~

Das Zimmer war voller Menschen. Ich dachte: Was ist denn hier los? Alles Südländer? Ich mochte es nicht, wenn jemand »Chinese« sagte, aber das Wort »Südländer« fand ich nett. Jemand, der aus einem sonnigen Land kam, das konnte doch nicht abschätzig gemeint sein.

Sie umringten das Bett von dem Stinkstiefel. Alle sahen mich an und ich fragte mich, was die Leute bei dem wollten. Durch eine Lücke sah ich schließlich, dass da gar nicht mehr der Kerl lag, sondern ein alter Mann.

Ich beschloss, »Tag« zu nuscheln, und die Leute brummten auch so etwas wie »Tag« zurück. Die zwei anderen Zimmernachbarn waren wieder unterwegs. Ihre Decken waren zurückgeschlagen, die Betten sahen zerknautscht aus.

Onkel Wu und ich gingen zu meinem Vater.

Er saß im Bett mit einem dünnen Buch. Onkel Wu fragte, ob das Buch gut sei. Er hatte es ihm geschenkt.

»*Hou*«, sagte mein Vater und legte es auf die Bettdecke.

Onkel Wu hatte einen halben Koffer voll Bücher, Fotos und Zeitschriften mitgebracht. Ansonsten hatte mein Vater nur die *Tsing Tao Daily* zu lesen. Die hatte er abonniert. Die Zeitung war der einzige Luxus, den er sich gönnte. Sie kam nur alle paar Tage, auch wenn sie eigentlich täglich kommen sollte. Wenn keine eintraf, schaute er in die *Neue Westfälische*, die hatte er für die Gäste abonniert. Das meiste davon verstand er aber nicht.

»Was für ein Buch ist das?«, fragte ich.

»Eine sehr bekannte chinesische Geschichte«, sagte mein Vater. »Ein Mann ruht sich unter einem Baum aus und schläft ein. Er lernt den Baumkönig kennen und heiratet seine Tochter. Er bekommt die Aufgabe, den Südzweig des Baumes zu verwalten. Das macht er zwanzig Jahre lang sehr gut. Seine Frau und er bekommen viele Kinder und dann wacht er auf und sieht einen Ameisenhaufen.«

»Sehr seltsam, die Geschichte«, sagte ich.

»Was ist daran seltsam?«, fragte Onkel Wu.

Ich schaute zu meinem Vater. Er fragte mich: »Gute Geschäfte?«

Dazu wollte ich nichts sagen, aber Onkel Wu antwortete: »*Hou!*« Ich stimmte ein: »*Hou.*«

Onkel Wu fragte, ob er schon gegessen hatte. Es war halb vier.

Eine Schwester mit einem Rollwagen kam rein und fragte meinen Vater, ob er Kaffee wollte. Er sagte: »Kamill-Tee.«

Sie nahm die Tasse und goss ein. Dann fragte sie den alten Mann. Eine Frau sagte: »Auch Kamillen-Tee für meinen Vater.« Wahrscheinlich sprach ihr Vater überhaupt kein Wort Deutsch.

Ich war stolz auf meinen Vater, dass er seinen Tee selbst bestellen konnte. Aber der alte Mann war von Dutzenden seiner Liebsten umringt und mein Vater nur von zweien, und das auch nur, weil Onkel Wu zu Besuch war.

»Die Leute sind schon seit Stunden da«, sagte mein Vater. »Ich kann weder schlafen noch richtig lesen.«

Onkel Wu schielte zu der Horde und nickte verständnisvoll.

»*Mou jäh djou* – nichts zu tun«, sagte mein Vater.

Er riss den eingepackten Keks auf, den er zum Kamillentee bekommen hatte, und bot ihn uns an. Die Südländer quatschten die ganze Zeit durcheinander und hatten sich selbst auch zu essen mitgebracht, als sei das Ganze hier ein Familienpicknick im Grünen.

Onkel Wu schaute sich das Treiben an und sagte zu meinem Vater: »Wenn du in Australien wärst, bekämst du viel mehr Besuch als dieser Mann. Loij hat vor einem Monat einen Jungen geboren und da durften wir nur nach und nach rein. Die Schwester sagte, wir seien zu viele.«

Bao goss gerade das alte Frittieröl aus dem riesigen Wok in einen Plastikeimer. Dabei sah er nicht besonders angestrengt aus. Selbst diese Bewegungen wirkten weich und rund. Er stellte den Wok zurück und schabte mit einem Pfannenwender an den Verkrustungen unten im Wok herum. Das Saubermachen und das Vorbereiten machten genauso viel Arbeit wie das Kochen selbst. Wenn Bao wieder hinten Zeitung gelesen hätte, wäre ich wahrscheinlich rausgegangen, ohne etwas zu sagen.

So blieb mir aber nichts anderes übrig, als es nun zu tun. Bloß – wie sollte ich anfangen? Ich hatte mir nichts überlegt. Bao konnte genauso schlecht Deutsch wie mein Vater. Er hätte mich nur verständnislos angeguckt, wenn ich gesagt hätte, lass uns die Friedenspfeife rauchen. Das kantonesische Wort für »Frieden« kannte ich auch gar nicht, nur das für »Krieg«.

»Ich will mich nicht mit dir streiten«, presste ich heraus.

»Ich habe nichts falsch gemacht«, antwortete Bao.

Er dachte wohl, ich wollte mit einem »Aber« weitermachen.

Auch wenn ich es nicht zugeben wollte: Er kochte gut und er tat mir leid, weil er unten im Kellerkabuff ohne Fenster wohnen musste. Freiwillig tat das bestimmt keiner.

So gut wie ich konnte, versuchte ich zu sagen: »Lass uns in anderen Tagen« (das bedeutete »in Zukunft«) »nicht mehr streiten. Du weißt, mein Vater ist krank.«

Bao schabte weiter in dem Wok rum.

Ich ging raus.

Am Abend wollte Onkel Wu früher nach Hause, es waren sowieso keine Gäste mehr da. Er sei müde, habe schon in der Küche gegessen und uns anderen auch Essen gekocht. Also gab ich ihm den Schlüssel und sagte, er solle ihn oben vor die Wohnungstür unter die Fußmatte legen. Ins Haus kam man immer rein, die Haustür war nie abgeschlossen.

Ich sammelte die Blumen von den Tischen ein. Sie waren schon alle welk. Sollte ich sie wegwerfen? Dann müsste ich aber neue kaufen.

Ling verzog sich in die Küche und ich ging mit meinem Essen zum Tisch neben der Durchreiche, an dem sonst immer mein Vater saß. Onkel Wu hatte Rippchen mit Paprika und einer braunen Soße gemacht. Ich wusste nicht, wo Onkel Wu die Rippchen herhatte, sie standen nicht auf der Speisekarte.

Während ich an ihnen nagte, wurde ich ruhiger. Als der Teller leer gegessen war, räumte ich ab und ging in die Küche. Das schmutzige Geschirr stand noch in der Spüle. Meinen Teller knallte ich obendrauf und ging nach hinten. Auf dem Weg kam mir schon Ling entgegen, der sich so hektisch an mir vorbeibewegte, als würde gleich eine Bombe einschlagen.

Bao saß gemütlich vor dem großen Milchglasfenster. Warme Sommernachtsluft wehte durch das Fliegengitter. Er schaute in die Zeitung. Obwohl ich vor ihm stand, sah er nicht auf.

Ich musste mir selbst noch mal gut zureden: Bao verlässt das Restaurant nicht, bevor er abgespült hat, nein, das stimmte ja nicht mehr. Bao geht nicht in den Keller, bevor er abgespült hat.

»Was willst du?«, fragte er. Die Antwort wartete er aber gar nicht ab: »Es ist spät, ich geh jetzt.«

Er stand auf, obwohl er noch nicht zu Ende gegessen hatte. Auf seinem Teller lag noch ein Häufchen Reis.

»Du kochst«, sagte ich. »Wer kocht, spült ab.«

Bao ging an mir vorbei und stellte seinen Teller hin, ohne die Reste in den Mülleimer zu kippen. Er ging zur Schwingtür, blieb aber auf einmal stehen. Hatte er plötzlich ein Einsehen?

»*Leij* ...«, fing ich an.

»*Mou gon jäh* – sprich nicht!«, zischte er.

Etwas sagte mir, dass ich jetzt wirklich still sein sollte. Bao horchte wie ein Hund an der Tür und versuchte dann durch die zerkratzte Scheibe zu sehen.

Jetzt hörte ich es auch. Es war nicht Ling, der war schon weg. Mir fiel plötzlich ein, dass in der einen Schublade ja die Kellnerbörse lag.

»Das Geld«, flüsterte ich.

Bao drückte die Tür auf. Leider quietschte sie wie immer. Ohne Musik war es noch viel lauter zu hören.

Ich hatte schon die meisten Lichter ausgeschaltet. Nur die über der Theke brannten noch.

Dort war niemand zu sehen.

Bao schlich an der Theke vorbei. Ein Typ in Lederjacke kam aus Richtung Durchreiche.

Er hob beschwichtigend die Hände. »Ich such das Klo. Null Problem. Bin schon wieder weg.«

Der Typ hielt nichts in der Hand. Bao blieb in dem Gang zwischen den Tischen und der Theke stehen. Er versperrte ihm den Weg.

Der Typ sprang auf einen Stuhl, von dort aus auf den Tisch

und dann weiter von Tisch zu Tisch Richtung Ausgang. So kam er zwar seitlich an uns vorbei, aber schneller war er dadurch nicht. Ohne zu überlegen, drückte ich mich an Bao vorbei und lief dem Typen hinterher. Er sprang gerade vom letzten Tisch runter, da stürzte ich mich auf ihn und wir fielen beide um.

Jetzt war Bao da, riss den Typen an der Jacke hoch und schrie ihn an: »Du haben Geld?« Man hätte ihn für einen aggressiven Bettler halten können.

Ich drückte mich hoch und rannte zurück zur Durchreiche. Weil hier kein Licht war, sah ich nicht so viel. Dann gewöhnten sich meine Augen an die Dunkelheit. Die Schublade war aufgerissen, ich fasste rein, fühlte das Leder der Kellnerbörse und wollte schon rufen: »Lass den Spinner gehen«, aber dann merkte ich, dass etwas nicht stimmte. Ich legte die Geldbörse immer mit dem Rücken nach unten und jetzt lag der Rücken oben. Ich nahm sie in die Hand und öffnete sie. Das Fach für die Scheine war leer.

»Er hat das Geld geklaut!«, brüllte ich.

Bao verstand und tastete den Typen ab.

»Begrabsch mich nicht, du Schwuchtel!«, blaffte der Typ.

Ich rannte zurück zu den beiden. Bao betatschte ihn weiter.

»Schlitzauge!«, brüllte der Typ. »Verstehste mich nicht?«

Jaja, dachte ich. Bei Bao hatte man sogar die Auswahl zwischen »Schlitzauge« und »Fettsack«.

Ich wollte Bao helfen, wusste aber nicht, was ich tun sollte. Und ich musste zugeben: Ich hatte Angst vor diesem Spinner. Er quäkte so laut.

Bao hatte wohl in der Jacke nichts gefunden und schob jetzt

seine Hand in die Jeanstasche des Typen. Die Jeans saß ziemlich eng. Aber Baos Hand glitt einfach da rein, wie eine dicke Schlange.

Er zog ein Bündel Geldscheine hervor.

»Das ist *meine* Kohle!«, schrie der Typ.

Bao packte ihn am Kragen, zog ihn raus auf die Straße und schubste ihn weg.

»Scheiß-Schlitzaugen, ich mach euch fertig!«, brüllte der Typ und lief weg.

Bao kam wieder rein, drückte mir das Bündel in die Hand und wollte in die Küche gehen.

»Hey«, rief ich und er drehte sich um. »*Do djäh* – danke!«, sagte ich.

Das Wort hatte ich nur wenige Male zu Onkel Wu gesagt. Es war das große Danke. Das kleine Danke hieß *hm goij*. Vorher hatte ich nie das große Danke benutzt und das kleine Danke auch nicht. Schließlich sprach ich sonst nur mit meinem Vater Chinesisch, und so förmlich, dass wir »Danke« sagten, waren wir nicht. Wir sagten ja auch nicht »Auf Wiedersehen« oder »Gute Nacht« zueinander.

Mir schlotterten die Knie, meine Stirn glühte, ich fühlte mich, als hätte ich Schüttelfrost.

»Trinken wir eine Cola«, sagte Bao.

»*Hou*«, sagte ich. In meiner Hand presste ich die Geldscheine zusammen.

Nachdem ich die Gläser auf den Tisch gestellt hatte, saßen wir stumm da.

Ich sah auf die Geldscheine vor mir. Ohne Bao wäre das Geld futsch gewesen.

Wieso hatte Bao nie Angst? Woher hatte er diese Sicherheit? Er tat nur das, was er wollte.

»Wäre ich allein gewesen, ich wäre durch den Keller abgehauen!«, kam es aus mir raus.

Manchmal hielt ich mich für die Größte, aber jetzt sah ich ein: Wenn es wirklich brenzlig wurde, wollte ich nur noch weg.

Bao trank seine Cola. Wenigstens hatten wir nun eine Gemeinsamkeit. Ich trank auch Cola. Er setzte sein Glas ab und starrte an mir vorbei.

»Ich bin wirklich noch ein kleines Kind«, sagte ich. Eigentlich hatte ich »kleines Mädchen« sagen wollen, weil sich das ein bisschen größer anhörte.

Bao schaute sich seine Hand an, als hätte er sie noch nie gesehen. Worauf wartete ich?

»Ich bin wirklich ein kleines Kind«, wiederholte ich.

Bao sah hoch: »*Damals* warst du ein kleines Kind.«

»Damals« klang so weit entfernt. Damals, noch vor ein paar Tagen – ja, da war ich noch ein Kind. Damals war Schule, Freundinnen und Ausgehen. Jetzt war Restaurant und Krankenhaus.

»Stimmt«, sagte ich. »Damals war ich noch kleiner.«

»Du bist durch die Gegend gerollt, als es bei dem Sturm so stark schwankte, so klein warst du«, sagte Bao. »Einmal hab ich dich festgehalten, als du zu mir gerollt bist, und du hast über meine Kleidung gekotzt.«

Was erzählte er da? Ich dachte wieder an das Kabuff mit den weißen Styroporplatten an den Wänden. In den Filmen sahen die Gummizellen auch immer so aus. In so einem Raum musste man doch erst recht verrückt werden.

»Was schüttelst du dich?«, fragte Bao. »Du solltest für die Kleidung bezahlen.«

»Natürlich«, sagte ich.

»Danach mochte ich dich nicht mehr«, fuhr Bao fort, »aber ich habe dich sowieso nie gemocht. Ich habe mein T-Shirt ausgezogen und dir den Mund abgewischt. Alles stank nach Kotze, nicht nur nach deiner. Aber was mich noch mehr störte, war der Schweißgeruch.«

Ich dachte an Belas Geruch. Er hatte nach Schweiß gerochen, aber nicht gestunken. Ich hätte ihn so gerne –

»Ich habe diesen Gestank immer noch in der Nase!«, fuhr Bao mich an.

Er verzog sein Gesicht, er sah wirklich angewidert aus.

»Es stank nach Pisse, Kacke und Kotze, aber der Schweiß war das Schlimmste. Der Schweiß roch nach Angst.«

Bao hielt seine Hand neben den Tisch.

»So klein warst du, deswegen hattest du es gut. Wenn du nicht geschlafen hast, hast du dich immer an deinen Vater geklammert.«

Auf einmal wusste ich, was er meinte. Das, wovon mein Vater nicht gern sprach und was mich auch nie interessiert hatte. Mich hatte es immer nur genervt, wenn die Erwachsenen gefragt hatten: »War es sehr schlimm?« Ich antwortete: »Ich kann mich an nichts erinnern.« Die Leute fanden die Antwort frech. Sie wollten von mir hören, dass alles schrecklich gewesen sei, ich aber später in meine Heimat zurückkehren wolle. Es machte mir immer ein schlechtes Gewissen, dass ich nie die richtigen Antworten gab. Manches verschwieg ich auch. Die Leute hätten sich ansonsten aufgeregt.

Wie war also die Flucht? Von meinem Vater wusste ich nur, dass einer nachts beim Gang zur Toilette vom Schiff gefallen war. Man hatte sein Fehlen zu spät bemerkt. Ein Zurückfahren hätte sich nicht gelohnt, man hätte ihn sowieso nicht mehr wiedergefunden. Dass wir ein Jahr lang in Thailand in einem Flüchtlingslager gelebt hatten. Mein Vater hatte nie erzählt, dass Bao mit dabei gewesen war.

»Wie alt bist du?«, fragte ich ihn.

»Neunundzwanzig.«

Ich rechnete zurück. Er musste zu dieser Zeit sechzehn gewesen sein, so alt wie ich jetzt war.

»Hast du dich auch an deinen Vater geklammert?«, fragte ich ihn.

Bao sah in sein leeres Colaglas.

»Was ist eigentlich mit deinem Vater?«, fragte ich.

Bao starrte nur weiter in sein Glas.

»Und deine Mutter?«, fragte ich.

Auf einmal stand er auf und ging in die Küche. Er hatte immer so eine Art, die Küchentür aufzustoßen, wenn er verärgert war. Sie schwang noch lange hin und her.

~

Am anderen Morgen kam Ling rein und ließ die noch nicht volle Mittagssonne draußen. Er sah so jung aus. Wenn ein Kind den ganzen Tag hier hätte verbringen müssen, wäre es bestimmt traurig gewesen. Alles zog einen im Sommer raus.

Ling sagte: »*Djou san* – guten Tag«, und ging an seinen Platz hinter der Theke.

»Wie alt bist du?«, fragte ich.

Er lief rot an und putzte. Was würde Ling bloß tun, wenn es keine Putzlappen gäbe?

Ich ging in die Küche. Wann hatte ich eigentlich das letzte Mal geduscht? Und wo duschte Bao? Bao entzündete gerade das Gas unter dem Behälter für die Suppen.

»Sonst macht dein Vater das immer«, sagte er vorwurfsvoll.

»Wo wäschst du dich?«

Bao schaute kurz auf.

»Du wohnst doch im Keller«, sagte ich. »Da gibts keine Dusche.«

Bao ging an mir vorbei und holte die Schüsseln mit dem geschnittenen Gemüse aus dem Kühlschrank.

»Wo wäschst du deine Kleidung?«, fragte ich weiter. »Wie geht das alles?«

Die Küchentür ging einen Spalt auf.

Ling rief: »Gäste!«

Zwar waren heute Frühgäste da gewesen, danach aber nur noch einige wenige. Jetzt, kurz vor der Nachmittagspause, war niemand mehr da und ich rief meinen Vater an. Ling polierte wie immer die Theke.

»*Weij?*«, fragte mein Vater.

Anstatt ihren Namen zu sagen, meldeten sich Chinesen immer mit einem »*Weij?*«, was so viel wie ein fragendes »Hallo?« bedeutete. Wer das nicht wusste, konnte leicht denken, dass alle Chinesen »Weij« hießen.

»*Hai ngo* – ich bins«, sagte ich.

»Hast du schon Reis gegessen?«, fragte mein Vater.

»Noch nicht. Ist Onkel Wu da?«

»Er ist vor einer Stunde gegangen«, sagte mein Vater. »Viele Gäste?«

»*Hou do* – sehr viele.«

»Ich muss noch eine Woche hier bleiben«, sagte mein Vater.

»*Meij jäh!*«, sagte ich. »*Gum loij* – so lange?«

»Der Arzt sagt, sie wollen mich beobachten, damit ich nicht wieder ohnmächtig werde.«

Mist!, dachte ich.

»Onkel Wu hat seinen Aufenthalt verlängert«, sagte mein Vater. »Er will heute noch beim Flughafen anrufen und seinen Flug *canceln*.«

Ich fragte mich, woher mein Vater das Wort *canceln* hatte. Ach ja, von Onkel Wu.

»Er hilft dir«, sagte mein Vater. »Sei höflich zu ihm. Man muss zu Älteren immer höflich sein.«

»Da kommt Onkel Wu«, sagte ich und legte auf.

Onkel Wu war verschwitzt, er schnappte nach Luft.

»Bist du zu Fuß vom Krankenhaus gekommen?«, fragte ich.

Er schaute mich fragend an.

»Willst du was trinken?«, fragte ich weiter. Ja, er wollte, und zwar etwas von dem guten deutschen *mineral water*, das es in Australien nicht gab.

Ich schüttete ihm ein großes kaltes Glas Gerolsteiner ein.

Onkel Wu setzte sich an einen Tisch vor der Theke und streckte die Beine von sich. »Ich bin am Bahnhof ausgestiegen und an dem asiatischen Imbiss vorbeigekommen«, sagte er.

Ich horchte auf. Er hatte bei der Konkurrenz gegessen?

Onkel Wu winkte mit beiden Händen ab: »*Hm hai*«, sagte er. »Vor der Tür hängt wie bei euch die Speisekarte aus.«

»Wie ist es?«

»Ich konnte nichts verstehen«, sagte Onkel Wu. »Aber die Preise erscheinen mir nicht so hoch.«

Das hätte ich ihm auch sagen können. Es war ja schließlich ein Imbiss.

»Die Geschäfte laufen dort gut«, erzählte Onkel Wu weiter. »Das Telefon klingelte immer.«

Onkel Wu machte eine Pause und dachte angestrengt nach. »Es sind mehr als fünfzehn Gäste gekommen *for take away*.«

Fünfzehn? Wie lange hatte Onkel Wu vor dem Imbiss herumgelungert? Ich musste ihn bewundern. Er wollte die Konkurrenz nicht am liebsten vergessen. Er ging hin und sah sich alles an.

»Ich bin nicht hinein«, erzählte Onkel Wu weiter, »aber die Tür stand auf, weil es heute so warm ist. Bestimmt sind sie auch nicht *airconditioned*. Ich habe reingeschaut, sie haben nur drei Tische.«

»Was haben die Leute bestellt?«

»Das kann ich nicht sagen«, antwortete Onkel Wu. »Das Essen war verpackt. Ich hätte selbst gerne etwas bestellt. Natürlich nur um zu sehen, wie gut es ist. Aber sie hätten bestimmt Verdacht geschöpft, weil ich Asiate bin. Sie wären vielleicht darauf gekommen, dass ich sie ausspionieren will.«

Das »Ausspionieren« hab ich mir dazu gedacht, denn ich kannte das Wort nicht, das Onkel Wu benutzte.

Die Idee mit dem Essenstest fand ich aber nicht schlecht.

»Lass uns Ling oder Bao hinschicken.«

»*Meij jäh?*«, fragte Ling entgeistert. Er wurde jetzt nicht rot, sondern bleich.

»*Mou*«, sagte Onke Wu. »*Hm hou* – nicht gut. Die beiden sehen doch auch typisch chinesisch aus.«

»Das muss uns nicht kümmern«, sagte ich nach einigem Überlegen.

»*Hm dag* – das geht nicht«, beharrte Onkel Wu. »Sie dürfen nicht wissen, dass wir sie ausspionieren.« Er überlegte, indem er die Augen nach oben verdrehte.

Er schaute wieder auf mich. »Du hast doch *Gwai Lou* als Freunde, hast du gesagt. *Gwai Lou* fallen nicht auf.«

Ling atmete erleichtert aus. Ich dachte an Sarah und Micha. Die hätten das komisch gefunden, wenn ich gesagt hätte: »Geht doch mal zum Imbiss um die Ecke und kauft dort Ente und Schweinefleisch süßsauer. Ihr könnt das machen, ohne aufzufallen. Ihr seht schließlich nicht asiatisch aus.« Aber die beiden sprachen sowieso nicht mehr mit mir.

Onkel Wu strich an dem langen Haar entlang und ich wusste,

für ihn war es beschlossene Sache, dass wir die Konkurrenz ausspionieren würden – mit Hilfe meiner *Gwai Lou*-Freunde.

Beim Essen sprach Onkel Wu die ganze Zeit mit Bao, während Ling und ich schwiegen. Die beiden schienen sich prächtig zu verstehen. Sie scherzten und lachten. Komisch, dass die einen sofort Zugang zu jemandem hatten, während den anderen dieser Zugang versperrt blieb, egal wie lange man sich kannte. Es war so, als hätte Onkel Wu den passenden Schlüssel für Bao, während ich eine Vielzahl falscher Schlüssel in der Hand hielt.

Bao spielte sein Theater weiter. Er verabschiedete sich von Onkel Wu und ging mit Ling zusammen zur Eingangstür raus.

Onkel Wu sagte zu mir: »Bao ist ein sehr freundlicher Mensch.«

Sicher dachte Onkel Wu nicht dasselbe über mich. Und ich musste es noch eine Woche mit ihm aushalten.

Als erriete Onkel Wu meine Gedanken, sagte er: »Ich muss nach Hause, telefonieren und einen anderen Flug buchen.«

»Du kannst auch hier telefonieren.«

»Die Papiere liegen in meinem Koffer«, sagte Onkel Wu.

Eigentlich wollte ich mitkommen und duschen, aber ich dachte an das Geschirr in der Küche. Ich schob die Tür auf und schaute kurz zur Spüle.

Wirklich ein sehr freundlicher Mensch, dieser Bao.

»Ich muss hier noch Dinge erledigen«, sagte ich.

Das Geschirr von gestern Abend stand ebenfalls noch da. Aber nachdem Bao den Dieb gefasst hatte, konnte ich ihn ja schlecht beschimpfen.

Ich ging durch die Küche in den Keller und hörte wieder Stimmen. Es war aber kein Film, sondern es waren Ling und Bao. Eigentlich nur Ling. Er erzählte Lustiges, etwas mit einem Mädchen. Bao lachte. An der Art seines Lachens hörte ich, dass Ling einen versauten Witz gerissen hatte. Ich wunderte mich, dass jemand, der bei jeder Gelegenheit rot anlief, solche Witze machte.

Bao saß auf seinem Bett und stopfte Kleidung in eine Tasche.

Ich wollte gerade sagen: Du hast das Geschirr nicht gespült, da sah ich, wie Ling erschrocken seine Augen aufriss, weil er mich gerade bemerkt hatte. Ich dachte wieder an »das Gesicht verlieren«. Wieso hieß das so? Stand das Gesicht nicht für die Persönlichkeit? Wieso verlor man seine Persönlichkeit, wenn man vor anderen beschimpft wurde?

»Was willst du schon wieder?«, fragte Bao, ohne aufzusehen.

»Gehst du duschen?«

Bao zog den Reißverschluss der Tasche zu und stand auf.

»Bist du von der Polizei? Warum willst du alles wissen?«

Mir fiel nichts ein.

Bao sprach weiter: »Du kannst mitkommen.«

Wohin denn mitkommen? Zum Duschen?

Ling rief entsetzt aus: »*Meij jäh* – was?«

Bao scheuchte Ling aus dem Zimmer und kam hinter ihm raus. Ich trat zur Seite, Bao drehte sich noch mal um und schloss sein Kabuff ab.

Ling und Bao gingen vor. Ling traute sich aber nichts zu sagen und Bao hatte wohl zu schlechte Laune, um zu sprechen.

Ich lief stumm hinterher wie ein ungebetener Gast.

Wir waren nur einige Minuten unterwegs. In der Nähe der Post stand ein großes hässliches Haus. Die Briefkästen waren eingedellt, die vielen Namen handschriftlich auf die Schilder geschrieben. An den Klingeln sah man genauso ein Wirrwarr. Aus der untersten hingen nur bunte Drähte raus.

Die alte verzierte Holztür war genauso wenig verschlossen wie die Haustür unseres Hochhauses. An unverschlossenen Türen konnte man wahrscheinlich erkennen, wie heruntergekommen ein Haus war.

Wir kamen ins Treppenhaus. Man sah altes Mosaik auf dem Boden. Früher musste es hier schön gewesen sein. Zwei Kinderwagen standen neben der Tür, alte Prospekte lagen verstreut herum. Die Treppe war aus Holz, die Stufen waren abgetreten. Sie knarrten, als wir hochgingen.

Ling schloss in der ersten Etage eine Wohnungstür auf. Es roch nach ausländischem Essen. Der Geruch schwebte nicht in der Luft, er saß wie in unserem Restaurant schon seit langem in den Möbeln und Wänden fest.

Das hier war wirklich kein deutscher Haushalt. Es sah so aus wie bei uns in der Wohnung, nur geräumiger und heller, die Räume waren höher.

Im Flur lagen alle möglichen Dinge herum. Die Küchentür stand offen. Statt einer gepflegten Einbauküche sah ich ein paar zusammengewürfelte Schränke. Auf dem alten Gasherd befanden sich zwei Töpfe und eine benutzte Bratpfanne. Bunte Pril-Blumen klebten an den Fliesen und auch Fußballer von der früheren Nationalelf. Ich erkannte Paul Breitner an seinem Bart und dem riesigen Lockenkopf.

Ling ging nach links durch den langen Flur bis zur letzten Tür. Er schloss auf, was ich seltsam fand: in einer Wohnung sein Zimmer abzuschließen.

In dem Raum standen zwei schmale Betten, eines an der linken Wand und eines gegenüber an der rechten Wand. So weit auseinander wie möglich. Überall lagen Klamotten herum, auch auf dem Boden. Ich sah keinen Schrank, nur zwei Stühle.

Es war noch unordentlicher als bei uns. Bei uns lagen die Klamotten wenigstens auf einem Haufen.

Ling lief rot an und sammelte hastig Kleidungsstücke zusammen. Er räumte einen Stuhl frei und zeigte darauf. Da durfte ich mich also hinsetzen. Bao sagte: »Ich gehe ins Bad.«

»Ich komme mit«, rief Ling.

Die beiden gingen raus und ich wollte auf einmal nicht allein hier bleiben. Ich lief ihnen hinterher. Das Bad lag am Ende des Flurs, recht groß, aber wie alles andere ziemlich heruntergekommen. Eine angerostete Waschmaschine stand darin und eine altmodische Badewanne. Das uralte Fenster war aus Holz und schloss nicht richtig.

Ling nahm Baos Kleidung aus der Tasche und stopfte sie in die Waschmaschine.

»Halt!«, rief Bao. »Das Handtuch brauch ich noch!«

Ling gab ihm das Handtuch zurück und stopfte weiter. Bao zog schon sein T-Shirt aus. Sein Schwabbelbauch war jetzt nicht mehr versteckt.

Ling ging mit gesenktem Kopf raus und ich hinterher. Er lief weiter durch den Flur in die Küche und ich ging in sein Zimmer.

Ling kam wieder und fragte zappelig: »Willst du etwas trinken?«

»*Hm sai* – nicht nötig«, sagte ich. »Ist das dein Zimmer? Wieso hast du zwei Betten?«

Ling sammelte weiter Klamotten auf. Manche schmiss er auf das rechte Bett, manche aufs linke.

»Das eine ist meins«, sagte Ling dabei. »Das andere gehört jemand anderem.«

»Wem?«

»Er spült in einem italienischen Restaurant ab.«

Langsam wusste er wohl nicht mehr, was er tun sollte, und faltete die Klamotten, die er aufs Bett geschmissen hatte, zusammen. Ich war mir sicher, dass es keine sauberen Klamotten waren, schließlich hatten sie ja vorher auf dem Boden gelegen. Niemand faltete schmutzige Klamotten zusammen, die sowieso in die Waschmaschine kamen.

»Ling!«, sagte ich scharf.

Ling zuckte zusammen. Er stand einen Moment reglos da, dann setzte er sich auf den anderen braunen Stuhl.

»Wie alt bist du?«, fragte ich ihn.

Ling schlug die Beine übereinander und umklammerte sein Knie.

Ich fand Männer, die ihre Beine übereinanderschlugen, seltsam.

»Wie alt bist *du*?«, fragte Ling zurück.

»Sechzehn.«

Ling stand auf, ging zum großen Fenster und öffnete es. Es war altmodisch und hoch. Man machte es zu den Seiten auf. Er stützte sich auf die Fensterbank und sah hinaus. Der Straßenlärm war jetzt noch deutlicher zu hören. Gerade fuhr ein Lastwagen polternd die Straße runter.

»Wer wohnt hier noch?«, fragte ich.

Ling sagte: »Hier werden die Zimmer einzeln vermietet.«

Weil er aus dem Fenster sprach, verstand ich ihn nur schlecht.

»Die anderen sind auch Männer, die arbeiten gehen.«

Als ich ihn so von hinten betrachtete, seine schmale Gestalt, den Rücken, der sich jetzt leicht krümmte, erkannte ich, dass er sich schämte. Er hatte nicht aufgeräumt, er hatte keine eigene Wohnung, wohnte auch nicht bei seiner Familie. Er konnte sich noch nicht einmal ein eigenes Zimmer leisten. Auf seinem Bett lag ein kleines Radio.

Ich schämte mich ja auch, wenn jemand die Schäbigkeit unserer Wohnung sah.

Was hieß: Tut mir leid, ich hab nicht nachgedacht?

Jeder Satz, den ich auf Chinesisch sagte, war wie ein Puzzle. Ich musste mir mühsam die Stücke zusammensuchen und manche fand ich nicht.

Bao kam aus dem Bad. Seine Haare waren nass und seine Wangen röter. Er klatschte Ling mit dem Handtuch auf den Rücken. Der zuckte vor Schreck zusammen.

Bao drehte sich zu mir um und hörte auf zu lachen: »Du weißt jetzt, wo ich dusche. Willst du sonst noch was fragen, du große Polizistin?«

Ich dachte an Baos Kabuff. Bao hatte gesagt: »Lieber hier als bei Ling wohnen.« So angestrengt ich aber auch überlegte, ich wusste nicht, wie ich mich entscheiden würde. Allein in einem engen, modrig riechenden, fensterlosen Kellerraum oder mit einem Fremden im selben Zimmer gefüllt mit Autolärm?

Ling ging durch den Raum, griff unters Bett und zog einen Wäscheständer hervor.

~

Ich saß auf der Terrasse, unter mir rauschte die Aa. Mehr war auch nicht. Ich war nicht zu Hause gewesen. Meine Kleidung fühlte sich speckig und labberig an, meine Haare waren fettig. Aber lieber fettige Haare als ständig Onkel Wus Gerede. Wie sollte ich es bloß eine Woche mit ihm aushalten? Ich dachte auf einmal an meinen Vater. Anstatt mich zu fragen, wie es ihm ging, hatte ich wieder mal nur an mich gedacht: »Was? Eine ganze Woche mit Onkel Wu? *Gum loij?*«

Ich ging rein. Ich musste einfach mit jemandem sprechen – und so sprechen, dass ich mich dabei nicht sprachbehindert fühlte. Der dicke Buddha lachte mich wie immer an. Ich überwand mich endlich und drückte auf die Tasten.

»Wo warst du?«, fragte Sarah. »Ist euer Telefon kaputt?«

Mir fiel ein Stein vom Herzen. Sarah hatte versucht, mich zu erreichen!

»Ich bin die ganze Zeit im Restaurant. Mein Vater ist krank.«

»Habt ihr keine Aushilfe?«, fragte sie.

»Es sind ja sowieso Ferien. Bist du mir noch böse?«

Ich wollte sie auch fragen, ob sie Bela gesehen hatte, aber das verkniff ich mir dann doch.

»Wir waren im *Glashaus* und er hat mich angesprochen«, sagte sie übertrieben gleichgültig.

»Was hat er gesagt?«

»Nur gefragt, wo du seist. Aber du warst ja nicht zu erreichen und gestern Abend war ein komischer Mann dran. Dein Vater? Er verstand überhaupt nichts.«

»Was hast du gesagt?«

»Na, ich hab nach dir gefragt! Aber er verstand ja nichts!«

»Nein, ich meine im *Glashaus*, als … er nach mir gefragt hat.«

»Wer? Dein Vater? Ach so. Im Bus grüßt er mich jetzt immer. Aber jetzt will ich nichts mehr von ihm.«

»Was hast du gesagt?«

»Hey, nicht gleich so unfreundlich!«, fuhr sie mich an. »Alte Frau ist doch kein D-Zug! Ich hab ihm gesagt, ich hab dich seitdem nicht mehr gesehen. Es sind schließlich Ferien. Wie lange bist du noch im Restaurant? Ich könnte auch einen Ferienjob brauchen.«

Ob Bela noch an mich dachte?

»Ich hab dich was gefragt!«, rief mir Sarah ins Ohr.

»Was denn?«

»Kann ich nicht auch bei euch jobben? Mein Walkman gibt bald den Geist auf und ich bräuchte neue Pumps.«

Ich stellte mir Sarah als Kellnerin vor. Wenn der Fette mit der glänzenden Nase ihr schiefkäme, würde sie ihm das Essen ins Gesicht drücken. Außerdem würde sie staunen, wenn sie wüsste, was sie hier verdienen würde: nämlich gar nichts.

»Ich kann auch gut abspülen«, sagte sie.

Ich dachte an das schmutzige Geschirr in der Spüle.

»Es gibt hier keinen Job mehr«, sagte ich.

»Schade«, sagte sie. »Du hast es gut, kannst bei deinem eigenen Vater arbeiten. Und ich muss schauen, wo ich das Geld für den neuen Walkman herkriege. Was hat dein Vater eigentlich?«

Mir fiel wieder ein, wie Sarah sich die Hände auf die Brust gedrückt hatte: Herzinfarkt! Ich hatte es sogar verstanden. Aber seit ich meinen Vater gesehen hatte, da auf dem Bürgersteig, fand ich Sarahs Herzinfarktgetue nur noch albern.

Was war schlimmer? Sich vor seinem Schwarm zu blamieren oder einen richtigen Herzinfarkt zu haben? Ich war auch lächerlich gewesen, mit meinem größten Problem, dem Eiterpickel. Und war es schlimmer, in einer Hochhaus-Wohnung voller alter Möbel zu leben oder sich ein Zimmer mit einem Fremden zu teilen?

Früher hatte ich gedacht, je älter ich werde, desto besser wird das Leben. Weil man dann tun und lassen kann, was man will. Aber mein Vater, Bao und Ling waren älter als ich und für sie war das Leben beschissen.

»Hallo? Bist du noch dran?«, rief Sarah.

»Ich muss noch weiterarbeiten«, sagte ich. »Was macht Micha?«

»Die fährt doch auch nicht weg«, sagte Sarah. »Ferien sind ziemlich langweilig.«

Hatte Sarah noch keinen neuen Schwarm?

»Wir kommen dich mal besuchen«, sagte Sarah.

Bloß nicht, dachte ich. »Du kannst mich hier immer anrufen«, sagte ich. »Aber zwischen zwölf und zwei mittags ist es schlecht und auch abends zwischen sieben und zehn. In dieser Zeit ist immer viel los.«

»So viel zu tun«, seufzte Sarah, »aber keinen Job für mich.«

»Ciao«, sagte ich.

»Ciao, Süße«, sagte Sarah in ihrem gewohnten Ton.

Sarah hatte mir verziehen! Und Bela hatte nach mir gefragt! Die Tür schwang noch etwas hin und her. Ich stand auf einmal in der Küche und sah mich um, als sei ich gerade geschlafwandelt. Wo war ich? Dann sah ich das schmutzige Geschirr in der Spüle.

Ich hielt den letzten Teller in der Hand, da klingelte das Telefon schon wieder. Bestimmt war es Sarah. Sie vergaß immer etwas und rief dann sofort wieder an, sozusagen PS-Anrufe. Ich ließ den schmierigen Curry-Teller ins Wasser fallen und stürmte aus der Küche zur Theke. Das Telefon klingelte immer noch. Ich griff den Hörer und sagte: »Restaurant Hongkong?«

»*Bin go* – wer spricht da?«, fragte ein Chinese. Es war Onkel Wu.

»*Hai ngo* – ich bins«, sagte ich.

»*Mäi Yü?*«

»*Hai.*«

»Es hat geklappt«, sagte Onkel Wu. »Ich habe die Tickets *gecancelt* und fliege neun Tage später. Ich komme erst nachher ins Restaurant. Ich bin müde.«

»*Hou*«, sagte ich und legte auf.

Das Abendgeschäft lief wieder nicht besonders. Zwei Tische waren da gewesen, jetzt war wieder alles leer. Die Leute saßen lieber in den Biergärten als auf unserer Terrasse über der Aa. Ich ging in die Küche, spülte den letzten Teller im schmutzigen Wasser. Bao hatte sich an seinen Platz vors Fliegengitterfenster gesetzt und döste.

»War Ling auch mit auf dem Boot?«, fragte ich.

Bao schreckte hoch. Er stand auf, griff in den Zwiebelsack und holte eine große Gemüsezwiebel raus. Er entfernte die braune glänzende Schale mit wenigen Schnitten.

»Wieso denkst du das?«, fragte er abfällig, als hätten wir nie eine Friedens-Cola miteinander getrunken. »Glaubst du, alle Chinesen waren auf demselben Schiff?«

»Sehr witzig.«

Die Küchentür quietschte. Ling lugte durch die Tür und rief: »Gäste!«

Bao schnitt mit dem großen Beil die Zwiebel in feine Scheiben und ich wandte mich ab.

Hätte ich gewusst, wer an diesem Abend kommen würde, dann – was dann? Hätte ich geduscht, mich zurechtgemacht, mir eine passende schwarze Hose gekauft, statt die Hose meines Vaters zu tragen – und hätte mich trotzdem hinter der Theke versteckt.

Ganz vorne neben dem Eingang saß Bela mit dem Rothaarigen und einem anderen Freund.

Am ersten Tisch am Fenster. Ich sah ihn im Profil. Er sah geradeaus zu dem Rothaarigen. Wenn er nach rechts geschaut hätte, hätte er mich sofort entdeckt.

Ich ging in die Knie – jetzt verdeckte mich die Theke – und robbte zu Ling. Die Fliesen waren klebrig und voller Krümel. Dieser Ling! Polierte ständig oben die Theke und hier unten ließ er alles verkommen!

Lings Augen fielen fast raus, als ich zu ihm kroch und mich vor seine Füße setzte.

»Ling!«, flüsterte ich.

Ling blickte mich direkt an, also nach unten auf den Boden.

»Sieh woandershin!«, zischte ich. »Bring denen die Speisekarte!«

Ling schaute nur verwirrt, so wie Doof von Dick und Doof.

Ich zeigte mit den Fingern »gehen«, indem ich Zeige- und Mittelfinger bewegte wie zwei Beine, dann »Speisekarte«, indem ich ein Rechteck in die Luft zeichnete, und zeigte in Richtung Bela.

»Los!« Schließlich waren es nicht nur Bela und seine Freunde. Es waren auch drei Gäste. Und an diesem Abend zählte jeder Gast.

Endlich entfernte sich Ling.

Ich hörte die drei hintereinander »Danke« sagen. Ling hatte ihnen anscheinend die Karten gegeben. Wusste er denn gar nicht, dass man die Gäste mit »Guten Abend« begrüßte und »Bitte schön« sagte, wenn sie »Danke« sagten? Er war doch schon so lange hier!

Er kam wieder zurück und stellte sich vor dem Zapfhahn.

Was hieß »die Bestellung aufnehmen«? Ich zischte ihm zu: »Wenn du fragst, was sie essen wollen – nimm das Papier mit und den Stift!«

Ling wurde dunkelrot. »Ich bin kein Kellner«, sagte er.

»Du kannst das Trinkgeld behalten.« Natürlich wusste ich nicht, was Trinkgeld hieß, und sagte stattdessen »Kaffeegeld«.

Ling schien zu verstehen, was ich meinte. Er ging vor die Theke und stand da so rum, wie ich immer rumstand.

Ich hörte die Speisekarten zuklappen.

»Sie sind fertig mit Aussuchen!«

Er strich sich einige Male über die Haare und nickte.

»Und vergiss nicht, nach der Nummer zu fragen, wenn sie nur ›Huhn‹ sagen. Es gibt sehr viele Huhn-Gerichte.«

Er zog los. Ich hörte, dass die drei ihre Bestellungen aufgaben.

Hier unten war ich sicher. Hier kam kein Gast hin und schaute hinter die Theke. Die Toiletten lagen weiter vorne, in der Nähe der Garderoben, da ging es in den Keller.

Was machte Bela eigentlich hier? Ich hatte im Restaurant noch nie einen Schüler gesehen.

Endlich kam Ling wieder.

»Was wollen sie essen und trinken?«

»Drei große Bier«, sagte Ling.

»Mach du sie.«

Er zögerte und stammelte dann: »Warum? Ich bin doch jetzt der Kellner.«

»Du machst das Bier!«, zischte ich.

Onkel Wu hatte Recht. Ein Zimmerbrunnen wäre nicht schlecht. Wasserplätschern übertönte einiges, ohne zu stören wie Musik. Mit Wasserplätschern wäre auch Bao in der Küche nicht mehr so deutlich zu hören. Manchmal knallte er die Pfanne so richtig auf den Herd.

Jetzt fluchte er schon wieder, »*Ai jah!*«, was man durch die Schwingtür und trotz der leisen Hintergrundmusik hörte.

Man schrie: »*Ai jah!*«, wenn man genervt war oder sich über etwas aufregte. Es hatte keine richtige Bedeutung, außer dass man sich Luft machte.

Ich hatte Bao schon mehrmals gesagt, dass er nicht so rumschreien sollte. Auch wenn die Gäste nichts mit »*Ai jah!*« anfangen konnten, hörte man am Tonfall, dass jemand fluchte. Und wer wollte beim Essen schon einen fluchenden Chinesen hören?

Ling kam um die Theke herum und zapfte.

»Was wollen sie essen?«, flüsterte ich.

Er nahm den Block und gab ihn mir runter.

Ich schaute mir die Bestellungen an. Einer wollte gebratene Nudeln, einer Schweinefleisch süßsauer und einer Ente mit Bambussprossen und Morcheln.

Ich schrieb die Nummern auf den Bon. Ling war jetzt fertig mit seinem Bier. Die Schaumkronen sahen bei ihm sehr gut aus. Ling ging los. Ich hörte ihn mit lauter Stimme »Bier!« sagen, was ziemlich bescheuert war, wenn alle drei Bier bestellt hatten. Und dass es Bier war, sah man doch. Ich hörte die Aufregung in seiner Stimme. Wahrscheinlich sprach er deswegen so laut: weil er alles mit voller Wucht aus sich herauspresste.

»Danke«, hörte ich dreimal.

Ling kam zurück an die Theke.

Du hast wieder nicht »Bitte schön« gesagt, wollte ich zischen, aber ich sah den Stolz in seinen Augen. Ich kroch mit dem Bon in die Küche und drückte ihn Bao in die Hand. Der Boden hier war viel sauberer. Ich kroch wieder raus.

»*Leij tjie djo sien?*«, rief mir Bao hinterher. Ja, mir war die Sicherung durchgebrannt!

Hinter der Theke winkte ich Ling zu mir her. Er kam um die Ecke und ich zog ihn an seinen Händen runter, ließ ihn aber sofort los. Ich fasste nicht gerne andere Leute an.

»Du hast gesehen, wie das Essen auf den Tisch kommt?«, fragte ich ihn.

Ling nickte.

Es war ziemlich anstrengend, auf dem Boden zu kriechen. Die schwarze Hose wurde ganz schmutzig. Ich schnippte die Krümel weg und strich über den Stoff, aber die Flecken wurden nur größer.

Da war Bela keine zehn Meter von mir entfernt und ich konnte ihn nicht mal ansehen! Wenn wir im Restaurant doch so einen großen Spiegel gehabt hätten wie in den Verhörräumen bei der Kripo: Er würde mich nicht sehen, aber ich ihn. Dann würde ich ... ich würde ihn anschauen! Und zwar die ganze Zeit!

Ich hörte, wie Bao die Reisschüssel auf die Durchreiche knallte und auf die Klingel schlug.

*»Go fan leij djo* – der Reis ist da!«

Ling setzte sich in Bewegung und nahm sogar die Warmhalteplatten mit. Ich pustete aus. Nur noch gleich das Essen und das Gröbste wäre geschafft.

Es waren keine neuen Gäste gekommen. Ling stellte sich wieder vor die Theke. Eigentlich war alles so weit gut, bis das Telefon klingelte.

Ling schaute mich an.

»Geh ans Telefon«, zischte ich.

Jetzt hörte auch noch die Musik auf.

Ling nahm ab: »*Weij?*«

Wie bescheuert! Er war doch im Restaurant und nicht bei sich zu Hause! Er wusste doch ganz genau wie man sich hier am Telefon meldete: »Chinarestaurant Hongkong, guten Tag!«

»Ling«, sagte er weiter.

Er lauschte weiter angestrengt ins Telefon.

»Mini?«, rief er laut in den Hörer. »Was Mini?«

Mein Name wurde auf Chinesisch ja ganz anders ausgesprochen: Mäi Yü.

Ich drehte die Kassette um, hob die Hand und winkte. Die Musik lief wieder.

Er reichte mir den Hörer herunter.

»Ja?«, fragte ich. Ich musste noch leiser sein, weil ich jetzt deutsch sprach.

»Hi, Mini«, sagte eine Stimme, die ich kannte. Es war Micha. »Sarah hat erzählt, dass du jetzt immer im Restaurant bist.«

Micha klang wie sonst auch. Wieso musste sie ausgerechnet in diesem Moment anrufen?

»Ich hab dich einige Male angerufen«, sprach sie weiter. »Ich dachte schon, euer Telefon sei kaputt.«

»Jetzt ist gerade schlecht«, sagte ich.

»Eines wollte ich dir noch sagen. Sarah hat mich eben angerufen. Nachdem ihr telefoniert habt, ist sie noch in Elverdissen in diesen Supermarkt gegangen. Und sie hat ihn da getroffen.«

Ich wusste, wen sie meinte.

»Sie hat gesagt: ›Du hast doch nach meiner Freundin gefragt. Sie ist die ganze Zeit im Restaurant. Dem an der Schillerstraße.‹«

»Was?«, schrie ich in den Hörer.

»Ich wollte nur, dass du vorbereitet bist.«

»Er ist schon da«, flüsterte ich. »Ich ruf dich die Tage zurück.«

Ich griff nach oben und drückte auf die Gabel.

Ling kam hinter die Theke und spülte Gläser ab.

Ich krabbelte in die Küche. Bao stand am Herd und machte

gerade neuen Frühlingsrollenteig. Er sah mich an und schüttelte den Kopf.

Ich stand auf und beobachtete ihn. Er goss die passende Menge Teig in die Pfanne, ließ sie kreisen, bis der Teig sich verteilte und fest wurde. Schon schabte er den Teig runter und klatschte ihn auf den Turm zu den anderen fertigen Teigfladen. Sie sahen so schön nach Crêpes aus.

Die Küchentür ging auf und ich wollte Ling fragen: »*Meij jäh –* was ist?«, da merkte ich, es war Onkel Wu.

»Willst du nicht nach den Gästen gucken?«, fragte er. »Ich glaube, sie haben zu Ende gegessen.«

»Kannst du das nicht Ling sagen? Ich bring ihm gerade bei, wie man kellnert.«

»Sieh ihm zu, ob er es richtig macht.«

Ich zog eine Flappe.

Onkel Wu kümmerte das nicht: »Ich habe Onkel Bat auch beigebracht, wie er das Fleisch schneiden muss. Ich habe mich nicht wie du in einen anderen Raum gestellt.«

Immer diese Moralpredigten!

Onkel Wu fuhr mit seiner Belehrung fort: »Wenn du Ansehen willst« (ich dachte mir nur, dass es so viel wie »Ansehen« hieß), »musst du ein Vorbild sein« (hier genauso) »für die Leute, die für dich arbeiten!«

Bao lachte los.

Ich motzte: »Ich gehe nicht raus!«

»Warum nicht?«, fragte Onkel Wu.

So etwas besprach man nicht mit seinem Onkel. Besonders nicht mit *so* einem Onkel.

»Ein Freund von mir sitzt da vorne, er soll mich nicht sehen«, sagte ich vereinfachend.

»Wieso begrüßt du ihn nicht?«, fragte Onkel Wu.

Ich hatte ihm doch gerade gesagt, dass er mich nicht sehen sollte!

Das war mir zu doof. Ich ging in die Hocke, drückte die Küchentür auf und ging im Entengang raus.

Ling stand wieder hinter der Theke. Ich zog ihn am Hosenbein. Er kam runter.

»Räum ab!«, sagte ich. »Sie sind bestimmt fertig mit Essen.«

Ling ging los. Mittlerweile war Onkel Wu aus der Küche gekommen.

»Was machst du?«

Die Kassette hatte wieder gestoppt und es war totenstill im Restaurant. Mit etwas gutem Willen konnte Bela denken, Onkel Wu sei verrückt und rede mit sich selbst. Genauso wie Ling verrückt war und auch mit sich selbst sprach.

Ich krabbelte an Onkel Wus Beinen vorbei in die Küche. Er ging hinter mir her und drückte mir gnädigerweise die Tür auf.

»Wenn einer davon dein Freund ist«, sagte Onkel Wu, »dann frag ihn, ob er zum China-Imbiss geht und Essen kauft.«

Ling schob das benutzte Geschirr in die Durchreiche.

»Sie wollen zahlen!«, rief er dabei.

Onkel Wu lief raus. Leider kannte sich Onkel Wu mit deutschem Geld nicht aus. Aber besser, er sah Ling auf die Finger als gar keiner.

Ich ging nach hinten und stellte mich vor das offene Fenster mit dem Fliegengitter. Aus Baos Richtung hörte ich nur klack-klack-

klack. Er schnitt wieder irgendwas. Die Zeit verging überhaupt nicht. Irgendwann kam Onkel Wu und sagte: »Sie sind weg.«

Ich atmete aus und ging mit ihm aus der Küche.

Der Anblick des verlassenen Tisches machte mich traurig. Leere Gläser, zerknüllte Servietten.

Ich setzte mich neben die Durchreiche. Aus dem Augenwinkel sah ich die Glastür aufgehen und jemanden reinkommen.

»Haben Sie eigentlich einen Zigarettenautomaten?«

Es war Bela. Er sah mich aber nicht, sondern schaute nur Ling an, der vor der Theke stand.

Ling zeigte zu der Tür und antwortete: »Da Kellel.«

Bela ging durch die Tür zu den Toiletten runter.

Nach kurzer Zeit kam er wieder hoch und rief im Rausgehen: »Auf Wiedersehen.«

Als er an der Glastür war und sie aufzog, erhob ich mich und ging zur Theke. Auf einmal drehte er sich um.

»Habt ihr auch Streichhölzer?«, fragte er und sah dabei mich an, als sei ich schon immer hier gewesen.

Ich hoffte, Ling würde ihm antworten, aber Ling sagte nichts.

»Da vorne«, meinte ich schließlich und zeigte auf die Bambusschale. Wieso war ich nicht einfach in der Küche geblieben?

»Jobbst du hier?«, fragte er.

»Ja«, antwortete ich gequält.

Bela sah genauso aus wie vor zwei Wochen im *Glashaus*. Er roch bestimmt genauso und er fühlte sich bestimmt genauso warm an. Er riss die Folie der Schachtel auf, schaute sich um und nahm sich einen Aschenbecher vom nächsten Tisch. Den stellte er auf der Theke ab und fragte: »Darf ich?«

Ich nickte.

Er reichte mir eine Zigarette, nahm sich selber eine und gab uns beiden Feuer.

Die Zigarette schmeckte scharf. Wenigstens musste ich nicht husten. Ich traute mich gar nicht ihn anzuschauen. Hoffentlich schaute er mich auch nicht an.

Ich zog weiter an der Zigarette.

Onkel Wu kam aus der Küche.

Zuerst sah er misstrauisch auf unsere Zigaretten. Dann sagte er: »Hello, I'm her uncle!«

Er hatte eine ziemlich komische englische Aussprache. Wahrscheinlich war das der chinesische Akzent.

Er gab Bela die Hand und Bela bot ihm von der Schachtel an.

Onkel Wu nahm tatsächlich eine. Bela bot auch Ling eine an.

So wie wir schweigend zusammenstanden und rauchten, hätte man denken können, wir seien alte Freunde. Dabei kannte ich weder Onkel Wu noch Ling noch Bela.

Ich dachte an mein Testament und daran, dass ich allen Leuten sagen wollte, was ich von ihnen hielt. Nein, ich würde mein Versprechen nicht halten. Ich konnte Bela nicht gestehen, dass ich ihn liebte.

»And what's your name?«, fragte Onkel Wu und fuhr wieder mit seinen Fingern über sein langes Wangenhaar. Ich schämte mich in Grund und Boden. Dieses Haar war einfach ekelhaft und jetzt betonte Onkel Wu es schon wieder, indem er darüberstrich, so wie andere sich über ihren langen Bart strichen.

»Bela.«

»Oh, that is a very nice name!«, rief Onkel Wu aus.

Bela wusste wohl nicht, was er von alldem hier halten sollte. Er rauchte einfach weiter.

»Are you just a friend or are you her boyfriend?«, fragte Onkel Wu.

Bela schaute mich an.

In Wahrheit war er beides nicht. Ich wartete auf mein Todesurteil.

Bela drückte seine Zigarette aus und nahm sich eine neue aus der Packung. Onkel Wu starrte ihn weiter erwartungsvoll an und auch Ling schaute jetzt hektisch von mir zu Bela.

»Are you her boyfriend?«

Ich sah Onkel Wu an. Aber er hatte nichts gesagt. Ling hatte das gefragt. Ausgerechnet Ling! Warum mischte er sich in Sachen ein, die ihn nichts angingen?

Mir lag ein »Fuck you!« auf der Zunge.

Bela legte seine Zigarette im Aschenbecher ab, murmelte entschuldigend, er käme gleich wieder, und ging. Der kam bestimmt nicht wieder.

Kaum war er durch die Tür, fuhr ich Onkel Wu an: »Warum fragst du ihn das?« Ich wartete keine Antwort ab, sah weiter zu Ling und sagte: »Fuck you!«

Ling vergaß seinen Mund zu schließen und Onkel Wu regte sich auf: »*Ai jah!*«

Ich hätte es lieber auf Deutsch sagen sollen, das hätte Onkel Wu nicht verstanden.

Mein Blick fiel auf Belas Zigarette, die vor sich hin qualmte. Ich wollte sie auf jeden Fall mitnehmen und als Andenken behalten. Schließlich hatten seine Lippen die Zigarette berührt.

Bela kam wieder rein!

»Tu den Schlüssel wieder dort drunter, wo man die Schuhe abputzt«, sagte ich zu Onkel Wu. »Und vergiss nicht das Geld mitzunehmen.«

Ich ging Bela entgegen, auch wenn er mich jetzt in der schmutzigen, zu großen Hose sah.

Er sah mich wirklich erstaunt an. Ich nahm seine Hand und zog ihn mit raus.

Ling und Onkel Wu schauten uns nach. Ich zog Bela weiter die Straße entlang, über die Brücke in den Weg zum Wall rein. Hier konnten sie uns nicht mehr sehen. Dann dachte ich: Onkel Wu geht gleich nach Hause. Ich nahm schon wieder Belas Hand und ging mit ihm weiter, über die kleine Fußgängerbrücke, bis wir vor der Musikschule standen.

Eigentlich musste ich jetzt mein Versprechen wahr machen und sagen: Bela, ich habe dich vermisst, ich bin verliebt in dich.

Das alles konnte ich aber nicht sagen. Er wusste, dass ich mich die ganze Zeit hinter der Theke versteckt hatte und dass ich einen Onkel hatte, dem ein langes schwarzes Haar aus der Wange wuchs. Außerdem hatte ich fettige Haare und meine Hose war schmutzig.

Ich starrte nach unten, hinunter auf Belas schwarze Jeans bis zu seinen weißen Turnschuhen.

Die Turnschuhe bewegten sich auf mich zu. Sie standen jetzt dicht vor meinen Schuhen. Belas Körper war so nah, seine Wange berührte fast meine. »Was. Sollte. Das?«, sagte er leise in mein Ohr.

Er roch wie im *Glashaus*.

Ich sah auf sein T-Shirt. Es war jetzt nicht mehr möglich, bis zu seinen Schuhen zu schauen.

»Stinke ich?«, fragte ich.

Er sog die Luft an meiner Wange ein und roch seitlich an meinem Hals herunter. Sein Gesicht entfernte sich wieder.

»Du riechst nach meinem Essen.«

Ich sah an ihm hoch und fragte mich, ob alle dasselbe fühlten, wenn sie verliebt waren: dass sie den schönsten Menschen der Welt vor sich hatten. Dass man sich kein schöneres Gesicht, keine schönere Stimme vorstellen konnte, keinen schöneren Körper, keine schönere Art. Ich konnte mir nicht vorstellen, Bela irgendwann nicht mehr schön zu finden.

Ich wollte wissen, ob ich träumte. Aber ich wollte nicht gekniffen werden. Ich strich mit meinem Zeigefinger über sein T-Shirt. Das fühlte sich zu schön an, um es nur zu träumen.

»Schreib was«, sagte Bela.

Ich schrieb B-E-L-A.

»Das bin ich«, sagte er.

Ich schrieb: H-A-L-L-O.

»Hallo«, sagte Bela.

Ich schrieb: S-C-H-Ö-N, malte noch ein paar Kreise herum und nahm meine Hand wieder runter. Er blieb stumm.

»Sag was«, sagte ich.

»Was?«

»Was du willst.«

»Zum Ufer?«, fragte er.

Wir gingen schweigend über die Rasenfläche, an dem dicken alten Baum vorbei, den Abhang hinunter, der hier nicht so steil war wie drüben. Unten, direkt am Ufer, gab es eine schmale Rasenfläche. So ähnlich hatte das Gras im Freibad gerochen. Hier roch es noch nach Wildblumen und dem Wasser der Aa. Der Chlorgeruch fehlte und das Gekreische der kleinen Kinder.

Ich legte mich auf den Rücken und betrachtete den Himmel. Es war fast Vollmond. Bela war neben mir und gab keinen Ton von sich. Vor unseren Füßen rauschte die Aa. Ich drehte mich auf die Seite. Bela hatte die Brille abgenommen und die Augen geschlossen. Ich stützte mich auf und beugte mich über ihn.

Mein Gesicht war nur noch eine Handbreit von seinem entfernt. Ich spürte seinen Atem, meine Haare hingen hinab, die Spitzen strichen über seine Wange. Er öffnete seine Augen immer noch nicht.

»Schläfst du?«, fragte ich.

Er antwortete nicht.

»Bela«, sagte ich und er öffnete seine Augen. So nah wirkten sie riesig. Im Mondlicht waren sie nicht blau, sondern dunkel. Vielleicht lag es auch an meinem Schatten, der sich über sie legte.

»Bela«, sagte ich, »bin ich auch zu dick?«

Ich entfernte mich ein Stück, um ihn besser betrachten zu können.

Mir gefiel es, »Bela« zu sagen. Wenn ich »Bela« sagte, konnte man all das heraushören, was ich fühlte. »Bela, warst du nur zufällig im Restaurant?«

Er schüttelte den Kopf. So langsam, dass »schütteln« nicht das richtige Wort dafür war. Dabei sah er mir weiter in die Augen.

»Du bist nicht ins *Glashaus* gekommen«, sagte er.

Ich hätte alle Musikkassetten sofort gegen eine einzige Kassette getauscht, auf der Bela die ganze Zeit sprach.

»Sprich weiter«, sagte ich.

»Was weiter?«

»Irgendwas.«

Bela überlegte kurz. »Wie heißt du?«

Ich drückte mich hoch, wendete mich ab und sah auf die andere Seite. Die Laternen neben den Bäumen brannten heute umsonst. Der Mond tauchte alles in ein seltsames Licht. Mit drei Worten hatte Bela die ganze Stimmung zwischen uns zerstört. Ich wollte nicht wissen, wie ich hieß und wer ich war. Manche Villen waren angeleuchtet. Früher hatte ich mir gewünscht, in einer zu wohnen. Ich hatte mir blonde Haare gewünscht und Eltern, wie man sie aus Bilderbüchern kennt. Ich wusste nicht, ob ich jemals aufgehört hatte, mir zu wünschen, jemand anderes zu sein.

Bela setzte sich jetzt auch auf. Ich starrte weiter hinüber zum anderen Ufer.

»Magst du deinen Namen nicht?«

Auf der anderen Seite lief eine dicke Gestalt unter den Laternen entlang. Es war Bao. Er bewegte sich eigenartig, seine Bewegungen waren nicht kraftvoll wie sonst. Er ging, als hätte sich die Schwerkraft verdoppelt. Auf einmal entdeckte er mich hier unten und blieb stehen.

»Wer ist das?«, fragte Bela.

»Der Koch«, sagte ich. »Er spült nicht ab und er wohnt im –«

Bao glotzte rüber. Wie er in seinem labberigen T-Shirt unter der Laterne stand, sah er aus wie ein dicker begossener Pudel.

»Was machst du da?«, rief ich über den Fluss.

Meine Stimme klang durch das laute Rufen schrill. Und dann noch dieses komische Chinesisch.

»Was machst *du*?«, fragte er zurück.

Ich antwortete nicht.

Bao rief: »Dein Onkel hat das Restaurant abgeschlossen.«

Was hieß bloß »Hinterhof«? Ich rief: »Warum gehst du nicht hinten?«

»Ich hab vergessen den Schlüssel zur hinteren Tür mitzunehmen.«

Onkel Wu hatte das Theater also noch nicht durchschaut.

»Wieso hast du ihm nicht gesagt, er soll noch mal aufschließen, du hättest was in der Küche vergessen?«

»Da war er schon weg!«

»Wieso gehst du nicht zu Ling?«

»Der darf niemanden bei sich schlafen lassen!«

»Was hat er gesagt?«, fragte Bela.

Ich stand auf. »Der Koch kommt nicht ins Restaurant rein«, erklärte ich und bemühte mich dabei lässig zu klingen.

»Was will er da? Habt ihr nicht schon zu?«

Gute Frage, dachte ich. Der Thekenmann hat keine Arbeitserlaubnis und der Koch wohnt im Keller. Mein Vater liegt im Krankenhaus und Onkel Wu nervt mit seinen weisen Sprüchen.

Bela war jetzt auch aufgestanden.

»Er hat seinen Schlüsselbund drinnen vergessen«, sagte ich. »Ich muss nach Hause, den Schlüssel holen.«

Ich schaute Bela bedauernd an.

Bao wartete drüben schon.

»Ich hole den Schlüssel und schließe dir auf«, rief ich ihm zu.

Wir standen auf und gingen über die Brücke. Vor dem schmalen Durchgang blieb ich stehen und sagte zu Bela: »Ja, dann ... ich muss jetzt.«

»Ich kann euch fahren. Ich steh hier in der Straße.«

Ich dachte an unser schreckliches Hochhaus.

»Nee, das geht nicht«, sagte ich. »Ich muss noch wichtige Sachen mit dem Koch besprechen.«

»Wie ist deine Nummer?«

»Die steht in den Gelben Seiten.«

Auch ein Witz, den immer alle machten: Chinesen, die in den Gelben Seiten stehen.

»Das Restaurant?«, fragte Bela.

Bao räusperte sich. Ich wusste nicht, ob er wirklich einen Kloß im Hals hatte oder ob er Belas und meinen Abschied nur beschleunigen wollte.

In der Wohnung war es still und dunkel. Der Fernseher lief nicht. Onkel Wu schien ins Bett gegangen zu sein. Ich schaute auf die Kommode im Flur, aber hier lagen keine Schlüssel. Auf dem Wohnzimmertisch war auch nichts. Ich klopfte an meine Zimmertür und hörte ein leises Schnarchen.

Als ich die Tür langsam aufschob, kam ich mir wie ein Einbrecher vor. Zuerst sah ich nicht viel. Onkel Wu hatte die Vorhänge zugezogen und das Vollmondlicht ausgesperrt. Nur etwas schwaches Licht drang aus dem Flur herein. Meine Augen passten sich schnell an. Wo sollte ich suchen? Ich sah auf dem Tisch nach, fand aber nichts. Über dem Stuhl hingen Onkel Wus Klamotten. Ich überwand mich, steckte meine Hand in die rechte Tasche und fühlte ein Stofftaschentuch. Schnell zog ich die Hand wieder raus. Es war nicht berauschend, in das benutzte Taschentuch seines Onkels zu fassen.

In der linken Tasche fühlte ich wirklich einen Schlüssel. An der Form merkte ich, dass es der Restaurantschlüssel war. Ich zog ihn raus und stellte mich vor Onkel Wu und schaute ihn an. Er lag auf dem Rücken, die Arme gerade neben sich.

»*Leij hai bien go* – wer bist du?«, fragte er auf einmal, immer noch die Augen geschlossen. Oder hatte er sie doch einen Spalt auf? Ich konnte es nicht richtig sehen.

»*Hai ngo* – ich bins«, sagte ich.

»*Bien go* – wer?«, fragte er, als würde er telefonieren und nicht wissen, wer am anderen Ende der Leitung war.

Ich antwortete nicht. Ich war mir jetzt sicher, dass Onkel Wu einfach im Schlaf sprach.

»*Meij jäh?*«, fragte er auf einmal, als würde er die Welt nicht mehr verstehen.

»*Mou jäh* – nichts«, sagte ich.

Ich wartete noch eine Weile. Onkel Wu schien wieder richtig zu schlafen, ruhig, ohne zu sprechen. Ich beschloss, endlich zu gehen, da sagte Onkel Wu: »Ich musste den Stecker ziehen.« Er hörte sich monoton an, nicht so, wie wenn er mit meinem Vater plauderte.

Onkel Wu drehte sich zum Fenster und mir den Rücken zu. Ich wollte schon langsam aus dem Zimmer verschwinden, da redete er weiter: »Ich habe den Unfall ausgelöst, also musste ich mich auch um die Folgen kümmern. Ich ging an dem Morgen hinein. Ich traute mich nicht meine Frau anzuschauen. Eigentlich sollte ich einen Schalter drücken, aber ich zog gleich den ganzen Stecker raus. Vor der Tür standen der Arzt und eine Schwester. Sie waren ganz überrascht, dass ich schon wieder rauskam, ich war keine Minute drin.«

Ich hörte so etwas wie ein leises Schnaufen.

»Die beiden liefen mir nach und wollten mich wieder reinzerren, damit ich richtig ›Goodbye‹ sagen konnte. Aber ich habe um mich geschlagen und bin rausgerannt. So schnell bin ich in meinem Leben noch nicht gerannt, auch nicht in meinem jungen Leben.«

Ich starrte auf Onkel Wus Rücken. Sein Körper lag ganz ruhig da.

»Was dann?«, fragte ich.

»Ich habe etwas Komisches gemacht. Ich habe es noch niemandem erzählt.«

Chinesen machten ja eigentlich nichts Komisches. Sie dachten immer praktisch und erlaubten sich nur mit den Göttern und Feng-Shui etwas Aberglauben.

»Wenn ich das jemandem erzählt hätte«, sprach Onkel Wu monoton weiter, »hätte der gedacht, dass mir eine Sicherung durchgebrannt sei. Ich wäre ins Idiotenhaus gekommen.«

»Bestimmt nicht«, sagte ich.

»Ich bin durch die Straßen gelaufen und in ein *Dim Sum*-Restaurant gegangen.«

*Dim Sum* wird zwar oft mit »das Herz berühren« übersetzt, denn *Sum* ist »das Herz« und *Dim* bedeutet »berühren«, aber das stimmt nicht ganz. *Dim* meint nicht normale Berührungen. Es ist kein Greifen, kein Anfassen, kein Streicheln. *Dim Sum* sind feine Kleinigkeiten und so sind auch die *Dim*-Berührungen: klein und fein. *Dim* ist ein Tupfen, etwa wenn ein Pinsel sich auf das Herz zubewegt – wenn die Pinselspitze sanft einen Tuschepunkt aufdrückt und sich wieder zurückzieht.

Onkel Wu erzählte weiter: »Die Tische waren zu dieser Zeit alle besetzt, nur an einem großen runden Tisch war noch ein Platz frei. Ich setzte mich einfach dazu, obwohl ich die Leute nicht kannte. Eine unbenutzte Schüssel und Stäbchen lagen vor mir. Das Essen wurde in den Bambuskörben serviert wie in *Dim Sum*-Restaurants üblich und auf die Drehscheibe gelegt. Ich nahm mir einfach vom Essen. Die Leute an dem Tisch taten so, als sei ich nicht da.

Eine Frau ging mit einem Wägelchen durch den Raum und rief: ›*Ha Gau! Ha Gau!*‹

Ich winkte sie an den Tisch und bestellte drei Körbe. Sie fragte nach dem Zettel, auf dem alle Bestellungen abgestempelt wurden. Jemand vom Tisch reichte ihr den und sie drückte dreimal ihren *Ha Gau*-Stempel drauf und ging weiter.

Alle schauten mich jetzt an, aber ich kümmerte mich nicht um sie. Ich nahm mir alle drei Bambusschalen von der Drehscheibe runter.«

Mein Vater aß auch gerne *Ha Gau*. Kleine gedämpfte Teigtaschen mit Garnelenfüllung. Der Reisnudelteig ist so dünn, dass die rosa Garnelen verletzlich durchschimmern.

»Die *Ha Gau* schmecken sehr gut, auch ohne Sojasoße«, sprach Onkel Wu weiter. »Sie waren saftig, gar nicht trocken. Dann sprach mich jemand am Tisch an. Er saß drei Plätze weiter und sagte: ›Ich weiß, wer du bist.‹

Ich dachte, jetzt regt sich endlich jemand über mich auf. Es war aber ein früherer Schulfreund meiner Frau, der mich erkannte, und ich erkannte ihn und er fragte mich, wie es meiner Frau Phu gehe, und ich sagte: ›Ich kenne diese Frau nicht, ich bin auch nicht der, für den du mich hältst.‹

Der Schulfreund sagte: ›Entschuldigung‹, obwohl er genau wusste, dass ich es war. Ich aß weiter, nahm mir noch was von dem *Lo Bak Gou* und dem *Siu Mai*.«

Ich wartete, aber Onkel Wu sagte nichts mehr.

»Was dann?«, fragte ich.

»Ich musste in den Laden«, sagte Onkel Wu. »Ich war schon zu spät. Also stand ich auf und ging. Zurück am Krankenhaus-Parkplatz startete ich das Auto. Unterwegs hupten mich die anderen Autofahrer wütend an. Ich habe mir gesagt, sie wissen alle, was ich heute getan habe. Im Laden holte ich das Fleisch aus dem Kühlraum und legte es auf das große Schneidbrett. Aber als das Messer das Fleisch berührte, merkte ich, dass es nicht ging. Ich konnte das Fleisch nicht durchschneiden.«

Onkel Wu machte jetzt ein Geräusch, das ich noch nie gehört hatte. Etwas zwischen Winseln und Grunzen. Es hörte sich jedenfalls nicht sehr menschlich an.

Ich fragte mich, ob ich ihm eine Hand auf die Schulter legen sollte. Aber ich rührte mich nicht.

»Du hast an dem Tag nichts verkauft?«, fragte ich.

»Ich hab so viel verkauft wie immer. Ich hab Onkel Bat angerufen, der hatte keine Arbeit. Er ist gleich gekommen. Ich hab ihm gesagt, wie er schneiden soll. Er hat nichts gesagt, aber nachher hat er Ly und Duc erzählt, dass ich komisch geworden sei.«

Warum komisch geworden? Er hatte das Vernünftigste getan. Er hatte den Stecker gezogen, gegessen und weiter gearbeitet. Man sollte ihn dafür bewundern.

»Das mit dem *Dim Sum*-Essen habe ich niemandem erzählt. Sonst würden alle noch mehr über mich reden«, wiederholte Onkel Wu und lachte so, wie man halt lachte, wenn etwas zu schrecklich war, um einen angemessenen Ton dafür zu finden.

»Die anderen haben Kinder«, sagte Onkel Wu. »Sie würden nicht komisch werden. Das werden nur Leute ohne Kinder.«

Sein Atmen wurde gleichmäßig und ruhig.

»Dein Vater ist nicht komisch geworden, obwohl er hier ganz alleine ist«, sprach Onkel Wu weiter, »weil er wenigstens ein Kind hat. Dabei wäre er gerne nach Australien gekommen, aber er meinte, du hättest hier deine Freunde und wärst böse, wenn ihr nach Australien gehen würdet, dort, wo seine Familie lebt und seine ganzen alten Freunde sind.«

Ich musste vergessen haben zu atmen. Plötzlich schnappte ich nach Luft.

»Du bist noch zu jung, um das alles zu verstehen«, sagte Onkel Wu. »Aber vielleicht denkst du später daran, was dein Vater alles für dich aufgegeben hat.«

Ich lief das Treppenhaus runter, und als ich durch die Haustür kam, stand Bao direkt vor mir. Sein Gesicht drückte Ärger aus.

»Musstest du den Schlüssel noch selber herstellen?«, motzte er.

»Schließ ab und sei morgen vor elf wieder oben«, sagte ich und drückte ihm den Schlüssel in die Hand.

Bao sah plötzlich unschlüssig aus. »Was sage ich deinem Onkel, wenn ich morgen im Restaurant sitze mit dem Schlüssel?«

»Der schläft«, sagte ich. »Der ist so müde, der wird morgen bestimmt erst später ins Restaurant kommen.«

Bao machte sich auf den Weg.

Ich sah ihm nach. Mir kam in den Sinn, dass es keinen Unterschied macht, ob man allein durch eine leere Straße ging oder zwischen fremden Menschen in einem *Dim Sum*-Restaurant saß.

~

Am nächsten Morgen klopfte es energisch an der Tür.

»Ja?«, fragte ich.

Die Tür ging auf und Onkel Wu kam auf mich zu. Mir wehte ein frischer Kräuter-Geruch entgegen. Onkel Wu hatte wohl gerade geduscht. Er war fertig angezogen.

»Ich hab den Schlüssel verloren!«, sagte er. »Wir müssen ihn suchen!«

»Ich hab den Schlüssel«, sagte ich.

»Du? Wie kommt das?«, fragte Onkel Wu.

Wusste er gar nicht mehr, dass ich in seinem Zimmer gewesen war? Wusste er nicht, was er mir erzählt hatte? Er sah heute anders aus.

Mir ging auf: Das hässliche lange Haar war weg.

»Ich war gestern Nacht in deinem Zimmer«, sagte ich. Ich wartete darauf, dass Onkel Wu verlegen sagte: Da habe ich zu viel geredet.

Er fragte aber nur: »Wo ist der Schlüssel?«

»Ich hab ihn Bao gegeben«, sagte ich. »Falls ich verschlafe, sollte er schon früher im Restaurant sein.«

»Wieso stellst du dir nicht den Wecker?«

Ich stand auf und sagte: »Ich geh mich waschen.«

»Keine Disziplin!«, schimpfte Onkel Wu. Jedenfalls vermutete ich, dass das zweite Wort so etwas wie »Disziplin« bedeutete. Er grummelte weiter, er würde schon vorgehen.

Unter der Dusche wurde ich endlich wach. Während das Wasser auf meinen Kopf prasselte, versuchte ich an Bela zu denken, aber Onkel Wu, *Dim Sum* essend, schob sich ständig dazwischen.

~

Zwar hatte ich wieder ein weißes Hemd von meinem Vater an, aber einen blauen Rock wiedergefunden, den ich lange nicht mehr getragen hatte. Er hatte mir nicht mehr gepasst, doch in den letzten Wochen hatte ich wohl abgenommen. Schwarz oder blau ist fast gleich, sagte ich mir. Ich band mir noch einen breiten Gürtel um, sah mich im Spiegel an, drehte mich mal so rum, mal anders rum und fand mich gar nicht so schlecht. Der Pickel war nur noch ein platter roter Fleck, und wenn ich ihn mit dem Abdeckstift übermalte, sah man kaum noch was.

Zwei Tische waren besetzt. Die Gäste hatten auch bereits ihre Getränke.

»Hast du sie schon bedient?«, fragte ich Ling.

Ling zeigte auf den Block, wo die Bestellungen aufgeschrieben waren.

»Hast du auch die Essensnummern in die Küche gegeben?«, fragte ich.

Ling drehte sich beleidigt um und sagte nichts mehr.

Auf den Bons stand noch nichts.

»Also muss ich das Essen noch in der Küche bestellen?«, fragte ich.

Ling schwieg.

Ich wollte gerade durch die Schwingtür, da kam Onkel Wu schon raus.

»*Ai jah!*«, schimpfte er. »Da bist du endlich!«

»Sind die Bestellungen schon in der Küche?«, fragte ich.

Ich sah Onkel Wu an. Würde sein Leberfleck nicht auch unter einem Abdeckstift völlig verschwinden? Dann erinnerte ich mich an das Essen und ging rein, um Bao zu fragen.

Bao rührte eine neue Suppe an. Er schlürfte gerade aus der Kelle, streute aus dem Pappkarton Salz in den großen Topf und probierte noch mal.

»Was schaust du so?«, fragte er.

Denk dran: Hier keine Suppe essen, sagte ich mir.

»Hat Ling schon die Bestellungen reingegeben?«

»Wieso Ling?«, fragte Bao hämisch. »Ist er der neue Kellner?« Er sah zur Tür und flüsterte mir zu: »Ich war noch gerade rechtzeitig oben. Früher hätte dein Onkel nicht kommen dürfen.« Er sagte das so verschwörerisch, als seien wir Freunde.

»Was schaust du wieder so komisch?«, fragte er.

Heute Mittag war wieder wenig los gewesen.

Onkel Wu hat gar nicht Unrecht, überlegte ich mir. Wir konnten so nicht weitermachen. Wieso war das meinem Vater nicht klar?

Das Telefon klingelte und Ling ging dran. Er nahm den Hörer ab, fragte »*Weij?*« und legte nach kurzem Warten wieder auf.

»›Restaurant Hongkong, guten Tag‹, musst du sagen!«, meckerte ich ihn an. Warum verstand er immer noch nicht, dass Deutsche nichts mit »*Weij?*« anfangen konnten?

Mir fiel plötzlich Belas Zigarette ein. Natürlich stand der Aschenbecher nicht mehr auf der Theke. Entweder hatte Onkel Wu oder Ling ihn geleert. Mein einziges Andenken an Bela war verschwunden! Ich merkte erst an Lings Blick, dass ich laut aufseufzte.

Es klingelte schon wieder.

Ling griff schon wieder nach dem Hörer, aber ich riss ihm den aus der Hand.

»Restaurant Hongkong, guten Tag!«, meldete ich mich pflichtbewusst, obwohl ich ganz genau wusste, dass es Bela war. Mein Herz raste.

»*Leij sick djo fan meij* – hast du schon Reis gegessen?«, fragte mein Vater. Es war erst zwei. Er wusste, dass das Restaurant erst um drei schloss und wir nicht viel früher aßen.

»Noch nicht«, sagte ich.

»Wie laufen die Geschäfte?«, fragte er weiter.

»Willst du mit Onkel Wu sprechen?«

»Ist er im Restaurant?«

»Ja.« Wo sollte Onkel Wu denn sonst sein?

»Wieso ruht er sich nicht aus? Er macht doch Urlaub.«

Sollte Onkel Wu etwa in unserer schäbigen Wohnung hocken?

»Du musst etwas mit ihm unternehmen«, sagte mein Vater. »Er ist unser Gast.«

»Und wer soll im Restaurant arbeiten?«

»In der Mittagspause«, sagte mein Vater. »Ihr könnt spazieren gehen.«

»Brauchst du irgendwas?«, fragte ich.

»Nichts. Nur wenn es passt, etwas Peking-Suppe, wenn zu viel da ist. Das Essen hier ist so schwer.«

»Weißt du, wie Bao die Suppe macht?«, flüsterte ich.

Ling schaute mich an. Zu doof, dass die Telefonschnur nicht lang genug war, um von der Theke wegzugehen.

Ich flüsterte weiter: »Er probiert sie mit einem Löffel und steckt den Löffel wieder rein!«

»Was willst du damit sagen?«

Was wollte ich damit wohl sagen? Das, was ich damit gesagt hatte!

Ich fragte: »Willst du trotzdem noch Suppe?«

»*Gan hai* – natürlich. Kommst du heute Nachmittag mit Onkel Wu und bringst die Suppe?«

»Ich komme. Warte, ich hole ihn.«

Ich ging in die Küche. Onkel Wu und Bao kabbelten sich mal wieder, Onkel Wu schlug auf Bao ein und der wehrte ab. Die zwei lachten wie kleine Jungs.

Onkel Wu war rausgegangen, ich war aber in der Küche geblieben. Das Geschirr stand wieder in der Spüle und ich ärgerte mich über Onkel Wu. Er war strenger als mein Vater. Er sagte meinem Vater, was er zu tun hatte, er schimpfte ständig mit mir. Aber er befahl Bao nicht abzuspülen.

»Du spülst jetzt ab«, sagte ich.

Bao ging nach hinten, ich lief ihm hinterher. Er setzte sich und fing an Zeitung zu lesen.

Das ist das letzte Mal, dachte ich. Entweder schaffe ich es jetzt endlich oder ich schaffe es nie. Um diese Zeit wird kein Dieb kommen. Es ist erst zwei Uhr, lange noch nicht Feierabend. Höchstens könnte Onkel Wu stören.

»Du bist nicht dein Vater«, sagte Bao und starrte weiter in seine Zeitung.

»Er wird dir dasselbe sagen.«

»Er wird mir gar nichts sagen.«

»Und wenn ich keine Ferien mehr habe, wer soll dann abspülen?«, fuhr ich ihn an. »Mein Vater wieder?«

Ich konnte nicht mehr still stehen und ging auf Bao zu. Er schaute weiter in die Zeitung. Ich riss sie ihm weg und er schoss hoch.

»Was willst du?«, schrie er.

Ich brüllte: »Geh ans Telefon! Mein Vater wird es dir jetzt sagen!« Ich packte Baos dicken Arm, aber er riss sich los.

»Dein Vater wird mir nie etwas sagen!«, schrie Bao. »Der hat uns betrogen!«

Bao griff sich das Beil. Ich trat zurück. Er schlug in das große Schneidbrett. Das Beil blieb darin stecken. Er ließ es los und fuchtelte mit den Armen wie ein dicker Rapper. An meinem Rücken fühlte ich die kalten Kacheln. Bao griff sich einen Kohlkopf, zog das Beil aus dem Brett, holte aus und hackte auf den Kohl ein. Stücke sprangen vom Holzbrett. Was draufblieb, wurde weiter zerstückelt.

Das Brett war nun komplett mit Kohlkrümeln übersät.

»Ich habe nie mit deinem Vater darüber geredet, aber er weiß es und ich weiß es!« Bao setzte sich auf den Hocker, als wäre plötzlich die ganze Energie aus ihm entwichen. »Mein Vater ist früh gestorben, bei den Kämpfen an Neujahr.«

Er schwieg. Erwartete er etwa einen Kommentar? Sagte man nach so langer Zeit noch, »Mein Beileid«? Wie hieß das auf Chinesisch? Und was für Kämpfe meinte er?

Baos Stimme wurde weich: »Meine Mutter war tüchtig. Sie hat an der Straße süße Sesamsuppe und Curryhuhn verkauft. Die Leute gingen alle noch nachts auf die Straße, nicht so wie hier. Ein paar Stunden nach dem Abendessen aßen die Menschen gerne etwas hinterher. Tagsüber kauften sie das Curryhuhn, abends die süße Sesamsuppe. Meine Mutter kam immer spät nach Hause. Frühmorgens ist sie schon wieder aufgestanden, um als Erste auf dem Markt zu sein. Sie suchte sich die besten Hühner aus, auch wenn die teurer waren. Sie sagte, die Leute merken mit der Zeit, dass die fetten Hühner besser schmecken, und das Gute wird sich am Ende immer durchsetzen. Sie bereitete zu Hause alles vor. Sie rupfte die Hühner, schlachtete und kochte sie.

Wenn ich aufstand und zur Schule ging, war sie schon wieder auf dem Weg zu ihrem Standplatz. So konnte sie nach und nach etwas ansparen. Das Ersparte hat sie klugerweise sofort in Gold umgetauscht. Damals gab es das Gold in Päckchen. In einem Päckchen waren drei Scheiben drin.«

Bao hielt sich die Hände vors Gesicht, als würde er heulen. Ich sah auf seine Haare. In der Grundschule hatte man dem anderen immer über die Haare gestreichelt, wenn der geweint hatte.

»Meine Mutter hatte auch besseres Geschirr als die anderen Straßenhändler«, sprach Bao weiter. »Sie wusch es immer mit einer bestimmten Flüssigkeit. Sie sagte, so würde es sauberer als das Geschirr der anderen. Curry und Sesam gehen schlecht ab. Niemand will aus schmutzigem Geschirr essen, sagte sie. Sie stellte die Schüsseln extra gut sichtbar hin, damit alle sahen, wie sauber sie waren. Die anderen Händler gaben sich nicht so eine große Mühe. Aber durch das gute Spülen hatte sich meine Mutter die Hände ruiniert.«

Was hat das alles mit meinem Vater zu tun?, wollte ich fragen, da sprach er auch schon weiter: »Als ich einmal nach der Schule zu ihrem Stand kam, fragte mich meine Mutter, ob ich abspülen würde, aber ich hatte Angst, auch solche Hände zu bekommen, und hab Nein gesagt! Kannst du das verstehen, dass man alles bekommt, aber nichts zurückgibt? Ich hasse mich immer noch dafür! Und wenn ich noch nicht mal für meine Mutter abspüle, dann erst recht nicht für deinen Vater! Er soll selbst sein Geschirr spülen!«

Was sollte das? Mein Vater war nicht schuld an dem Spülmittel von Baos Mutter. Ich wollte sagen: Du Spinner! Es gibt Palmolive, das pflegt die Hände schon beim Spülen. Und ich wollte sagen: Du bist selbst schuld, wenn du deiner Mutter nie geholfen hast, aber dann dachte ich wieder an den einen Samstagmorgen. Ich hatte auch nicht beim Einkaufen geholfen. Und ich dachte an die vielen anderen Male.

»Dein Vater war ein Nachbar«, erzählte Bao jetzt. »Er hat bei uns immer Sesamsuppe gegessen. Du warst auch manchmal dabei. Nachdem aber die Stadt eingenommen war, durften wir den Stand nicht behalten.«

»Warum?«, fragte ich.

»Weil …«, Baos Stimme zitterte vor Wut, »die Kommunisten meiner Mutter den Stand weggenommen haben. Sie wurde als Köchin angestellt und sie setzten ihr einen ›Manager‹ vor die Nase. Der Dummkopf saß nur auf dem Stuhl und tat nichts, außer meine Mutter zu schikanieren. Kein Wunder, dass alles sehr schlecht wurde.«

Ich wartete, dass Bao weitersprach. Er wischte sich mit den Handrücken über die Augen.

»Sie hat aber nicht darüber geweint. Sie hat gesagt, andere mit einem größeren Stand seien zum Arbeiten in den Dschungel geschickt worden, sie hätte Glück gehabt.«

Bao entfuhr ein höhnisches Lachen. »Gut, dass wir das Gold sicher versteckt hatten.«

Er legte das Beil endlich hin: »Alles war durcheinander. Die aus dem Norden verstanden nichts von Organisation. Sie kümmerten sich darum, die Leute festzunehmen und auszuhorchen. Die oberen Kommunisten haben sich dick gefressen. Sie haben nur aus einem Grund Krieg geführt: um anderen alles wegzunehmen. Der Unterschied zwischen Arm und Reich war jetzt noch viel größer als vorher.«

Baos Stimme klang immer seltsamer. Manche Wörter kannte ich zwar nicht, sie wurden mir aber durch den Zusammenhang klar.

»Dein Vater wusste, dass meine Mutter fliehen wollte. Er sagte, er kenne einen Kapitän, der an ein Fischerboot herangekommen sei. Dein Vater sagte, es koste sechzehn Goldpäckchen für eine Person. Meine Mutter hatte aber nur siebzehn! Sie hat nur mich auf die Flucht geschickt und gesagt, ich sollte sie später nachholen.«

Baos Stimme wurde nun so verzerrt, dass ich nicht mehr viel verstand. Er drückte seinen Kopf auf das Schneidbrett. Soviel ich mitbekam, hatte Bao auf dem Schiff von anderen erfahren, dass sie nur neun Päckchen bezahlt hätten. Das eine fehlende hätten sie vielleicht noch irgendwoher kriegen können und dann hätten beide flüchten können. Mein Vater war nicht der nette Nachbar gewesen, der ihnen helfen wollte. Er hatte sie schlicht betrogen. Er hatte sieben Päckchen mehr genommen, als er weitergegeben hatte.

Seit dem Zeitpunkt hatte Bao meinen Vater vorwurfsvoll angeschaut. Er wollte ihn nicht direkt beschimpfen, denn er war allein und von meinem Vater abhängig.

Als Bao nach Deutschland kam, war er schon sechzehn Jahre alt. Er hatte nie wirklich Zeit gehabt, Deutsch zu lernen. Er musste schon früh anfangen zu arbeiten. Vor zwei Jahren holte mein Vater ihn ins Restaurant. Beide wussten, aus Wiedergutmachung. Aber jetzt sah Bao es nicht mehr als gute Tat an. »Dein Vater ist ein hinterhältiger Mensch«, schnaufte er, er hatte seinen Kopf wieder gehoben. »Jetzt nimmt er mich schon wieder aus. Er zahlt so wenig – noch nicht einmal ein Zimmer kann ich mir leisten.«

Ich drückte mich von der Wand weg und lief hinaus.

Es war niemand da. Onkel Wu und Ling saßen draußen auf der Terrasse. Ich ging die Treppe zu den Toiletten runter, hier war es stockduster. Ling hatte die Anweisung, immer wenn keine Gäste da waren, den Strom auszuschalten. Das hatte ich vergessen. Ich befühlte den Automaten, warf Geld in den Schlitz und drückte irgendwo drauf. Dann tastete ich mich wieder hoch.

Baos Kopf lag immer noch auf dem Schneidbrett, als ich in die Küche kam.

»Lass uns eine rauchen«, sagte ich.

Ich öffnete die Kellertür, schaltete das Licht ein, ging bis zum Ende des Gangs, die Treppen wieder hoch und war draußen auf dem Hof.

Die Zigarette war halb abgebrannt, da hörte ich schlurfende Schritte hinter mir. Ich drehte mich um. Baos Gesicht war rot und aufgedunsen. Ich gab ihm eine Zigarette.

Nie hätte ich gedacht, dass ich einmal mit Bao auf dem Hinterhof stehen und eine rauchen würde. Ich konnte noch nicht mal sagen, ob mich die Zigarette wirklich beruhigte. In den Filmen rauchte man halt nach überstandenen Situationen, und was sollte ich sonst tun?

Ich schaute nach oben. Der Himmel war weder blau noch grau.

Bao zog lange an der Zigarette, sie glühte hellrot. Er zog noch zweimal, dann warf er sie weg, trat sie aber nicht aus. Ich reichte ihm die Schachtel, drückte ihm auch die Streichhölzer in die Hand und ging zurück.

~

Ich stand vor der Theke und versuchte im Krankenhaus anzurufen. Aber ich verwählte mich immer.

»Jetzt ist die richtige Zeit!«

Onkel Wu kam zu mir und sah auf die Uhr. Er legte einen Zwanzigmarkschein auf die Theke.

»Er soll einmal Huhn, einmal Ente und gebratene Nudeln kaufen«, sagte Onkel Wu. »Geh! Ich und Ling decken den Tisch.«

Ich fragte mich, ob ich bei Onkel Wu auch eine falsche Zahlenkombination gedrückt hatte.

»Los, geh!«, sagte er und scheuchte mich mit seinen Händen raus.

Ich machte sogar ein paar Schritte, getrieben von seinen Handbewegungen.

»Er steht da an der Brücke.«

Bao?

Onkel Wu lief mir hinterher. Er drückte mir den Geldschein in die Hand. Ich dachte an fette Hühner, zerschundene Hände, Curry, Sesam und sauberes Geschirr. Onkel Wu öffnete die Tür und schob mich raus.

In der Sonne kniff ich meine Augen zusammen. Ich sah nach links zur Brücke und da stand Bela. Ich musste wohl vergessen haben, meine Hand zusammenzuballen, denn der Zwanzigmarkschein flog weg über die Straße. Zum Glück kam kein Auto. Ich lief dem Schein hinterher. Drüben vor einer Hauswand konnte er nicht weiter. Ich hob ihn auf, ging ein paar Meter auf dieser Straßenseite weiter und sah zur Brücke. Bela war auf der anderen Seite. Er hatte sich auf das grüne Metallgeländer gestützt und schaute hinunter in das fließende Wasser.

Niemand saß mehr auf der Terrasse. Ling war wieder reingegangen. Ich fragte mich, wie lange Bela es aushalten würde, ins Wasser zu schauen. Mir fiel plötzlich Onkel Wus Auftrag wieder ein. Wieso hatte ich ihm nicht gleich gesagt, dass ich Bela nicht fragen würde?

Ich ging über die Straße. Ein Autofahrer hupte. Er war gerade mit einem Affenzahn um die Kurve gekommen.

Bela drehte sich um. Er hielt wieder eine Zigarette in der Hand.

Mir gefiel die Vorstellung nicht, dass es nicht die erste war und dass er alle anderen einfach hinunter in die Aa geworfen hatte.

»Wieso rauchst du immer?«, fragte ich ihn.

Er warf die Zigarette vor sich auf den Boden und trat sie aus.

»Ich hab angerufen, aber es hat sich ein Typ gemeldet und aufgelegt.«

Ling. Ich erinnerte mich an seine Frage, ob Bela mein *boyfriend* sei.

»Bela«, sagte ich. »Darf ich dich küssen?«

»Wieso fragst du?«

Wieso wohl? Weil ich ihn küssen wollte.

»Im *Glashaus* hast du mich auch nicht gefragt«, sagte Bela.

»Da hab ich aber auch Bier getrunken.«

Bela lehnte sich mit dem Rücken ans Geländer.

»Du traust dich das also nur, wenn du Bier trinkst?«

»Was machst du hier?«, fragte ich.

»Ich fahre morgen weg.«

»Weg?«

»Auf eine Freizeit«, sagte Bela. »Zelten in Südfrankreich.«

Ich schwieg.

»Ich komme in zehn Tagen wieder«, sprach er weiter. »Nicht dass du dich wunderst, dass ich nichts von mir hören lasse.«

Am liebsten hätte ich gesagt, bleib einfach hier, lass uns jede Nacht zusammen an der Aa liegen.

Ich legte meine Arme um Bela. »Meldest du dich dann?«

»Ich fahre doch erst morgen«, sagte er.

»*Weij!*«, rief jemand. *Weij* wurde nicht nur am Telefon benutzt, sondern auch als »Hey!«.

Ich ließ Bela los und schaute zur Seite.

Onkel Wu war aus dem Restaurant gekommen und gestikulierte. Er zeigte Richtung Imbiss.

»Was will er?«, fragte Bela.

Ich verfluchte Onkel Wu und sagte: »Bela. Du fährst erst morgen? Nicht sofort?«

Bela schüttelte den Kopf.

»Kannst du was für mich tun?«

Ich hoffte, er würde antworten: Ich tu *alles* für dich!

Er fragte aber nur: »Was?«

»Ich weiß nicht, ob ich dich das wirklich fragen soll.«

Ich ging einen Schritt und stellte mich neben ihn, um ihm dabei nicht in die Augen schauen zu müssen. Meine Hände legte ich auf das Geländer. Das Metall war an manchen Stellen aufgeraut.

»Essen kaufen«, sagte ich.

»Wieder Ente?«

»Nicht bei uns«, sagte ich. »Da hinten beim neuen China-Imbiss.«

Ich wartete auf die Frage: »Brennt eure Küche?«, oder andere blöde Sprüche.

Es kam aber nichts. Ich drehte mich zur Seite und sah ihn an. Erst jetzt fiel mir auf, dass er heute nicht in Schwarz war, sondern ein weißes T-Shirt trug. Und wieder die weißen Turnschuhe. Ich vermisste ihn jetzt schon.

»Okay«, sagte Bela und wir gingen los.

Der Glaskasten mit der Speisekarte war neben der Tür platziert.

Wie schnell das gehen kann, dachte ich. Gestern Nachmittag war Bela noch so etwas wie ein Traum und jetzt soll er schon bei der Konkurrenz Essen kaufen. Er hatte noch nicht mal gefragt: »Was soll das?«

Ich musste lachen.

»Was hast du?«, fragte Bela.

Ich mochte ihn dafür, dass er an den richtigen Stellen fragte und dass er an den richtigen Stellen schwieg. Ich schlang meine Arme um seinen Hals und küsste ihn auf die Wange. Bela drehte sich zu mir, wir standen da, als wollten wir tanzen. Sein Gesicht kam näher. Ich sagte: »Am besten kaufst du Huhn süßsauer, Ente mit Gemüse und gebratene Nudeln mit Schweinefleisch.« Ich ließ ihn los und drückte ihm den Schein in die Hand.

»Und eine Peking-Suppe!«, rief ich ihm hinterher. Da war er schon im Eingang verschwunden.

Während ich auf ihn wartete, dachte ich an den heutigen Tag. Ich hatte versprochen meinem Vater Suppe zu bringen. Ich hätte den Tag aber lieber mit Bela verbracht.

Kümmere dich gefälligst um deinen Vater!, sagte ich mir plötzlich. Wer weiß, wie lange er noch lebt. Denk einmal im Leben nicht nur an dich!

Schon kurze Zeit später kam Bela mit einer prallen Tüte aus dem Imbiss. Wir gingen schweigend zurück. Bevor wir das Restaurant erreicht hatten, griff ich nach der Tüte, aber Bela zog sie weg.

»Ich bring sie dir noch rein.«

»Nicht nötig«, sagte ich.

»Du willst mich also schon hier loswerden.«

Ich will dich gar nicht loswerden, dachte ich.

Er gab mir die Tüte.

»Das Wechselgeld.« Er wollte es mir geben.

»Kauf eine Postkarte davon und schreib mir«, sagte ich.

»Ich habe deine Adresse gar nicht. Außerdem weiß ich immer noch nicht, wie du heißt.«

Ich leierte meinen Text runter: »Mini Tu.« Ich mochte meinen Namen nicht. »Berliner Straße 123.« Ich schämte mich für meine Adresse. »32051 Herford.« Meine Postleitzahl war in Ordnung. »Es wird aber anders geschrieben. Tu ist Tu. Ein T und ein U. Aber Mini wird MINH THI geschrieben. Hört sich kompliziert an, kannst du dir bestimmt auch nicht merken.«

Er griff in seine Tasche und gab mir das Geld.

Wollte er keine Postkarte schreiben? Ich warf das Kleingeld in die Essenstüte.

»Und heute Nachmittag?«, fragte er.

»Ich muss jemanden im Krankenhaus besuchen.«

Bestimmt hörte ich mich schon wieder abweisend an. Dabei wollte ich Bela überhaupt nicht loswerden. Wenn mir diese zehn Tage schon so zu schaffen machten – was sollte ich dann machen, wenn er sich gar nicht mehr meldete?

Ich stellte mich auf die Zehenspitzen, erreichte aber nur sein Kinn. Bela senkte seinen Kopf und eine Stimme rief: »Come in and eat with us!« Ich drehte mich um.

Onkel Wu kam auf uns zugelaufen, nahm mir die Tüte ab, schaute freudig rein und fragte Bela, während er mit der anderen Hand eine Stäbchenbewegung machte: »Eating?«

Bela stand unschlüssig da, aber Onkel Wu packte schon seinen Arm und schleifte ihn mit.

Wir gingen durchs Restaurant. Bao und Ling saßen auf der Terrasse. Ich hoffte, Bela würde sich endlich losreißen, aber er ließ sich wie ein willenloses Opfer mitnehmen.

»Frag ihn, was er trinken will«, sagte Onkel Wu, aber ich tat es nicht.

»Drink?«, fragte Onkel Wu nun selbst.

Bela zuckte mit den Schultern.

Onkel Wu lief hinter die Theke, schenkte eine Cola ein und drückte sie ihm in die Hand. Mich fragte er nicht. Dann schob er uns beide raus auf die Terrasse. Er hatte den Tisch gedeckt. Fünf Schüsseln, fünf Paar Stäbchen. Er wusste doch ganz genau, dass ich nicht mit Stäbchen essen konnte! Und Bela? Sollte er etwa auch mit Stäbchen essen?

Bao sah abweisend aufs Wasser. Ling schien zu schmollen, man sah seine Oberlippe gar nicht mehr. Aber Onkel Wu war immer noch voller Vorfreude.

»Mach deine Zigarette aus«, meckerte Onkel Wu Bao an. »Wir essen jetzt!« Bao warf den Stummel in den Fluss. Wieso mussten alle ihren Abfall in den Fluss werfen? Ich wollte später nicht zusammen mit Abfall den Wall entlangströmen!

Onkel Wu packte die drei Aluschalen nebeneinander auf den Tisch. Die Suppe war in einem durchsichtigen Plastikbecher.

»Du hast auch an Suppe gedacht. Gut!«, sagte Onkel Wu. »Die wird hier doch oft verkauft.«

Er nahm den Behälter und goss jedem von uns Suppe ein. Bao ließ die Schüssel wie ein Orakel in seinen Händen kreisen und starrte mit aufgerissenen Augen in die Suppe.

»Die tun von allem weniger rein«, sagte er. »Ich finde kein Hühnerfleisch, nur zerhackte Bambussprossen, wenig Morcheln und die Paprika ist auch kaum zu sehen.«

Onkel Wu hielt sich die Schüssel dicht vors Gesicht, als wäre er kurzsichtig. Bela traute sich nicht zu essen, weil alle so ehrfürchtig den Klecks Suppe in ihrer Schüssel betrachteten.

Es lagen keine Löffel auf dem Tisch. Wie sollten wir sie essen? Onkel Wu setzte seine Schüssel an den Mund und schlürfte laut die Suppe in sich hinein, Bao tat es ihm nach und sogar Ling schlürfte laut. Ich hatte gedacht, der ist so beleidigt, der isst sowieso nichts. Bela sah kurz entsetzt aus, versuchte aber wieder ein cooles Gesicht aufzusetzen. Und dann trank er die Suppe aus der Schüssel, ohne ein Geräusch von sich zu geben.

»Er muss jetzt nach Hause«, sagte ich zu Onkel Wu, aber der ging nicht auf mich ein.

Ich sah Bela an und hoffte, er würde meine Augenbewegungen verstehen.

Bela musterte stattdessen Bao und Ling, als müsste er sich ihre Gesichter gut einprägen.

»Zu sauer«, sagte Bao und Onkel Wu nickte: »*Hai. Djang hai* – stimmt, stimmt wirklich!«

Ling nickte dazu. Seine Oberlippe war wieder zu sehen.

Ich wusste nicht, ob ich die Suppe aus der Schüssel trinken konnte, ohne zu schlürfen.

»Willst du nicht probieren?«, fragte Onkel Wu tadelnd. »Du solltest auch wissen, ob sie besser oder schlechter ist als eure.«

Ich dachte daran, wie Bao aus der Kelle schlürfte und sie wieder in den Topf tunkte. Ich wusste nicht, wie unsere Suppe schmeckte, und würde sie auch nie probieren.

»Ich mag keine Suppe.«

»Alle Chinesen mögen Suppe«, sagte Onkel Wu.

Ich rührte mich nicht. Er nahm meine Schüssel und gab mir seine. Er schlürfte die Suppe aus und sagte zu Bao noch mal: »Wirklich! Zu sauer!«

Und nun? Sollte ich aus der Schüssel essen, aus der Onkel Wu Suppe geschlürft hatte? Onkel Wu riss die Deckel von den Aluschalen. Er schaute Bao an.

Bao sagte: »Die Portionen sind viel kleiner. Hier sind zwei Fächer. Eins für das Fleisch und eins für Reis. Bei uns ist die ganze Schale voll Fleisch und der Reis kommt in eine andere Schale.«

Onkel Wu stierte auf das Essen, als müsste er das überprüfen.

Mir wurde es immer peinlicher, ich rutschte hin und her und pikte Bela in den Oberschenkel.

»Aua!«, rief Bela aus.

Bao, Ling und Onkel Wu schauten ihn an, aber da er sonst nichts sagte, wandten sie sich wieder dem Essen zu.

»Bela«, sagte ich. »Musst du nicht noch Sachen packen?«

Ich würde keinen Bissen runterkriegen. Ich selber hätte mich ja noch benehmen können, aber ich konnte Onkel Wu schlecht sagen, er solle die Suppe nicht so laut schlürfen. Bela kam aus Elverdissen. Dem dörflichen Stadtteil mit den gepflegten Häusern und Gärten.

Gerade wollte ich vorschlagen: »Bela, lass uns gehen«, da stocherte Onkel Wu schon mit seinen Stäbchen im Essen, griff sich ein Fleischstück raus, streckte seinen Arm aus und ließ es in Belas Schüssel fallen. Er ließ sich aber nicht lumpen und griff aus der anderen Aluschale ein Stück Ente, ließ auch dieses in Belas Schüssel plumpsen und noch einige Gemüsestücke hinterher. Dann griff er mit den Stäbchen etwas Reis, der wollte aber nicht in Belas Schüssel fallen, sondern klebte fest. Onkel Wu beugte sich nach vorn und strich seine Stäbchen an Belas Schüsselrand ab.

Onkel Wu lächelte zufrieden. Er wiederholte die Verteilprozedur bei mir, Bao und Ling, bis er sich schließlich selbst nahm. Ich starrte in meine Schüssel. Onkel Wu hatte zwar noch nicht mit seinen Stäbchen gegessen, aber er hatte seine Suppe aus dieser Schüssel geschlürft.

Du musst ja nicht am Rand essen, sagte ich mir. Er hat ja nicht die ganze Schüssel mit seiner Zunge abgeleckt.

Ich nahm die Stäbchen. Es sah bei mir anders aus als bei Onkel Wu, meinem Vater, Bao und Ling. So wie ich sie hielt, bewegten sie sich scherenartig aufeinander zu.

»Zeig ihm, wie man mit Stäbchen isst«, sagte Onkel Wu.

Er wusste doch ganz genau, dass ich selber nicht mit Stäbchen essen konnte!

Bela streifte die Papierhülse der Stäbchen ab, auf der in drei Schritten abgebildet war, wie man sie halten sollte. Ich hatte das schon mal ausprobiert, es klappte trotzdem nicht.

Bela schaute weiter zu Bao. Bao aß gerade Reis, indem er die Schüssel an den Mund hielt und die zwei Stäbchen zusammengepresst als Schaufel benutzte.

Bela setzte sich ebenfalls die Schale an den Mund und schaufelte alles in sich rein. Ich sah ihm fasziniert zu. Er machte gar keine Geräusche, während Bao und Onkel Wu so laut schmatzten, dass man die Aa schon nicht mehr hörte.

Ich sah Bela weiter an. Er setzte die Schüssel ab, sie war leer.

Noch eine Sache, die ich an Bela jetzt mochte: wie er aß. So leise, so vornehm.

»Willst du nicht endlich essen?«, fragte mich Onkel Wu. »Dein Essen wird kalt.«

Bao hatte seine Schüssel geleert und sagte: »Die Ente ist nicht so gut, viel fettiger als bei uns, und gewürzt ist sie auch nicht so gut. Zu viel Sojasoße, zu salzig.«

Onkel Wu aß nun auch. Er sagte: »So ist es. Viel zu salzig!« Während er sprach, sah man die Fleischstücke in seinem Mund.

Ich hoffte, er würde nicht weiter mit vollem Mund sprechen, aber Onkel Wu sprach ja grundsätzlich mit vollem Mund. Also hoffte ich, dass ihm diesmal wenigstens kein Stück angekautes Fleisch aus dem Mund fiel.

Onkel Wu schaute wieder zu mir und fragte: »Willst du nicht endlich essen?«

Bela sah mich auch an.

»Du musst das Essen der Konkurrenz doch probieren!«, sprach Onkel Wu weiter auf mich ein.

Dann blickte er zu Bela und fragte auf Englisch, ob dieses Essen besser sei als unseres.

Wieso musste Onkel Wu mir alles verderben? Bela meldete sich nach dem Urlaub bestimmt nicht mehr. Er würde allen Leuten erzählen, dass mein Onkel laut schlürfte, dass er schmatzte, dass er ständig mit vollem Mund sprach und dass man darin die Essensbrocken sah.

Bela antwortete: »Your food tastes better.«

Onkel Wu nickte zufrieden.

Ich überwand mich und nahm mir die Fleischstücke mit den Stäbchen aus der Schüssel. Ich wollte sie nicht an den Mund setzen, weil ich nicht wusste, an welcher Stelle Onkel Wu die Suppe rausgeschlürft hatte. Ich ließ nichts fallen, sogar etwas klebrigen Reis bekam ich auf die Stäbchen und sicher in den Mund. Endlich war meine Schüssel leer. Zwar nicht so sauber geleert wie Belas, aber es waren wenigstens keine Fleischstücke mehr drin.

Onkel Wu griff mit seinen Stäbchen wieder in die Aluschalen und verteilte eine zweite Runde. Wie konnte er das nur tun! Mit diesen Stäbchen hatte er gerade gegessen! Am liebsten hätte ich mich in Rauch aufgelöst! Bao und Ling verzogen keine Miene und aßen ungerührt. Bela stutzte. Ich merkte das, weil er sich etwas aufrichtete.

Dann griff er zu seiner Schüssel und schob wieder alles tapfer in sich rein.

Mir war es nun aber wirklich zu viel. Ich stellte Onkel Wu meine Schüssel hin und sagte: »*Ngo bao* – ich bin satt.«

»Du musst doch probieren!«, meinte Onkel Wu und ich antwortete: »Ich habe schon probiert. Es ist mir alles zu salzig!«

»*Hai* – stimmt!«, sagte Onkel Wu. »Viel zu salzig!«

Er aß seine Schüssel leer, dann meine.

Hoffentlich konnten wir gleich abräumen und dem Ganzen ein Ende bereiten.

»Mein Vater will Suppe essen«, sagte ich zu Bao.

Ich erwartete eine Trotzreaktion, aber Bao sagte: »Ich kann sie warm machen und in einen Topf füllen. Wenn ich zwei Handtücher herumwickle, wird die Suppe nicht kalt. Wie lange bleibt er im Krankenhaus?«

»Ein paar Tage«, meinte Onkel Wu. »Willst du nicht einmal deinen Chef besuchen?«

»Das kann ich machen«, sagte Bao.

»Und du?«, fragte Onkel Wu Ling.

Ling zuckte mit den Schultern, was wohl auch Kann-ich-machen heißen sollte.

Ich hielt es am Tisch nicht mehr aus, eigentlich hatte ich es schon von Anfang an nicht mehr ausgehalten. Ich stand auf, nahm meine und Belas Schüssel, stapelte sie übereinander und sagte zu Bela: »Komm.«

Bela erhob sich und bedankte sich artig fürs Essen. Onkel Wu fragte, ob er noch zur Schule gehe, aber ich griff mir Bela mit der freien Hand und zog ihn mit, bevor Onkel Wu noch weitere Fragen loswerden konnte.

Hinter mir hörte ich Onkel Wu fluchen: »*Ai jah!* Das ist so ein ungezogenes Mädchen!«

»Wem sagst du das?«, gab Bao seinen Senf dazu.

Ich stellte die Schüsseln auf die Ablage und zerrte Bela weiter an der Hand raus, aber nicht zur Brücke, wo Onkel Wu uns sehen konnte, sondern nach rechts. Nach ein paar Metern blieb ich stehen, sah wieder auf seine weißen Turnschuhe und fragte: »Meldest du dich wirklich in zehn Tagen?«

»Wieso fragst du?«

Na, wieso wohl? »Wir Chinesen sind schrecklich, oder?«

Er trat ganz nah an mich heran, beugte sich hinunter. Seine Brille stieß an mein Gesicht. Er küsste meinen Mundwinkel und ich bekam eine Gänsehaut, als seine warmen Lippen sich daranpressten. Ich drehte meinen Kopf zu ihm hin und küsste ihn auch. Ich bekam noch mehr Gänsehaut, sie zog sich den Rücken hoch bis zu den Schultern.

Sein Gesicht glitt an meinem vorbei, er nahm mich in den Arm und fragte: »Wieso zitterst du so?«

Das letzte Mal, als ich einen Jungen geküsst hatte, hatte er mich vollgesabbert. Ich hatte ihn ein bisschen süß gefunden, aber nicht schön.

Es konnte nicht alles an Bela gut sein. Er musste irgendeinen Haken haben. Ich dachte wieder an die Textstelle *remember that I've never lied*.

»Bela«, sagte ich. »Was ist eigentlich schlecht an dir?«

Ich hörte wieder Belas ruhigen Herzschlag. Ich war mir sicher, dass nicht jedes Herz so schön klang.

»Nichts«, sagte Bela.

Ich ließ ihn los, um ihn anzuschauen.

Sein Gesicht zeigte keine Regung.

»Jeder hat Fehler.« Ich schaute ihn vorwurfsvoll an. Zwar hatte ich mir vorgenommen, ihn nie anzulügen, aber er hatte sich das wohl nicht bei mir vorgenommen. Wenn er wenigstens gesagt hätte: Finde es selbst heraus!

»Was hast *du* denn für Fehler?«, fragte er zurück.

Er sagte mir seine ja auch nicht. Sollte ich ihm dann meine verraten? Aber was hieß »verraten«? Er wusste doch schon alles. Nicht alles, aber einiges.

»Das weißt du doch«, sagte ich und sah zum Restaurant. »Das da eben.«

Bela lachte. Beim Lachen bekam er kleine Grübchen. Das hatte ich noch gar nicht bemerkt. Ich nahm mir vor, ihn ständig zum Lachen zu bringen, damit er mir seine Grübchen zeigte.

»Was noch?«, fragte er.

Sollte ich es ihm wirklich sagen? *Remember that I've never lied*, also gut, ich überwand mich: »Ich wohne in einem hässlichen

Hochhaus, ich bekomme immer noch Pickel, meinem Vater gehört das Restaurant, es läuft richtig schlecht, es gibt doch schönere Mädchen, ich habe O-Beine.«

Etwas in seinem Gesicht zuckte.

»Ich bin entsetzt!«, sagte er.

Ich presste die Lippen aufeinander, da lachte er schallend los.

»So lustig?«, fragte ich.

Er hörte auf zu lachen, kam auf mich zu, küsste mich auf die Stirn.

»Gute Reise«, sagte ich.

Ich sah die Überraschung in seinem Gesicht. Aber ich dachte, ich mache es lieber wie beim Pflasterabreißen. Nicht schmerzlos, aber kurz. Bela sagte: »Ich melde mich«, und ging.

Als ich ihn so sah, seinen Rücken, seinen Hinterkopf mit den kurzen blonden Haaren, wie er sich immer weiter entfernte, konnte ich nicht anders.

»Bela!«, rief ich.

Er blieb stehen und drehte sich um.

Ich lief auf ihn zu und schmiss mich in seine Arme.

»Meldest du dich wirklich?«

Er nickte.

Wir ließen uns los und ich rannte ins Restaurant, um nicht vor seinen Augen loszuheulen. Ich lief an den Stühlen vorbei, auf denen mein Vater sonst immer seinen Mittagsschlaf gehalten hatte. Vor der Küchentür stoppte ich. Onkel Wu sprach. Ich drückte die Tür auf. Bao füllte gerade Suppe in einen kleinen Topf. Ling stand neben ihm und Onkel Wu sagte: »Deine Suppe ist wirklich viel besser, das müssen wir meinem Bruder erzählen.«

Ich stellte mich neben Onkel Wu und starrte Bao an. Der konzentrierte sich auf die Kelle. Seit seinem Gefühlsausbruch schien er sich vor mir zu schämen.

»Hast du noch Zigaretten?«, fragte ich Bao.

»*Ai jah!*«, fluchte Onkel Wu. »Rauch doch nicht immer so viel! Wenn dein Vater das wüsste!«

Es war doof, zu viert ein Taxi zu nehmen. Höflich, wie ich war, hatte ich Onkel Wu den vorderen Platz überlassen. Hinten saßen wir drei. Bao war so fett, dass Ling und ich ziemlich aneinandergepresst wurden. Ich hatte das Gefühl, dass auf der anderen Seite neben Ling noch etwas Luft war und dass er sich extra gegen mich drängte. Es ekelte mich, so an ihn gequetscht zu sein. Sarahs Umarmungen bei der Begrüßung ließ ich über mich ergehen, aber toll fand ich das auch nicht gerade. Wenn ich die anderen sah mit ihren ständigen Küsschen rechts und links, fragte ich mich, ob die das wirklich mochten. Ich wollte nur von Bela umarmt und geküsst werden und nicht von der ganzen Welt. Auf einmal fand ich es gar nicht schlecht, dass die einzige Begrüßung der Chinesen aus der Frage bestand: Hast du schon Reis gegessen?

Mein Vater war ganz überrascht, dass so viele Leute kamen.

Onkel Wu sagte: »Wir haben heute den Imbiss getestet. Kein Wunder, dass er billiger ist. Die Portionen sind klein und das Essen ist versalzen.«

»*Djang hai* – wirklich?«, fragte mein Vater verblüfft.

»*Hai gum* – es ist so«, antwortete Onkel Wu. »Sei froh, dass du die Suppe von Bao bekommst. Wir haben auch die Suppe von dort probiert: kein Fleisch, zu sauer, alles nur Wasser.«

»*Djang hai?*«, fragte mein Vater wieder.

Bao stellte den Topf auf dem Nachttisch ab. Er hatte sogar an einen Löffel gedacht.

Mein Vater setzte sich auf und schlürfte die noch heiße Suppe.

»*Hou sick* – schmeckt gut«, sagte er anerkennend.

Onkel Wu sah sich um. Es war aber kein freier Stuhl im Zimmer. Er setzte sich aufs Bett ans Fußende.

»Wir müssen uns überlegen«, sagte Onkel Wu, »wie die Leute erfahren, dass wir eine bessere Qualität haben und größere Portionen. Darin liegt die Schwierigkeit.«

Mein Vater schlürfte weiter die Suppe.

»Gutes setzt sich immer durch, das sagte schon meine Mutter«, warf Bao ein und mein Vater zuckte zusammen.

Onkel Wu bemerkte es nicht und redete weiter von Verbesserungen. Er kam auch wieder auf das Feng-Shui zu sprechen. Die Wächterlöwen, die vor dem Eingang stehen sollten, der fehlende Küchengott und der kleine Zimmerbrunnen.

Ich wusste immer noch nicht, wofür diese Wächterlöwen gut sein sollten. Wer sollte da auch durchblicken? Es gab bei den Chinesen Schildkröten, solche Drachen und andere Drachen, dicke lachende Buddhas, dünne ernste Buddhas, Pferde mit einer Fliege auf dem Rücken, die drei Götter Fu, Lu und Shou, der in einen großen Ofen steigt und sich in Rauch auflöst, tausend andere Götter, Räucherstäbchen, nachgemachtes Geld zum Verbrennen. Außer Chinesen interessierten sich dafür nur Frauen, die Mate-Tee tranken. Die trugen auch gerne Kleidung mit chinesischen Zeichen.

Mein Vater sagte einmal nach dem Einkaufen: »So ein Unsinn. Hast du die Frau vor uns an der Kasse gesehen? Die trug das Wort ›Tisch‹ auf der Jacke. Diese *Gwai Lou* wissen überhaupt nicht, was sie da anhaben«

Und ich hatte gedacht, das Zeichen bedeutete etwas Tiefgründiges: Liebe, Hoffnung oder Glück.

Manchmal wurde ich angesprochen, ob ich nicht sagen könne, was auf Kettenanhängern stand, aber das konnte ich nicht. Und selbst wenn ich die Zeichen gekannt hätte, wäre das nicht genug gewesen. Man hätte mich weiter ausgefragt: Was bedeutet das? Das Chinesische hatte für die *Gwai Lou* immer eine tiefere Bedeutung. »Was bedeutet der Drache?« Das erinnerte mich an den Deutschunterricht, wo die Lehrer immer meinten, dass alles nicht nur das ist, was es ist.

Bao und Ling standen herum. Sie fühlten sich im Krankenhaus offensichtlich nicht wohl.

Eine Schwester kam rein, mit einem Blutdruckmessgerät. Sie sah uns säuerlich an und sagte: »Es ist wieder so weit.«

Mein Vater krempelte seinen Ärmel hoch, die Schwester legte die Manschette an, pumpte und ließ die Luft wieder ab.

»110 zu 75!«

Sie nahm die Manschette ab und tadelte Onkel Wu: »Das macht man nicht, sich aufs Krankenbett zu setzen!«

Onkel Wu lächelte sie breit an und sagte: »Thank you. Wish you a nice day too!«

Die Schwester schaute pikiert und ging.

Kaum war sie draußen, fragte Onkel Wu meinen Vater: »Was hat sie gesagt?«

»Dass du bestimmt mein Bruder bist.«

Das erste Mal hörte ich meinen Vater lügen. Aber log er nicht immer? Am Telefon sagte er: Das Restaurant läuft sehr gut. Und er hatte behauptet, ich sei die Beste in der Klasse.

»Übermorgen werde ich entlassen«, sagte mein Vater. »Das ist gut. Es gibt zwar Fernsehen, aber nur für das ganze Zimmer. Und das Essen ist sehr schwer.«

Als der Topf leer war, trieb er uns raus. Ling und Bao sollten ihre Mittagspause genießen und ich sollte Onkel Wu in der Stadt herumführen.

Aber als Onkel Wu wieder vorne ins Taxi stieg, dachte ich, das mache ich nicht noch mal mit, Lings ganze Körperseite an mich gepresst.

»Ich geh zu Fuß.« Und weil ich die Wahrheit wissen wollte, sagte ich weiter: »Bao kommt mit.«

»Ich gehe nicht zu Fuß«, sagte Bao.

»Wenn du nicht mitkommst, frag ich meinen Vater, ob das alles stimmt.«

»Was stimmt?«, fragte Onkel Wu.

»Dann mach doch!«, motzte Bao.

Ling wollte auch schon wieder aussteigen. Aber Onkel Wu sagte zu ihm: »Lass die beiden. Wir fahren zum Restaurant und kaufen uns gegenüber ein Eis.«

Baos Gang war geschmeidig wie alle seine Bewegungen. Ich fühlte mich im Vergleich zu ihm wie ein eckig trippelnder Roboter.

»Hast du die Zigaretten mit?«, fragte ich.

Bao legte einen Gang zu. Bis wir auf die Mindener Straße kamen, sagte keiner von uns beiden mehr ein Wort.

»Stimmt das mit meinem Vater?«, fragte ich.

Bao ging noch schneller.

Ich kam nicht mehr mit und griff von hinten in sein T-Shirt. Er drehte sich um und wehrte mich mit einem Arm ab.

»Greif nicht immer so in meine Kleidung!«, motzte er.

»Wo ist deine Mutter? Hast du sie rübergeholt?«

»*Mou!*«, schrie Bao mich an, so dass andere Fußgänger sich nach uns umdrehten.

»Sie ist noch in Vietnam! Verstanden? Ich hab kein Geld! Ich habe keine Wohnung! Man kann nicht einfach Verwandte rüberholen! Ich rauche! Ich bin ein Verschwender! Ich hab nichts gelernt!«

Ich wünschte mir jetzt, in der Küche zu stehen statt an der Mindener Straße. Sogar die Autofahrer fuhren langsamer, um zu schauen.

Bao ging mit so einer Wucht weiter, dass man das Aufstampfen seiner Schritte hörte.

»Sie ist noch in Vietnam?«, rief ich ihm hinterher.

Er stoppte und drehte sich um: »Ich arbeite zu wenig! Ich hab keinen Schulabschluss geschafft!«

Er ging weiter und es gelang mir, neben ihm herzugehen, indem ich größere Schritte machte.

Irgendwann wurde er langsamer und sagte: »Ich bin zu müde, um nach der Arbeit noch zu lernen. Ich kann nur noch Filme gucken.«

Aus Bao schien es immer weiter rauszusprudeln, wenn er erst mal angefangen hatte.

»Ich hab es in dreizehn Jahren nicht geschafft, sie rüberzuholen. Sie schreibt mir Briefe, dass alle anderen ihre Eltern schon nachgeholt hätten. Sie schreibt, dass ich nicht hart genug arbeite. Immer macht sie mir Vorwürfe. Ich bin faul! Ich bin dumm! Ich bin nutzlos!«

Ich fragte mich: Was würde mit mir passieren, wenn ich einfach so in eine neue Welt käme, nur auf mich allein gestellt?

»Als du angekommen bist, wie war es?«

Ohne mich anzuschauen, sagte er genervt: »Du bist schließlich zusammen mit mir angekommen.«

Aber ich konnte mich doch an nichts mehr erinnern.

»Schon bei der Landung«, sprach Bao, »hatte ich Angst. Alles war weiß, überall lag Schnee.«

Wieso hatte man Angst vor Schnee?

»Ich hatte auf dem Flug geschlafen und wachte erst kurz vor der Landung auf. Alles war weiß, wie in einer Geisterlandschaft. Ich hatte Sandalen aus Plastik an. Wir stiegen aus. Es wurde plötzlich so kalt. Wir gingen durch einen Schlauch, dann lange Gänge entlang. Mir kam es vor, als gingen wir über in eine andere Welt. Schließlich gelangten wir in die große Halle des Flughafens. Es war Februar, das Jahr der Schlange war vorbei. Das Jahr des Pferdes hatte gerade angefangen.«

Und das eine Jahr im Flüchtlingslager in Thailand – das war nicht seltsam gewesen?

Als erriete Bao meine Gedanken, sagte er: »In Thailand war fast alles wie in Vietnam. Die Wärme, das Meer, die Menschen.«

Er legte noch mal einen Schritt zu. »Meine Füße waren durchgefroren, als wir in der großen Halle standen. Ein wichtiger Politiker gab uns allen die Hand. Eine Menge Reporter mit Fotoapparaten und Fernsehkameras waren da. Der Politiker stellte sich neben uns und redete viel. Wir verstanden kein Wort.«

»Warte!«, rief ich und hetzte hinterher, um Schritt zu halten. »Haben sie dir nichts zum Anziehen gegeben?«

»Später haben sie uns braune Decken gegeben«, sagte Bao.

Bao erzählte weiter. Schon den Namen der Deutschlehrerin konnte er sich nicht merken und auch nicht aussprechen: »Sie hieß ungefähr Linneblügge«, sagte Bao, aber der Name war etwas anders, noch länger. Nachdem er verstand, dass er die Wörter nicht nur nach den verschiedenen Zeiten, sondern auch nach dem Geschlecht, nach Einzahl und Mehrzahl, nach Dativ und so weiter unterscheiden musste, gab er endgültig auf. Französisch sei ja schon viel komplizierter als das Chinesische, aber wie jemand Deutsch lernen sollte, verstand er überhaupt nicht.

Jede Nacht habe er leise in sein Kissen geweint und seine Mutter vermisst.

»Die Leute starrten mich auf der Straße an und die Kinder beschimpften mich. Ich verstand nicht, was sie sagten. Ich verstand auch nicht, wieso sie das taten. Sie kannten mich nicht und trotzdem sah ich den Hass in ihren Augen. Manchmal wollte ich mir eine Tüte aufsetzen.«

Bao ging langsamer und sah mich an. Er drehte nicht nur den Kopf, sondern fast seinen ganzen Körper in meine Richtung: »Du kennst das auch. Aber du konntest dich von deinem Vater trösten lassen.«

Als Kind hatte ich meinen Vater gefragt, wieso wir Chinesen schwarze Haare haben. Andere Kinder hätten gesagt, schwarz sei der Teufel. Mein Vater sagte, schwarze Haare seien schön. Aber ich wollte lieber blonde Haare haben.

Meinem Vater nach sollte ich auf alles Chinesische stolz sein, aber ich wusste nicht, was er damit meinte.

Auf den Kindergeburtstagen der anderen gab es immer Kuchen und Kartoffelsalat. Als ich feierte, gab es Hühnersalat mit Fischsoße und gebratene Nudeln mit Garnelen. Mein Vater sagte, das hätte nicht jeder, darauf sollte ich stolz sein. An Geburtstagen müsste man Nudeln essen, weil Nudeln lang seien. Sie sollten mir ein langes Leben bescheren. Auch Kinder würden Nudeln und Huhn mögen.

Als meine Freundinnen aber kamen, glotzten sie nur blöd. Sie mochten weder die gebratenen Nudeln mit den teuren Garnelen (»Iiih! Würmer!«) noch den Hühnersalat mit der vietnamesischen Fischsoße *Nuoc Nam* (»Iiiiiiiiih! Das stinkt!«). Ein Mädchen schrie: »Iiih!«, und die anderen schrien es nach. Sie gefielen sich so sehr darin, ständig »Iiiiiih!« zu schreien, dass sie gar nicht mehr damit aufhörten.

Es kam mir vor, als hätte ich ihnen eine fette Spinne vorgesetzt. Ich schämte mich so sehr, dass ich nur noch stumm dasaß und hoffte, dass alles bald vorbei war.

Als ich später meinem Vater vorwarf, meine Freundinnen hätten die Garnelen und die Fischsoße ekelig gefunden, meinte er, dann würde er das nächste Mal halt Hühnerfüße in Essigsoße machen.

Ich hätte mich noch an viele solcher Sachen erinnert, wenn

Bao nicht weitererzählt hätte. Viele *Gwai Lou* seien auch sehr nett zu ihm gewesen, zum Beispiel die vom Roten Kreuz. Sie fragten ihn, was er bräuchte, begleiteten ihn zu Behörden, zeigten ihm alles. Sie hätten das alles getan, ohne selbst davon Vorteile zu haben. Sie taten das nur, weil sie gute Menschen waren. Nachbarn hätten ihm Kleidung gespendet.

Er hatte sich, seit er achtzehn war, immer für wenig Geld abgerackert und die schlimmsten Arbeiten angenommen, einmal auch in einem Schlachthaus. Aber das hätte ihn nach nur einem Tag zu sehr mitgenommen. Nachdem er lange auf Baustellen geschuftet hatte, fing er in Restaurantküchen an. Das hätte ihm gefallen, allein hinter einer Tür zu arbeiten, auch wenn es anstrengend war und er sich oft am spritzenden Öl verbrannte.

Ich war mir sicher: Wenn Baos Mutter mit nach Deutschland gekommen wäre, wäre alles anders gewesen. Er hätte nicht so viel arbeiten müssen und genug Zeit zum Lernen gehabt.

»Und mein Vater ist an allem schuld?«, fragte ich.

Als ich den Satz aussprach, fühlte ich mich, als hätte ich gerade meinen Vater verraten.

»Ich bin auch schuld«, räumte Bao ein.

Ich dachte, er würde nun wieder jammern, wie wenig er verdiente, aber er sagte: »Als Kind war ich verwöhnt. Ich wollte unbedingt an einer berühmten Kung-Fu-Schule in der Stadt lernen. Ich wollte wie die Leute in den Kung-Fu-Filmen sein. Das waren meine Vorbilder. Meine Mutter sagte aber, das sei zu teuer. Ich nörgelte die ganze Zeit, aber sie blieb bei ihrer Meinung. Dann sprach ich kein Wort mehr mit ihr und das hat sie nicht ausgehalten. Sie hat mich dort angemeldet und sehr viel Geld bezahlt. Ich weiß nicht, wie viel, aber es war ein Vermögen. Wenn ich nicht in die teure Kung-Fu-Schule gegangen wäre, hätte sie mehr Erspartes gehabt und vielleicht mitkommen können.«

Auf einmal blieb Bao stehen.

»Ich weiß nicht, warum ich lebe«, sagte er. »Wenn ich Gemüse schneide, denke ich oft daran, mir wie die Japaner das Messer in den Bauch zu rammen.«

Die Japaner haben aber spitze Schwerter und kein Hackebeil, dachte ich.

Er sprach weiter: »Meine Mutter würde es nicht kümmern und auch niemanden sonst.«

Es war nicht nur eine Gefühlswallung wie bei Sarah. Er suchte nicht nach Aufmunterung. Ich hörte die Ehrlichkeit in seiner Stimme. »Arbeiten, Keller, Mutterhass. Das ist mein Leben.«

Was wäre, wenn ich allein geflohen wäre? Vielleicht hätte ich es auch nicht geschafft, meinen Vater rüberzuholen. Ich stellte mir vor, wie mein Vater zu mir sagte: »Du bist faul! Du bist dumm! Du bist unnütz!« Ich glaubte, ich würde auch tot sein wollen.

»Bao«, sagte ich und ich hätte nie gedacht, dass ich seinen Namen einmal so flehend aussprechen würde. Jetzt musste ich doch eigentlich sagen, dass wenigstens *ich* ihn mochte, doch das stimmte nicht. Aber etwas anderes stimmte. Weil mir »traurig« nicht einfiel, sagte ich: »Ich würde weinen und Ling auch.«

»Meinst du, dass Ling ein guter Freund von mir ist?«, fuhr Bao mich an.

»Du kannst bei ihm Wäsche waschen.«

Bao stieß ein leises Lachen aus und schüttelte den Kopf.

Die Restauranttür war verschlossen. Ich klopfte ans Fenster und versuchte hineinzusehen.

Jetzt rüttelte auch Bao an der Tür.

»Wir gehen von hinten durch den Keller«, sagte Bao.

Das hatte ich ganz vergessen. Dass Bao ja sowieso oft von hintenrum raus- und reinkam.

Ich fragte: »Und was sagen wir meinem Onkel, wie wir reingekommen sind?«

Wir liefen am Wall entlang, über die Brücke in Richtung Musikschule. Meine Füße taten weh. Wir legten uns unten auf den Rasen, dort, wo ich gestern mit Bela gelegen hatte.

Es war komisch, an derselben Stelle mit Bao zu liegen. Zwischen uns war aber mehr Platz. Die Sonne knallte heiß herunter. Ich konnte niemals wieder glücklich werden, wenn Bao sich umbrachte. Ich konnte auch nicht glücklich werden, wenn Bao weiterhin im Keller hauste.

»Das, was ich dir gesagt habe«, meinte Bao auf einmal, »erzählst du nicht weiter.« Er schnaufte aus. »Auf dem Schiff, da hab ich dir auch Dinge erzählt, aber nur weil ich sonst niemanden hatte.«

»Wie war ich früher?«

»Du hast immer nur gekotzt. Aber wir haben alle gekotzt, nur der Kapitän und seine drei Helfer konnten essen. Es gab einen Herd oben auf dem Schiff, aber so einen großen Topf hätten wir nicht gebraucht für die paar Esser. Ich war innen schon ganz ausgetrocknet, obwohl ich versucht habe, viel zu trinken. Jedes Mal kam es aber doppelt wieder heraus. Dann erreichten wir endlich Singapur.«

»Thailand!«, sagte ich.

»Wir kamen zuerst in Singapur an!«, sagte Bao gereizt. »Ich kann mich noch daran erinnern, wie ich mich gefreut habe! Es waren nur wenige Tage auf dem Meer gewesen, aber die waren so lang wie Monate, besonders die letzte Nacht. Es ruckelte und schwankte, so stark, dass wir manchmal schon fast auf der Seite lagen. Ich wollte beten, aber ich wusste nicht, zu wem. Also betete ich zu meiner Mutter, als sei sie meine Schutzgöttin. Der Sturm hörte zum Glück am Morgen auf. Länger hätte das Schiff bestimmt nicht durchgehalten.

Als wir Singapur sahen, dachten wir natürlich, wir seien gerettet.

Aber wir wurden festgenommen und ausgefragt. Man sagte uns, wir dürften nicht bleiben. Sie haben das Schiff vollgetankt und uns Essen und Wasser auf das Schiff gebracht. Aber nicht als Geschenk, wir mussten alles bezahlen. Ich hatte kein Geld mehr, man hatte mich beklaut, aber das ist eine andere Geschichte.

Als wir zurück zum Strand gebracht wurden, taten sich einige Männer von unserem Schiff zusammen und versuchten, die Singapurer doch noch umzustimmen. Sie sollten wenigstens die Kinder hier an Land gehen lassen. Dein Vater wurde besonders wütend. Er brüllte, so laut, wie ich noch nie einen Menschen habe brüllen hören. Er schrie, das Boot würde keinen zweiten Sturm aushalten. Sie seien Barbaren, dass sie sogar die kleinen Kinder in den sicheren Tod schickten.

Aber die Singapurer ließen nicht mit sich reden. Wir mussten alle wieder auf das Schiff.

Bewacher mit Gewehren begleiteten uns, damit wir keinen Ärger machten.

Ein Mechaniker kam mit auf unser Boot. Er schaute sich unseren Motor an, ob alles funktionierte. Die Singapurer wollten nur nicht, dass die anderen Staaten später auf sie zeigen und sagen: Eigentlich habt ihr die Flüchtlinge getötet.

Sie befestigten an unserem Schiff eine Leine, stiegen zusammen mit dem Mechaniker wieder herunter und schleppten uns mit einem kleineren Schiff zurück auf das Meer.

Du kannst dir nicht vorstellen, was mir durch den Kopf ging, als sie uns vom Land wegzogen. Es war so, als zögen sie uns langsam dem Tod entgegen.

Als wir kein Land mehr sahen, schnitten sie das Seil durch, und während sie ihre Arme erst in die eine, dann in die andere Richtung ausstreckten, riefen sie uns vom anderen Boot aus zu: ›Da gehts nach Thailand und dort nach Malaysia.‹

Dann fuhren sie weg.

Ich sah ihnen hinterher und fühlte mich so verlassen, dass ich weinen musste. Alle auf dem Schiff haben geweint. Du hast das nicht verstanden, und du hast deinen Vater gefragt, wieso alle so traurig sind.

Er hat nicht geantwortet. Deine Worte waren auch die letzten, die ich an dem Tag hörte, denn danach sprach niemand mehr, selbst die Kinder quengelten nicht. Alle waren stumm und bewegten sich, als seien sie nur noch Schiffsgeister.

Als wir von Vietnam wegfuhren, waren wir noch voller Hoffnung gewesen, auf amerikanische Schiffe zu treffen. Aber jetzt wussten wir: Es gab keine.

Nach ein paar Tagen gab es wieder einen Sturm, du hast mich wieder vollgekotzt. Ich hatte seit Singapur nichts gegessen, ich musste nicht kotzen, aber ich hatte solche Kopfschmerzen und noch mehr Angst als beim ersten Sturm, weil ein Schiff durch einen Sturm nicht kräftiger, sondern schwächer wird. Um uns herum war nur dunkles tiefes Wasser, in das man bald versinken und nie wieder auftauchen würde.«

Ich sah hoch: Die Sonne leuchtete am hellblauen Himmel. Hinter uns erklang ein Klavier in der Musikschule. Ich war hier und Bao war hier. Sonst hätte ich mir Sorgen gemacht, ob das Boot nun sinken würde. Es musste ja ein Happy End geben, vielleicht nicht wirklich »happy«, aber wir lagen nicht auf dem Meeresgrund, sondern hier auf dem weichen Rasen.

»Hätte mich meine Mutter auch weggeschickt, wenn sie das gewusst hätte? Ich wünschte mir, in Cholon geblieben zu sein. Ich wollte lieber für den Rest meines Lebens mit den Schikanen weiterleben, als noch eine Nacht auf dem Boot zu bleiben. Langsam wurde es ruhiger. Es schaukelte nur noch ein wenig und am nächsten Morgen sahen wir bei gutem Wetter Thailand.« Bao setzte sich auf und wandte den Kopf von mir ab. »In Thailand mussten wir zuerst auf dem Boot bleiben. Niemand freute sich. Wir hatten Angst, wieder weggeschickt zu werden. Polizisten kamen und suchten das ganze Boot nach Waffen und Sprengstoff ab. Später kamen ein Arzt und eine Krankenschwester an Bord. Wir wurden alle geimpft. Danach wurden wir unter Bewachung zu einem Amt geführt, wo wir Papiere vorzeigen und beweisen mussten, dass wir wirklich aus Vietnam kamen.

Wir konnten uns aber immer noch nicht richtig freuen. Es

schwang immer die Angst mit, dass sie uns doch wieder hinausziehen aufs Meer.

Das passierte aber nicht. Zuerst mussten wir vier Monate auf dem Boot wohnen. Es gab in Thailand eine Gemeinschaft von Chinesen, die haben uns morgens, mittags und abends Essen gebracht und uns auch Kleidung geschenkt.

Ich hätte ja noch ein bisschen Gold übrig gehabt, aber die Besatzung vom Schiff hatte es mir geklaut. Eine Woche bevor wir losfuhren, hatte meine Mutter eine Tasche zum Boot gebracht, damit ich am Tag der Flucht nicht so auffällig mit einer großen Tasche herumlief. Die zwei Leute, die dem Kapitän halfen, sagten, sie würden die Tasche schon an Bord bringen. Als ich aber auf dem Schiff war, wussten sie von nichts mehr. Meine Tasche war weg – und das Hemd mit den Goldknöpfen. Meine Mutter hatte das letzte Gold zu Knöpfen einschmelzen lassen. Sie hatte sie extra mit schwarzer Farbe überpinselt, aber das nützte nichts. Jetzt hatte ich nur noch ein zweites Hemd und eine zweite Hose. Die Sachen trug ich über meiner anderen Kleidung.

In Thailand gingen wir nur nachts zum Schlafen aufs Schiff. Es war anstrengend, immer die selbst gezimmerte Leiter hochzuklettern. Sie wackelte, und wenn man runterfiel, konnte man sich schwer verletzen. Am Strand lagen große, spitze Steine, wo die Leiter hoch zum Schiff verlief.

Später kamen wir in ein großes Flüchtlingslager an der Grenze zu Kambodscha. Es war eine Halbinsel. Jeder von uns bekam schwarze Plastikplanen. Dein Vater und ich bauten uns eine Hütte. Wir schlugen Bambus aus und errichteten damit ein Gerüst. Zum Schluss wurde die schwarze Plane angenagelt. Die erste Zeit hatten wir etwas zu tun. Wir haben Toiletten gebaut, in der Nähe des Wassers. Und anderen, die nach uns gekommen sind, haben wir auch geholfen ihre Hütten zu bauen. Es kamen immer mehr Leute in das Lager. Zum Schluss waren wir einige hundert.

Dann gab es aber viele Tage lang nichts zu tun. Es war wie ein großes, heißes Gefängnisdorf. Manche fischten am Strand und verkauften die Fische an andere Flüchtlinge. Nur einmal in der Woche durften wir unter Bewachung auf den Markt gehen, aber immer nur so sieben bis acht Personen. Auch vor das Tor kamen Händler und verkauften Essen. Natürlich brauchte man dazu Geld, aber dein Vater hatte ja noch etwas. Im Lager gab es sonst nur Reissuppe und nichts weiter. Eigentlich hätte es auch ab und zu Fleisch und Gemüse gegeben. Aber die thailändischen Beamten waren korrupt und steckten sich das Geld ein. Nach dem Ausgang kam dein Vater manchmal mit etwas Fleisch und Gemüse wieder und hat gekocht. Manchmal lud er auch die zwei Männer ein, die uns mit der Hütte geholfen hatten.

In dem Lager blieben wir bestimmt ein Jahr. Die ganze Zeit habe ich mich gefragt, was meine Mutter gerade machte. Ich habe damals nicht gewusst, dass ich sie so lange nicht mehr sehen würde. Wenn ich erst einmal in einem neuen Land wäre, da war ich mir sicher, würde sie von den Behörden sofort nachgeholt werden.

Es stand schon fest, dass wir nach Frankreich gehen wollten. Die Franzosen nahmen gern Flüchtlinge auf, die etwas Französisch konnten. Wir gingen zu einem Sprachtest und das Französisch deines Vaters und auch meine paar französischen Wörter reichten aus. Die Anträge waren schon ausgefüllt. Unsere Papiere rückten aber im Stapel immer wieder nach unten. Ein Franzose kümmerte sich um die Angelegenheiten. Eines Tages kam die Frau des Franzosen. Sie sagte, wenn wir nach Frankreich wollten, sollten wir ihr amerikanische Dollars oder Gold geben. Andere Flüchtlinge hätten ihr auch Geschenke gemacht.

Dein Vater hatte aber alles ausgegeben.

Nach langen Monaten wurde dein Vater von jemandem gefragt, ob er nach Deutschland wolle. In Bangkok gab es eine deutsche Botschaft und er hat Ja gesagt. Ich wollte mitgehen, weil ich sonst niemanden kannte.

Kaum waren die Papiere fertig, ging dein Vater mit uns zu dem Franzosen und erzählte ihm, dass wir nun nach Deutschland gingen und dass er ein Stück Hundescheiße sei – und seine Frau auch. Der Franzose war sehr wütend und wollte auf deinen Vater losgehen. Aber er hat es nicht getan.«

Bao verstummte und erwartete irgendeine Reaktion. Aber was für eine?

Schließlich sagte ich: »Wenn du zwei Dinge haben könntest ...« Und meinte eigentlich: Wenn du zwei Wünsche frei hättest.

»Ich möchte meine Mutter rüberholen«, sagte Bao. »Ich möchte, dass meine Mutter stolz auf mich ist.«

Ich überlegte. Ich hatte das, was Bao sich wünschte, ja schon. Mein Vater war hier. Aber war mein Vater stolz auf mich? Wenigstens sagte er nicht: Du bist faul, du bist dumm, du bist unnütz. Diese Worte bekam ich nicht mehr aus dem Kopf.

»Wenn mein Onkel weg ist, kannst du bei uns im Wohnzimmer schlafen.«

Bao sagte: »*Hou siou* – sehr witzig.« Wörtlich hieß es »gut lachend«.

Auf dem Weg zum Restaurant ließen mich Baos Erzählungen nicht mehr los. Die Welt schien vor meinen Augen zu flimmern. Warum hatten die Singapurer uns wieder aufs Meer gezogen?

Onkel Wu kam uns entgegengerannt, er musste uns von der Terrasse aus gesehen haben.

»Wo wart ihr so lange?«, fragte er.

»Wir waren schon da, aber du nicht.«

»Ling und ich sind noch in der Stadt ein Eis essen gegangen. Die Eisdiele gegenüber hatte zu.«

Bao verzog sich in die Küche. Wahrscheinlich ging er von dort aus in den Vorratskeller und legte sich ins Bett und rauchte. Aber er hatte ja gar kein Fenster zum Lüften. Außerdem war Onkel Wu hier und dann wurde schön weiter Theater gespielt. Nur dass das Restaurant gut lief – das hatten wir Onkel Wu nicht vormachen können. Ein schickes Haus und ein deutsches Auto waren auch nicht drin gewesen.

Onkel Wu und ich blieben vor der Theke stehen. Ich starrte hinüber zu den blank geputzten Biergläsern.

»Haben wir noch Verwandte in Vietnam?«, fragte ich.

Onkel Wu dachte nach. »Wir haben einige«, sagte er. »Eine Großtante und andere, die entfernt verwandt sind, auch eine Cousine.«

Ich wusste, dass alle Geschwister meines Vaters nicht mehr dort waren. Meine Großeltern waren tot.

»Ich fahre demnächst nach Vietnam«, sagte Onkel Wu. »Es gibt ein großes Schultreffen und viele frühere Schüler fliegen aus der ganzen Welt da hin.« Man sah ihm die Vorfreude an.

»Wann?«, fragte ich.

Onkel Wu überlegte. »Im August, die letzte Woche«, sagte er. »Warum fragst du?«

»Stell dir vor«, sagte ich, »du hättest noch einen Bruder in Vietnam, der früher nicht flüchten konnte.«

»Alle Brüder und Schwestern leben woanders.«

»Ja, du sollst es dir ja nur denken!«

Onkel Wu machte eine abwehrende Bewegung. »Wozu Unnützes denken und die Zeit verschwenden? Entweder denken, um etwas zu tun, oder gar nicht denken!«

»Ich kenne jemanden, der hat noch einen Verwandten da«, sagte ich. »Außer Flugtickets zu zahlen – was muss man noch machen, wenn man jemanden nachholen will?«

Ich dachte an das Wort »Anträge«, aber ich wusste mal wieder nicht, wie das hieß.

»Wen meinst du?«, fragte Onkel Wu.

»Den kennst du nicht«, log ich und wurde rot.

Onkel Wu war ja nicht Bela und ich hatte nur Bela heimlich geschworen, dass ich ihn nie anlügen würde.

»In Australien ist das kein Problem«, sagte Onkel Wu. »Wenn man Verwandte dort hat, kann man nachkommen.« Er wollte wieder an seinem langen Wangenhaar zupfen, merkte aber, dass es nicht mehr da war, und kratzte sich mit den Fingern über die Wange. »Aber in Deutschland kenne ich mich nicht aus. Du musst zur Behörde gehen und da nachfragen.«

Das war das Letzte, was ich wollte. In dieses miefige dunkle Gebäude gehen, das sich Ausländerbehörde nannte.

»Ich frag erst mal meinen Vater.«

»Für wen ist es?«, wollte Onkel Wu schon wieder wissen.

Konnte ich ihm das erzählen?

»Wo ist Ling?«, fragte ich.

»Er ist nach Hause gegangen. Es ist schließlich noch eine Stunde Mittagspause. Wieso ist Bao noch hier?«

Daran hatte ich gar nicht gedacht. Bao hätte hintenrum gehen sollen. Ich erinnerte mich an meinen Auftrag, Onkel Wu herumzuführen.

»Es ist gutes Wetter«, sagte ich. »Lass uns spazieren gehen.«

»Und Bao?«, fragte Onkel Wu. »Sollen wir ihn im Restaurant einschließen? Er hat doch Pause.«

Ich sagte zu Onkel Wu: »Der liest wieder Zeitung«, und rief in die Küche: »Wir gehen weg und schließen dich hier ein!«

Ich ging mit Onkel Wu zum Wall. Unter seinen Augen hatte ich immer das Gefühl, mich anders benehmen zu müssen. Meine Füße taten mir weh. Sie hatten mir schon vorhin wehgetan.

Onkel Wu durchlöcherte mich auf der Wallumrundung mit Fragen: »Was macht dieser Freund von dir?« Er meinte Bela, hatte aber den Namen schon wieder vergessen.

Ich wollte mich mit Onkel Wu gutstellen und sagte: »Er geht noch zur Schule.«

Er hörte aber nicht mehr auf zu fragen: »Fährt er Auto?«

»Er fährt Auto.«

»Was für eine Marke?«

»Weiß ich nicht.«
»Trinkt er Alkohol?«
»Bier.«
»Wie viel?«
»Mehrere.«
»So viel?«

Ich nahm mir vor, Onkel Wu bei der nächsten Frage wieder anzulügen.

»Du musst aufpassen bei den *Gwai Lou*«, sagte Onkel Wu. »Manche sind nett, manche nicht.«

Ich hielt das für einen Witz. Onkel Wu aber ging, die Hände hinter dem Rücken verschränkt, mit ernstem Gesicht geradeaus schauend, als hätte er etwas sehr Bedeutendes gesagt.

Ich sah nach oben zum klaren Himmel. Ich dachte, wenn es da oben jemanden gibt, und sei es nur der Küchengott, müsste er doch sehen, was für Opfer ich bringe. Ich gehe mit Onkel Wu spazieren, ich höre mir diesen Blödsinn an, statt die Zeit mit Bela zu verbringen. Er packt doch erst heute Abend. Bela war auch anstrengend, aber anders anstrengend. Er gab mir auch Ruhe und das tat Onkel Wu nicht.

»Die *Gwai Lou*«, fuhr Onkel Wu mit seinem klugen Vortrag fort, »meinen es nicht ernst mit Asiatinnen. Sie sagen dies und tun dann das. Nicht alle sind so, aber viele. Dein *lam pan jau* – dein männlicher Freund – scheint aber ein Guter zu sein.«

»Woher willst du das wissen?«, fragte ich.

»Ich sehe es an seiner Nase. Sie ist nicht so spitz und gebogen wie bei den *Gwai Lou*, die hochnäsig sind.«

Ich verbot mir zu lachen und sah auf meine Hände. Sie waren rau vom Spülen. Aber vor allem, weil ich in dieser einen Nacht viel zu heiß gespült hatte und nicht wegen des Spülmittels.

»Erzähl es nicht meinem Vater.«

»Was? Dass du einen *boyfriend* hast?«

»Das mit dem Verwandte-aus-Vietnam-Nachholen.«

Ling stand schon vor dem Restaurant und wartete. Onkel Wu schloss auf und ging in die Küche.

»Bao?«, rief er.

Ich lief Onkel Wu hinterher.

»Er räumt bestimmt Vorräte im Keller auf«, sagte ich. »Lass uns rausgehen und uns da an einen Tisch setzen, ich muss dich noch was fragen.«

Onkel Wu war einverstanden, wollte sich aber noch einen Tee kochen. Auf einmal kam Bao durch die gläserne Eingangstür. Er wirkte noch ziemlich verschlafen. Er grüßte Onkel Wu im Vorbeigehen und merkte in seiner Müdigkeit nicht, dass Onkel Wu ihn verwundert anstarrte.

Nachdem Bao in die Küche gegangen war, fragte mich Onkel Wu: »Wie geht das denn?«

Mir ratterten tausend Erklärungen durch den Kopf. Mir fiel ein: Es ist doch nicht verwerflich, dass Bao den Schlüssel zum Hof hat.

»Es gibt doch den Ausgang hinten«, sagte ich. »Ihm wurde wohl zu langweilig und da ist er hinten rausgegangen.«

»*Hai* – stimmt!«, sagte Onkel Wu und schüttelte den Kopf über sich selbst und seine Frage. »Das habe ich vergessen. Aber wieso seid ihr vorhin dann nicht ins Restaurant gegangen, als ich noch nicht da war?«

Ich überlegte. »Da steckte der Schlüssel noch von innen.«

Onkel Wu goss sich Wasser in den Tee und ging raus. Ich hatte ja gesagt, ich wollte mit ihm sprechen. Dabei hatte ich genug von Gesprächen mit Onkel Wu. Mir fiel Bao ein und ich machte einen Abstecher in die Küche. Seit heute Nachmittag hatte ich das Gefühl, er könnte sich jederzeit ein Messer in den Bauch rammen.

Bao saß hinten und las wieder Zeitung. Das schmutzige Geschirr von unserem Test-Essen stand immer noch in der Spüle. Ich ging zur Kellertür und zog den klobigen Schlüssel raus.

»Was willst du damit?«, fragte Bao.

»*Mou jäh.*«

Ich ging raus. Es war noch kein Gast gekommen. Ich schickte Ling in die Küche, er solle Bao helfen. Ling schaute mich verständnislos an und ich wusste auch nicht, was ich damit gemeint hatte.

»Du kannst abspülen«, fiel mir endlich ein.

»*Ngo* – ich?«, fragte Ling entrüstet.

Nein, der Affe neben dir, dachte ich.

»Wieso ich?«, fragte Ling.

Weil du den ganzen Tag nur die Theke polierst.

»Vielleicht bist du ein guter Koch. Aber jeder muss mit dem Spülen anfangen.«

»Wieso soll ich kochen lernen?«

»Du hast doch keine ...« Mir fiel das Wort »Arbeitserlaubnis« nicht ein. »In der Küche kommst du schneller weg.«

Ling schaute erwartungsvoll. Weil ich nicht weitersprach,

ging er wirklich durch die Schwenktür. Mein Vater hatte gesagt, dass es schwierig sei, jemanden für die Küche zu bekommen. Leute für den Getränkeausschank gabs genug. Kochen ist komplizierter, als Getränke einzuschenken.

»Wann kommst du endlich?«, rief Onkel Wu.

Ich ging nach draußen und er wies mich mit seinem Arm an, Platz zu nehmen, als sei die Terrasse sein Wohnzimmer.

Der Schlüssel zur Kellertür befand sich immer noch in meiner Hand. Er hatte nur einen Zweck: Bao mittags und abends nicht ins Restaurant zu lassen. Er konnte zwar durch den Hinterhof raus, aber ich fand es trotzdem nicht richtig.

Ich holte aus und warf den Schlüssel in die Aa. Es war schließlich ein Schlüssel und kein Abfall. Er würde vielleicht eine Weile weiterschwimmen, bis er auf den Grund sank.

»Was war das?«, fragte Onkel Wu.

»*Mou jäh.*«

»Lüg mich nicht an«, sagte Onkel Wu.

Mein Vater hatte ihn heute auch angelogen. Das hatte er aber so hingenommen. Er hatte doch am Ton gehört, dass die Schwester nicht gesagt hatte: Sie sind doch bestimmt der Bruder.

»Du hast schon in Vietnam gelogen«, tadelte mich Onkel Wu weiter. »Deinem Cousin Wa hast du bei einem Ausflug erzählt, dass du schon zur Schule gehst und dass du ein Hündchen hättest.«

Ich wusste weder, wer Cousin Wa sein sollte, noch konnte ich mich an Onkel Wu damals erinnern. Er erzählte weiter: »Ich habe dich ein paarmal herumgetragen, aber du hast dauernd genörgelt.«

Schon seltsam, dass Bao und Onkel Wu etwas über einen Teil meiner Geschichte wussten, von dem ich selbst nichts mehr wusste.

Ich fragte: »Kanntest du Bao früher auch schon?«

»Bao?«, fragte Onkel Wu und überlegte. Er versuchte wieder an seinem langen Wangenhaar zu zupfen.

»Ich weiß nicht«, sagte er. »Es ist lange her.« Onkel Wu hatte sich eben zurückgelehnt, kam jetzt aber nach vorne und stützte seine Ellenbogen auf den Tisch. »Willst du jemanden aus Vietnam holen? Und das hinter dem Rücken deines Vaters?«

Ich stand auf. »Ich muss die Geräte zum Warmhalten einschalten.«

Das Abendgeschäft lief schlecht. Abwechselnd dachte ich an Bela und Bao. Schließlich zwang ich mich dazu, mich auf Bao zu konzentrieren. Was nützte es mir, an Bela zu denken? Nur weil ich an ihn dachte, kam er nicht früher wieder. Plötzlich fragte ich mich, warum ich so ganz anders vorging als sonst. Mir gefiel die Antwort nicht besonders: Onkel Wu hatte auf mich abgefärbt.

Es musste etwas passieren. Aber was ich mir auch überlegte, es lief immer darauf hinaus, dass mein Vater Bao nicht aus Geiz wenig zahlte, sondern weil er nicht mehr zahlen konnte. Bei so wenig Kundschaft konnte man sich fragen, wie er überhaupt noch etwas zahlen konnte. Wieso gab es bloß den Spruch »Geld macht nicht glücklich«? Mit mehr Geld wäre Bao auf jeden Fall glücklicher.

Es war neun Uhr und der letzte Tisch war vor einer halben Stunde gegangen. Ah! Da kamen endlich wieder zwei Gäste.

Es waren aber doch keine Gäste, sondern Sarah und Micha. Wie lange hatte ich die beiden nicht mehr gesehen! Sie freuten sich so wie ich. Sarah strahlte. Sie lachte auch Ling an und Ling fing an die Theke zu polieren.

»Hi, Süße!« Sarah drückte mich und gab mir zwei dicke Schmatzer auf die Wangen.

Micha gab mir die Hand. Sie gab jedem die Hand. Ich war mir sicher, dass sie auch ihren Eltern am Frühstückstisch die Hand gab.

»Lass dich mal ansehen!«, rief Sarah mit ihrer lauten Stimme. »Komische Klamotten, aber ansonsten süß!« Sie drehte sich zu Micha um. »Was sagst du?«

»Find ich auch«, sagte Micha.

»Er war da?«, fragte Sarah. »Micha hat ja alles verraten.« Sie schlug Micha auf den Po. Micha lachte.

Ling horchte interessiert. Ich ging mit ihnen raus.

»Wie küsst er?«, fragte Sarah.

»So richtig haben wir uns noch nicht ...«

»Sarah!«, sagte Micha. »So etwas fragt man nicht.«

»Wieso nicht?«, gab Sarah zurück. »Ich bin ja nicht neidisch!«

Ich wollte fragen, ob sie einen neuen Schwarm hatte. Aber das hätte sie schon längst erzählt.

»Kommst du diese Woche mit ins *Glashaus*?«, fragte Micha.

Ich schüttelte den Kopf.

»Was?«, fragte Sarah entsetzt. »Musst du die ganze Zeit durcharbeiten?«

Ich nickte. Normalerweise hätte ich mich selbst bemitleidet.

»Es ist toll hier«, schwärmte Sarah. »Alles so schick. Wieso sind wir bloß vorher nie vorbeigekommen?«

Ich sah ein Liebespaar auf das Restaurant zukommen. Er öffnete ihr die Glastür.

»Setzt euch doch«, sagte ich. »Da kommen Gäste.«

Ich lief schnell rein, um die Speisekarten zu bringen. Die Blicke von Sarah und Micha brannten in meinem Rücken und auf einmal war es mir peinlich, Gäste zu bedienen.

Zwischendurch hätte ich wieder rausgehen können, aber ich blieb hier stehen, vor der Theke. Das hätte kindisch ausgesehen, in jeder freien Sekunde zu seinen Freundinnen zu rennen.

Onkel Wu war in die Küche zu seinem Liebling Bao zurückgekehrt. Er sprach schon wieder über den Küchengott, gerade schlug er vor, ihn auf den Gefrierschrank zu stellen.

Wäre Onkel Wu nicht auch traurig, wenn er wüsste, woraus Baos Leben bestand? Ich schaute Ling an. Er wusste, dass Bao im Keller wohnte. Aber musste er dann auch wissen, wie es ihm ging? Ich sah auf die Terrasse zu Sarah und Micha, meinen besten Freundinnen. Hatte ich ihnen erzählt, wie ich mich gefühlt hatte, als mein Vater auf dem Bürgersteig gelegen hatte? Hatte ich ihnen erzählt, dass ich das Essen aus der umgekippten Schüssel noch gegessen hatte? Sarah hätte bestimmt »Igittigitt!« geschrien, genauso wie meine Freundinnen früher auf der Geburtstagsfeier.

Vielleicht interessierte man sich nur für jemanden, wenn man in ihn verliebt war. Dann wollte man alles wissen. Ich gab zu, ich wollte wissen, was Bela gerade machte, welche Zahnpasta er benutzte, wo er seine Schuhe gekauft hatte, wann er einschlief. Bei

Micha und Sarah interessierten mich solche Dinge nicht. War dann Liebe nicht so etwas wie Interesse?

Ich sah nach draußen. Sarah und Micha wirkten unpassend hier.

Sarah jammerte die ganze Zeit, weil sie nicht dünn war. Aber was würde sie sagen, wenn sie keinen Tag freihätte, im Keller leben müsste und ihre Mutter ihr immer wieder drei Sätze ins Gesicht werfen würde: Du bist dumm! Du bist faul! Du bist unnütz!

Sarah und Micha kamen von der Terrasse und wir quatschten wie früher. Dabei hatte ich immer mehr das Gefühl, nicht mehr wie früher zu sein. Endlich verabschiedeten sie sich und das Essen kam aus der Durchreiche.

~

Im Fernsehen liefen Kinder durchs Bild und spielten mit Puppen.

Meine Grundschulfreundin Anja hatte einmal eine besondere Puppe zum Geburtstag bekommen. Wenn man hinten auf einen Knopf drückte, lachte sie. Ihr Vater war stolz auf sein teures Geschenk und meinte, die Puppe wirke sehr echt, wie ein richtiges Kind. Ich fand das nicht. Welcher Mensch lachte schon auf Knopfdruck?

Stofftiere waren mir sowieso lieber als Puppen. Als ihr Vater mich fragte, ob Anjas Puppe nicht fantastisch sei, und ich meinte, ich möge lieber Hunde, lachte er und sagte, ja, das würde er mir glauben.

Als Kind hatte ich mir nichts sehnlicher als einen echten Hund gewünscht. Baos Wünsche waren: Mutter hier, Mutter stolz. Das fand ich bescheiden. Sarah wollte einen tollen Mann heiraten, am liebsten Tom Cruise. Micha wollte den Nobelpreis gewinnen.

Und ich? Was wollte ich? Und mein Vater? Wofür lebte er? Und Onkel Wu? Der schlief. Gestern hatte er doch so viel im Schlaf gesprochen. Ich schaltete den Fernseher aus, stand auf und ging durch den Flur in Onkel Wus Zimmer.

»Onkel Wu?«, fragte ich.

Der Mond hatte abgenommen. Obwohl Onkel Wu diesmal die Vorhänge nicht zugezogen hatte, war es fast so dunkel wie gestern.

Nach einer Weile konnte ich erkennen, dass er wirklich im Bett lag. Es war so still, dass ich mir nicht sicher gewesen war.

Onkel Wu war so chinesisch. Chinesen hatten bestimmt einen höheren Lebenssinn, als Tom Cruise zu heiraten.

»Onkel Wu«, sagte ich und überlegte, was »Lebenssinn« hieß.

Ich setzte noch mal an: »Onkel Wu!«

Onkel Wu grunzte im Schlaf. Sagte man nicht immer die Wahrheit, wenn man im Schlaf sprach? »Onkel Wu, was ist das Wichtigste?«

Onkel Wu drehte sich noch weiter. Er lag schon fast auf dem Bauch. Er zog sich die Decke über den Kopf. »*Meij jäh?*«, fragte er.

»Was ist das Wichtigste im Leben?«, wiederholte ich.

»Das Wichtigste im Leben?« Seine Aussprache war verwaschen.

»*Hai*«, sagte ich, »was ist das Wichtigste im Leben?« Ich sprach jetzt extra laut und deutlich.

Ich ballte meine Hände zu Fäusten. Jetzt würde es kommen. Onkel Wu würde mir im Schlaf die Wahrheit sagen, über sich, über alle Chinesen, über alle Menschen.

Onkel Wu sagte: »Reichtum und Kinder.«

~

Am nächsten Morgen wachte ich auf und dachte sofort: Wenn Reichtum und Kinder der Sinn waren, hatte Onkel Wu dann seinen Lebenssinn verfehlt? Er hatte schließlich keine Kinder. Und was war mit meinem Vater? Er hatte ein Kind, war aber nicht reich. War das Leben aller reichen Menschen ohne Kinder und das Leben aller verarmten Menschen mit Kindern sinnlos? Ich hatte mir mehr von Onkel Wu erwartet. Etwas Höheres.

Ich sprang aus dem Bett, damit ich vor Onkel Wu im Bad war. Er hinterließ das Bad klatschnass und er benutzte eine Seife, die so stark nach chinesischen Heilkräutern roch, dass ich das Gefühl hatte, den Geruch nie wieder loszuwerden.

Unter der Dusche dachte ich an Bela, wie er jetzt mit seinen Freunden im Reisebus saß. Wahrscheinlich waren sie alle schon besoffen. Ich war noch nie auf so einer Freizeit gewesen, hatte aber schon viel davon gehört. Es ging nur ums Saufen und wer mit wem.

Ich ertappte mich wieder dabei, mir selbst leidzutun. Dabei

wollte ich doch mehr an Bao denken als an Bela. Onkel Wu nahm sich nur das vor, was er ändern konnte. Also sagte ich mir: Ziel des Tages ist, mit Onkel Wu über Bao zu sprechen.

Ich klopfte. Es kam nichts. Kein »*Weij?*«, kein »*Djou san*« oder sonst was. Ich öffnete die Tür. Onkel Wu schlief fest. Sollte ich ihn schlafen lassen? Wusste er noch, was er letzte Nacht gesagt hatte? War es wirklich seine Meinung gewesen, dass das Wichtigste im Leben Reichtum und Kinder sind?

Onkel Wu sah im Schlaf jünger aus. Er hatte weniger Falten, seine Gesichtszüge waren weich und entspannt. Sein Mund war nicht ganz geschlossen. Wenn er ausatmete, kamen leise Pfeiftöne heraus. Onkel Wu hatte im Schlaf jede Strenge verloren.

Ich dachte an den Tag des Steckerziehens. Was wäre, wenn Bela und ich wirklich miteinander glücklich werden würden und ich einmal bei ihm den Stecker ziehen müsste? Ich stürzte mich auf Onkel Wu und rüttelte ihn wach.

Er riss die Augen auf: »*Meij jäh? Fo djug?* – Was? Feuer?«

»*Mou jäh* – nichts«, sagte ich. »Willst du aufstehen oder weiterschlafen?«

Er starrte mich noch weiter erschrocken an. Langsam schien es ihm aber zu dämmern, wo er war. Über uns schrie die Frau wieder ihren Hund an.

»Wie kann man nur einen Hund halten, wenn man keinen Garten hat?«, sagte Onkel Wu und stand auf.

Es war noch früh. Wir hatten auf dem Weg Brötchen gekauft und saßen in der morgendlich frischen Sommerluft über der Aa.

Ich sah hinunter und fragte mich, ob der Kellerschlüssel noch lange weitergetragen würde.

Onkel Wu sprach die ganze Zeit von den Verwandten. Irgendeine Cousine wollte demnächst heiraten. Eine Tante hatte gerade ihr drittes Kind geboren.

Als Onkel Wu endlich in sein Brötchen biss und zwei Sekunden lang nicht reden konnte, sagte ich, ich müsste mit ihm über etwas sprechen.

»Über was willst du sprechen?«, fragte Onkel Wu mit vollem Brötchen-Mund.

»Dein Fleck«, sagte ich. Ich tippte mir mit dem Zeigefinger gegen die Wange. »Wo ist dein Haar geblieben?«

Haar hieß auf Chinesisch *tau fat*, wörtlich »Kopf-Haar«. Aber das Haar war ja nicht auf dem Kopf gewesen, sondern an der Wange.

Onkel Wu zögerte. Nie hätte ich gedacht, dass ich ihn einmal auf sein Haar ansprechen würde.

»Es ist in einer Nacht ausgefallen«, sagte Onkel Wu. »In der Nacht, in der ich dir einiges erzählt habe.«

Onkel Wu hatte also gar nicht im Schlaf gesprochen?

Ich zeigte wieder mit meinem Finger auf die Wange: »Man kann das übermalen. Ich habe so etwas für Pickel.«

»Ich bin keine Frau«, sagte Onkel Wu. »Ich finde den Fleck nicht hässlich.« Er klang etwas angesäuert und aß weiter sein Brötchen.

Falsche Taktik, dachte ich.

»Ich will dir etwas erzählen«, fuhr ich fort, »aber du darfst es nicht meinem Vater sagen.«

»Ob ich es deinem Vater sage, das muss ich dann selbst entscheiden.«

Dann wurde daraus wohl nichts.

»Nimmst du Drogen?«, fragte Onkel Wu.

Ist dir die Sicherung durchgebrannt?, dachte ich.

Onkel Wu beobachtete meine Reaktion genau. »Dein Freund, der *Gwai Lou*«, sagte er, »ist so blass.«

Ich wünschte, Bela wäre nie ins Restaurant gekommen. Jetzt musste ich mir wieder einen Vortrag über die *Gwai Lou* anhören: Mit *Gwai Lou* konnte man gut befreundet sein, aber sie seien doch ganz anders. Wenn man heiratete, dann heiratete man ja in die Familie ein – und ein *Gwai Lou* in der Familie? Die jungen *Gwai Lou* respektierten die älteren nicht. Sie seien egoistisch, hätten keinen Familiensinn und außerdem würden sie sich später, wenn die Frau Falten bekäme, eine jüngere suchen.

Ich konnte mir Onkel Wus Redeschwall nicht mehr anhören und unterbrach ihn: »Baos Mutter ist noch in Vietnam. Wie kann er sie rüberholen?«

Onkel Wu starrte mich verwirrt an, als hätte ich ihn wieder geweckt.

»Bao?«, fragte er nach einer Weile. »Meinst du euren Koch? Bao?«

Ich nickte. Wen sollte ich sonst meinen?

Onkel Wu suchte mit den Fingern wieder sein Haar und fand es wieder nicht. Er starrte angestrengt in seinen Kaffee.

Plötzlich hob er den Kopf: »Warum fragt er mich das nicht selber?«

Ich wollte gerade antworten, da sprach Onkel Wu schon

weiter: »Bao ist doch erwachsen. Ist er nicht dreißig? Warum fragt er dich?«

Wir sahen Bao ins Restaurant kommen. Er war heute ganz schön früh.

»Sag ihm nicht, dass ich dir das erzählt habe«, zischte ich.

Bao entdeckte uns und kam raus.

»Hast du schon gefrühstückt?«, fragte Onkel Wu und Bao schüttelte den Kopf. »Hol dir einen Teller und nimm dir auch eine Tasse Kaffee. Die Kaffeemaschine ist noch an.«

Bao kam ziemlich schnell an unseren Tisch, setzte sich, schnitt sich gierig ein Brötchen auf und bestrich es dick.

Er verschlang es und schnitt sich gerade sein zweites Brötchen auf, da fragte Onkel Wu: »Was ist mit deiner Mutter?«

Bao erstarrte in seiner Bewegung. Die linke Hand lag auf dem Brötchen, der rechte Arm war abgewinkelt, das Brötchen erst zur Hälfte durchgeschnitten. Es hätte ein lebensgroßes Foto von Bao beim Brötchenaufschneiden sein können. Er bemerkte seine Starre, ließ das Brötchen und das Messer los.

»Was fragst du nach meiner Mutter?«, erwiderte Bao. Dabei hatte er sich doch immer bemüht, nett zu Onkel Wu zu sein.

»Sei nicht so bösartig«, sagte Onkel Wu, gar nicht von Baos plötzlicher Unfreundlichkeit beeindruckt. »Du willst sie nach Deutschland holen.«

Jetzt richtete sich Bao ganz auf. Er schaute sich um, als müsse er erkunden, in welche Richtung er am besten laufen sollte.

Ich hätte ihn darauf vorbereiten müssen. Aber wusste ich, dass Onkel Wu gleich mit der Tür ins Haus fällt? Ich hatte ihm doch gesagt, er solle nichts erzählen

Onkel Wu trank ungerührt seinen Kaffee. Ich fragte mich, wie man nur so gelassen sein konnte. Mir fiel ein: Er kannte ja nicht die ganze Geschichte. Das Schlimme war ja der Hintergrund, mein Vater.

Bao schaute von mir zu Onkel Wu. »Sie hat dir alles erzählt?«

»*Hai*«, sagte Onkel Wu. »Der Kaffee schmeckt gut. Wenn mein Bruder morgen wieder da ist, müssen wir auch über neue Gerichte sprechen. Was ist? Willst du dein zweites Brötchen gar nicht essen?«

Bao schaute mich so hasserfüllt an, dass ich Angst hatte, er würde gleich das Messer nehmen und auf mich einstechen.

»Aber zurück zu deiner Mutter«, sprach Onkel Wu weiter. »Du wirst dich sicherlich schon informiert haben bei den Behörden, wie das geht. Bei uns in Australien muss man auch beweisen, dass man genug Platz im Haus hat für sie.«

Bao antwortete nicht.

»Er weiß nicht alles«, versuchte ich mich zu rechtfertigen. »Das mit dem Gold und meinem Vater habe ich nicht erzählt.«

»Was weiß ich nicht?«, fragte Onkel Wu. »Was für ein Gold?«

Ich sah trotz der ganzen Fettschicht, wie Baos Muskeln sich anspannten. Er packte das Messer und schmiss es ins Wasser.

»*Ai jah!*«, fluchte Onkel Wu. »Wieso müsst ihr alles ins Wasser werfen? Das schöne Messer!«

Bao stand auf und ging.

»Was hat er?« Onkel Wu schaute ihm verblüfft nach. »Ist bei ihm die Sicherung durchgebrannt?«

Ich sprang auf und lief Bao hinterher. Er war schon durch das ganze Restaurant durch und zog gerade mit einem Schwung die

Glastür auf. Ich rannte an den Tischen vorbei, wurde kurz von der zufallenden Tür gestoppt und folgte ihm. Endlich erreichte ich ihn und zog an seinem T-Shirt. Er ging aber einfach weiter. Ich musste loslassen, lief an ihm vorbei und stellte mich ihm in den Weg.

»Ich will dir helfen!«

Er hob noch nicht mal seine Arme, um mich zur Seite zu schieben, sondern stieß mich einfach mit seiner Schulter weg.

Ling kam um die Ecke, sah Bao und wollte freudig grüßen. Bao ging an ihm vorbei, als sei auch er Luft.

Ich rannte an Ling vorbei.

»Ich habe ihm nur erzählt, dass deine Mutter noch in Vietnam ist!«, schrie ich Bao an, während ich neben ihm herlief.

Bao ging stur weiter. Ich blieb stehen. Er ging über die Straße, schaute weder nach rechts noch nach links und wurde trotzdem nicht überfahren.

Onkel Wu hatte schon Gemüse aus dem Kühlschrank geholt und auch die vorbereiteten Frühlingsrollen, aber das nutzte uns jetzt auch nichts mehr. Als Bao letztes Mal verschwand, war immerhin mein Vater da gewesen. Onkel Wu konnte aber unmöglich das Essen allein kochen. Was sollte ich den Gästen sagen? Heute gibts nur Getränke? Gehen Sie zum Imbiss um die Ecke. Der ist auch billiger. Einen Blick auf die Aa gibt es dafür aber nicht.

Onkel Wu schaute mich an und begriff, dass Bao nicht wiederkommen würde. Ich erwartete, dass er ein »*Ai jah!*« ausstoßen würde, aber er sagte nichts.

Ich ging nach hinten und setzte mich auf den Hocker.

»Willst du nicht rausgehen?«, fragte Onkel Wu. »Es kommen bestimmt schon die ersten Gäste.«

Ich stand auf und ging hinunter in den Keller. Vielleicht war Bao ja irgendwelche Schleichwege gegangen und durch den Hinterhof wieder reingekommen?

Baos Kammer war wie immer verschlossen.

Onkel Wu kam an die Kellertür und rief: »Gäste!«

Ich setzte mich auf den kalten, schmutzigen Boden und lehnte mich gegen die Holztür.

»*Weij!*«, rief Onkel Wu. »Bist du da unten?«

Ich starrte auf die Wand gegenüber.

»*Weij!*«, rief Onkel Wu wieder und kam runter. Auf den Kellerstufen klatschten seine Sohlen laut.

»Was machst du!«, herrschte er mich an. »*Weij!!* Steh auf!«

»Bao ist weg«, sagte ich.

»Das ist egal! Geh raus. Gib nicht immer so schnell auf!«

Er zerrte an meinem Ärmel, bis ich aufstand und vor ihm hertrottete.

Ich versuchte den Leuten wieder die süßsaure Soße anzudrehen, was mir nur einige Male gelang. Es gab Beschwerden, der Reis sei zu verklebt, die Frühlingsrolle zu fettig, der Geschmack sei ganz anders. Ich war mir nicht mehr sicher, ob Onkel Wus Parole Weitermachen-um-jeden-Preis wirklich richtig war. Zwischendurch rief auch noch mein Vater an und ich sagte, alles sei gut.

Als der letzte Gast endlich gegangen war, lief ich in die Küche. Onkel Wu briet was in der Pfanne.

»Was ist das?«, fragte ich.

»Hühnerleber. Hat viele *vitamins*.«

»Die Gäste haben mich beschimpft!« Eigentlich meinte ich, dass sie sich beschwert hatten.

Onkel Wu brutzelte weiter seine Hühnerleber.

»Hast du gehört! Wenn Bao heute Abend nicht kommt, machen wir zu!«

»Schrei mich nicht an«, sagte Onkel Wu. »Ich bin dein Onkel.«

Es war mir scheißegal, wer er war. »Wir öffnen heute Abend nicht!«

Onkel Wu starrte in die Pfanne.

Plötzlich fuhr er mich an: »Du kannst nicht bei jedem kleinen Problem aufhören! Man muss *immer* weitermachen!«

Er rüttelte die Pfanne so heftig, dass ein paar Leberteile rausfielen. Soße spritzte an seine Stirn. Er wischte sie mit dem Handrücken ab.

»Wir haben hart gearbeitet und nie aufgegeben!«, zeterte Onkel Wu. »Hätten wir bei den ersten Schwierigkeiten aufgegeben, dann hätten wir es nirgendwo geschafft. Wir müssen als Familie zusammenhalten, der eine muss dem anderen helfen!«

Onkel Wu mit seinen ewigen Standpauken! War er nur hergekommen, um meinem Vater zu helfen? Er hatte vorher aber gar nicht wissen können, wie schlecht hier alles lief.

Onkel Wu sagte: »Dein Vater konnte das Restaurant kaufen, weil wir zusammengehalten haben. Alle haben ihm Geld geliehen.«

»Er hat sich von der Bank Geld geliehen.«

»Aber nicht alles«, erwiderte Onkel Wu. »Hätte er nicht schon Geld gehabt, hätte die Bank ihm nichts geliehen. Ich konnte die

Metzgerei auch nur so früh kaufen, weil die Familie mir Geld geliehen hat. Aber ich habe es längst zurückgeben können und habe wiederum anderen Geld geliehen, die später auch ein Geschäft eröffnen wollten, so auch Sim, der Tochter von Tante Anh, die mit ihrem Mann einen Tofu- und Sojamilchladen betreibt.«

Onkel Wu ließ die Pfanne los und gab eine Handvoll Zwiebeln rein.

»Bao braucht heute Abend nicht wiederzukommen«, sagte er. »Wenn er kommt, kann er wieder gehen. Er ist entlassen.«

»*Meij jäh?*«, fragte ich.

»Es ist nicht das erste Mal. Nach dem zweiten Mal gibt es nichts mehr zu überlegen. Ich werde deinem Vater gleich alles erzählen.«

»Das geht nicht«, sagte ich. »Er ist krank.«

»Morgen kommt er zurück, dann wird er es sowieso erfahren.«

»Wenn Bao morgen weiterarbeitet, dann nicht.«

Onkel Wu wuchtete die Pfanne hoch und drehte sie. Mit einem großen Wender kratzte er auch den letzten Rest in die Porzellanschüssel.

Ich hörte Geräusche im Keller. Das konnte nur Bao sein. Onkel Wu horchte auch auf.

»Wie viel Gold musstest du zahlen?«, fragte ich.

»*Meij jäh?*«

»Gold. Wie viel Gold musstest du zahlen für die Flucht?« Ich wusste gar nicht, ob es wirklich ein Wort für »Flucht« gab. Es wurde immer nur von »Weglaufen« gesprochen.

»Das meinst du«, sagte Onkel Wu und stellte die Pfanne in die Spüle. »Die Flucht aus Vietnam.« Er drehte sich um. »Wir sind viel später geflüchtet als ihr. Später wollten die Kommunisten die Chinesen nicht mehr in ihrem Land haben. Wer Chinese war, musste etwas bezahlen und durfte das Land verlassen. Es war billiger als zu eurer Zeit, weil man nicht mehr heimlich fliehen musste. Man bekam aber keine Fahrkarte! Man musste selbst ein Schiff finden und damit hinaus aufs Meer.«

Onkel Wu beäugte jetzt das Essen, das er gekocht hatte. Die Leber dampfte noch.

Er sagte: »Als wir in der Fremde ankamen, hatten wir nichts. Aber dann haben wir hart gearbeitet.«

Onkel Wu ging mit der Pfanne zur Spüle, ließ Wasser hinein und fing an zu schrubben. »Die Kinder wissen nichts mehr von den schlimmen Zeiten. Für sie ist Australien ihre Heimat. Sie kennen nichts anderes, auch wenn sie ihr Chinesendasein nicht aufgegeben haben wie du. An den Wochenenden gehen deine Cousins und Cousinen immer freiwillig in chinesische Schulen, um dort die Zeichen zu lernen. Sprechen können sie sowieso viel besser.«

Das musste er mir natürlich wieder vorhalten. Ich fragte: »Ist das Leben denn in Australien besser als ganz früher in Vietnam?«

»Es war ja schon sehr lange Zeit Krieg. Aber so weit im Süden bekamen wir das erst viel später zu spüren, außer 1968, da fielen die Kommunisten in Saigon ein. Es war während des chinesischen Neujahrs, das auch in Vietnam gefeiert wird. Dafür war extra ein Waffenstillstand vereinbart worden. Die Kommunisten haben sich aber unter die feiernde Menschenmasse gemischt, und als die Böller gezündet wurden, haben sie angefangen zu schießen. Überall hörte man nur noch Gewehrschüsse und Bomben explodieren. Sie wollten die amerikanische Botschaft, den Flughafen und andere wichtige Stellen einnehmen, aber sie haben auch schlimm gewütet gegen die Bevölkerung. Sie haben ganze Familien ermordet, sogar Kinder und Frauen. Die Südvietnamesen konnten sie aber nach und nach schlagen.«

Mir fiel ein, dass Bao auch von Neujahrskämpfen gesprochen hatte. Sein Vater war dabei gestorben. Ich starrte Onkel Wu an. Er zog seine Schultern kaum sichtbar hoch und schwieg. Nach einer Weile sprach er weiter: »Deine Frage war, ob es in Australien besser ist. Lange Zeit, bevor die Chinesen mit in den Krieg ziehen sollten, da war das Leben in Vietnam gut. Das Wetter war gut, das Essen schmeckte uns, wir waren alle zusammen. Wir waren nicht reich, und trotzdem keiner hat daran gedacht wegzugehen, außer ein paar Jahre zum Studieren.« Er machte wieder eine lange Pause. »Aber nachdem der Norden uns erobert hat, konnten wir nicht bleiben. Allen ging es schlecht.«

Onkel Wu nahm sich eine andere Pfanne und schrubbte weiter. Es war die, in der Bao den Teig für die Frühlingsrollen briet.

»Wir können froh sein. Keiner von unseren Geschwistern musste in Vietnam zurückbleiben. Und von zehn Brüdern und Schwestern ist niemand zu Tode gekommen. Viele andere sind auf der Flucht für immer verschwunden. Sie sind bestimmt im Sturm gestorben oder durch Piratenhände. Bei den meisten weiß man es nicht. Sie haben natürlich niemandem erzählt, dass sie fliehen wollten, und dann waren sie auf einmal weg und sind nie wiederaufgetaucht. Es war die erste und letzte Reise ihres Lebens.«

Er erzählte anscheinend lieber, wenn er einem dabei den Rücken zudrehte.

»Ihr seid 1976 geflohen, das war sehr früh, da gab es wenig Piraten. Aber zu unserer Zeit gab es sehr viele. Wir haben Glück gehabt, denn wenn wir ihnen begegnet wären, hätten wir nichts tun können. Als die Kommunisten 1975 in Saigon einmarschierten, hatten wir alle Waffen abgeben müssen. Wenn sie eine Waffe fanden, kam man ins Gefängnis und das hieß nicht, dass man dort saß. Man kam in ein Dschungel-Lager, dort gab es kaum etwas zu essen. Ein Schulfreund hatte einen Revolver versteckt. Er kam für drei Jahre in ein Lager. Wenn seine Familie ihm nicht ständig Essen gebracht hätte, wäre er verhungert. Dabei hungerten unter den Kommunisten alle. Nur die obersten Kommunisten bekamen genug zu essen. Die Leute in den Lagern aber mussten auch noch von morgens bis abends hart arbeiten. Sie mussten Bäume fällen und Straßen bauen. Wer keine Verwandten hatte, starb einfach.«

»Musstet ihr auch mal ins Lager?«, fragte ich.

»Wir waren zum Glück nur einfache Soldaten gewesen. Die Offiziere mussten jahrelang in den Lagern arbeiten und viele starben dabei. Viele hohe Offiziere und Beamte wurden sofort erschossen. Aber das wollte ich gar nicht erzählen, sondern von der Flucht. Wir hatten also keine Waffen mehr. Wenn die Leute Waffen mit auf die Flucht genommen hätten, hätte es viel weniger tote Flüchtlinge gegeben. Es wäre ein guter Schutz vor den Piraten gewesen.«

»Wenn die Flucht so gefährlich war, und der Krieg war doch zu Ende – war es dann trotzdem besser zu fliehen?«

»*Gan hai* – natürlich!«, sagte Onkel Wu verständnislos. »Wer will sich von Dummköpfen alles vorschreiben lassen? Wer will nicht schimpfen dürfen, wenn er sich ärgert? Alle gebildeten

Leute wie Redakteure oder höhere Beamte sollten aufs Land ziehen und ihre Kinder durften keine guten Schulen mehr besuchen. Warum musste man die Kinder denn auch noch bestrafen? Darum flohen die meisten: damit die Kommunisten ihren Kindern nicht die Zukunft nehmen konnten.

Arbeit wurde nur an Terroristen vergeben, die früher Südvietnamesen ermordet hatten. Es gab in Saigon viele Menschen, die schon früher heimlich für den Norden gearbeitet hatten. Lange bevor die Kommunisten gekommen waren, haben diese Leute nach und nach Menschen umgebracht. Mein früherer Schuldirektor war auch darunter gewesen. Er wurde auf der Straße erschossen, nur weil er sich ihnen nicht anschließen wollte. Sie haben in der Stadt Granaten geworfen in Garküchen, wo auch Frauen und Kinder aßen. Alle hatten Angst vor den Vietcong.«

Auf einmal lachte Onkel Wu gehässig auf: »Diese dummen Leute hatten den Versprechungen geglaubt, dass sie nach Kriegsende die Geschäfte bekommen und dann selber die großen Chefs sein würden. Nach ein paar Monaten stellten sie fest, dass sie den Falschen geglaubt hatten. Von wegen, alle sollen gleich sein. Für die meisten, auch die niedrigen Kommunisten, wurde es schlechter. Selbst diese Dummköpfe haben sich nachher gewünscht, dass die Nordvietnamesen wieder gehen. Das durften sie aber nicht mehr laut sagen. Stattdessen flohen auch sie. Viele frühere Vietcong leben jetzt in Kanada und Amerika.«

Onkel Wu schrubbte zornig weiter. »Wenn die *Gwai Lou* hören, dass man aus Vietnam kommt, sagen sie immer, die Amerikaner seien sehr schlecht zu uns gewesen. Und über die Nordvietnamesen und die Vietcong? Über sie spricht kein Mensch!

Die Kommunisten verstanden es nur, bessere Propaganda zu machen, aber sie waren nicht besser. Sie haben immer die Verbrechen der Amerikaner gezeigt, aber sie waren nicht so dumm, die eigenen Verbrechen zu fotografieren. Sie haben auch viele Menschen ermordet. Und sogar nachdem der Krieg zu Ende war, haben sie weitergemacht! Hunderttausende starben in ihren Arbeitslagern! Darüber spricht niemand! Die Kommunisten nannten es ›Umerziehung‹. Sie sagten, es sei nur, um ihr Denken zu verändern. Natürlich ändert sich das Denken, wenn man tot ist! Alle meinen, die Kommunisten hätten Vietnam befreit! Pah! Die Leute wissen gar nichts. Sie sollten erst mal selber unter ihnen leiden, dann würden sie nicht mehr so denken! Sie fragen sich gar nicht, wieso Millionen Menschen geflüchtet sind. Millionen Menschen wollten lieber auf dem Meer sterben, als in Unfreiheit zu leben!« Onkel Wu sagte auf einmal nichts mehr.

Ich hörte durch das gekippte Fenster Vögel zwitschern. Ein Kühlschrank sprang an, etwas brummte leise. Onkel Wu hatte den Wasserhahn nicht richtig zugedreht. Alle fünf Sekunden sammelte sich das Wasser zu einem Tropfen, der schwer wurde, tief nach unten fiel und laut platzend aufschlug.

»Bao ist ganz allein geflüchtet«, sagte ich nach einer Ewigkeit.

Onkel Wu schaute überrascht. Er musste wohl erst einmal überlegen. Ich erzählte ihm, wie mein Vater Baos Mutter ausgenommen hatte, die nun immer noch in Vietnam lebte.

Onkel Wu versuchte wieder an seinem langen Wangenhaar zu zupfen. Endlich merkte er, dass es nicht mehr da war. Er rieb sich nun über die Wange. Er sagte: »Bei vielen hat das Gold nicht gereicht und sie haben nur ihre Kinder auf die Flucht schicken können. Viele Kinder haben es nicht an Land geschafft, aber die Eltern reden sich ein, dass die Kinder irgendwo leben und sich nur nicht wieder gemeldet hätten.«

Er hielt inne und dachte nach. Nach einer Weile bewegte er sich wieder: »Ich erinnere mich an etwas.«

Ich wartete.

»Lass mich noch länger nachdenken«, sagte Onkel Wu. »Es ist so lange her.« Er schloss die Augen wie ein Orakel. Der Wasserhahn tropfte wieder. Vielleicht hatte er in der Zwischenzeit gar nicht aufgehört zu tropfen.

Langsam öffnete Onkel Wu die Augen wieder und sagte: »Dein Vater kam eines Tages zu mir und fragte, was er machen solle. Er hätte ein Angebot zu fliehen, aber nicht genug Gold. In dieser Zeit hat ihm natürlich niemand etwas geliehen.«

Onkel Wu fing an, auf und ab zu gehen. »Ich habe gesagt: ›Ich kann dir nichts geben. Wenn du zu wenig für euch beide hast, schick dein Kind allein auf die Flucht.‹ Er sagte aber, du seist erst drei. Was, wenn niemand sich um dich kümmern würde?«

Onkel Wu wandte sich von mir ab. »Ich kenne deinen Vater länger als du und er war immer gut zu allen Leuten.« Er atmete lange aus und fügte hinzu: »Deswegen wird er es nie zu Reichtum bringen.«

Onkel Wu rief: »Öffne die Tür!« Wir hörten nichts. Onkel Wu schlug gegen das lackierte Holz. »Du hättest das auch getan! Überleg doch mal! Du hast zu wenig Gold, um mit deinem Kind zu fliehen, und darfst andere mitnehmen. Würdest du ihnen nicht auch mehr abknöpfen? Jeder muss in schlechten Zeiten zuerst an sich selbst denken! Deine Mutter hätte das Gleiche getan! Und du auch!«

Onkel Wu schlug noch mehrmals gegen die Tür. »Was machst du da drin?«, rief Onkel Wu weiter. »Hör auf, dich wie ein kleines Kind zu benehmen!«

»Geh weg!«, kam es durch die Tür.

»*Du* solltest weggehen!«, rief Onkel Wu zurück. »Wenn du nicht arbeiten willst, dann geh nach Hause!«

Ich hatte Onkel Wu alles erzählt, aber nicht, dass Bao hier im Keller wohnte.

»Wieso bist du zurückgekommen?«, fragte Onkel Wu weiter. »Um hier die Vorräte zu essen?«

Auf einmal erklangen Schüsse. Ich hörte auch, wie Leute durcheinanderriefen.

»Was war das?«, fragte Onkel Wu verblüfft.

»Der Fernseher«, antwortete ich.

»Ihr habt hier unten einen Fernseher?«, fragte Onkel Wu. »Ist das ein Pausenraum?«

Ich sah ihn an und biss mir auf die Lippen.

»Ich habe heute alleine in der Küche gekocht!«, rief Onkel Wu. »Und die Gäste haben gesagt, dass es viel besser schmeckt als sonst!«

Trotz der lauten Fernsehgeräusche hörte ich das Bett knarren. Kurz darauf zog Bao die Tür auf und sah uns ausdruckslos an.

Onkel Wus Blick glitt an Bao vorbei. Er sah das Bett und sagte: »Gut, dass man sich hier nachmittags schlafen legen kann.«

Bao erwiderte nichts.

»Mach den Fernseher aus«, befahl Onkel Wu. »Ich habe Hühnerleber mit Zwiebeln gemacht.«

Bao aß mechanisch seine Portion Hühnerleber, ich aß nur Reis mit Soße, Ling und Onkel Wu hauten richtig rein. Onkel Wu schwärmte von seinem Essen nach dem Motto: Eigenlob stimmt immer.

Das Essen sei würzig, aber nicht zu salzig. Die Leber habe genau die richtige Zeit im Wok verbracht. Sie sei zart und saftig. Er kenne sich mit Fleisch aus, er wisse bei jeder Fleischsorte, wie lange die Bratzeit betrage, schließlich sei er Metzger.

»*Weij!*«

Ich schaute Onkel Wu an. Er meinte mich.

»Willst du die Leber wirklich nicht probieren? Weißt du, wie gesund Leber ist? Viel Eisen und *vitamins!*«

Ich schüttelte den Kopf.

»Du bist wie die *Gwai Lou!*«, schimpfte Onkel Wu. »Die essen auch nie Leber. Auch keine Herzen oder Nieren.«

»Das ist kein Pausenraum im Keller«, sagte ich. »Das ist Baos Zimmer.«

Alle sahen mich an.

Ling schien am geschocktesten über meinen Verrat. Er wurde rot und bekam schlecht Luft. Ich stocherte in meinem Reis herum, Bao aß schneller. Onkel Wu nahm die große Schale und schaufelte alles in Lings Schüssel.

»Dann braucht er gar nicht nach Hause zu gehen«, sagte Onkel Wu.

Er fragte sich nicht, wieso Bao immer von außen ins Restaurant kam und durch die Eingangstür wieder ging.

»Das spart Zeit«, meinte Onkel Wu. Er hatte eine undurchdringliche Miene aufgesetzt und auch einen undurchdringlichen Ton.

Ling hatte den Rest runtergeschlungen, stand auf, sagte: »Die Leber hat gut geschmeckt.« Er nahm seinen Teller und ging.

»Das kann nicht so bleiben«, sagte ich.

»Natürlich nicht«, erwiderte Onkel Wu.

Bao stand auf: »Ich geh zurück in … mein Zimmer.«

»Du bist in zwei Stunden wieder oben!«, rief ihm Onkel Wu hinterher.

Bao ging ungerührt weiter.

»Wenn er heute Abend nicht aus dem Keller kommt, kann er sich ein anderes Zimmer suchen«, sagte Onkel Wu. »Lass uns abräumen und danach die Speisekarte anschauen.«

»Warum?«

»Du kannst mir alles übersetzen. Du weißt auch besser als ich, welche Gerichte bei euch gut laufen und welche schlecht.«

Ich wollte aber lieber drei Stühle zusammenrücken.

»*Ngo gui* – ich bin müde«, sagte ich.

Onkel Wus Gesicht verriet mir aber, dass er jetzt keinen Schlaf duldete.

Onkel Wu blätterte die Speisekarte durch. Ich hatte ihm erklärt, welche Suppen wir hatten, Vorspeisen, Omeletts, hatte ihm die Gerichte mit Fisch gezeigt, mit Schweinefleisch, Rind, Ente, Huhn, und es gab doch wirklich Hühnerleber.

»Wer hat sich das alles ausgedacht?«, fragte er. »Ich habe vorher gar nicht gesehen, wie viele Speisen ihr anbietet.«

»Das war schon immer so«, sagte ich.

»Und wenn hier nur *Gwai Lou* essen, wieso verkauft ihr Hühnerleber? Wird das oft bestellt?«

Seit ich hier kellnerte, noch nie.

»Kein Wunder«, sagte Onkel Wu. »Deswegen war die Hühnerleber von eben so zäh und unschmackhaft – zu alt.«

»*Meij jäh?*«, fragte ich.

»Und Omelett«, sagte Onkel Wu. »Wer geht denn ins Restaurant, um Eier zu essen?«

Omelett hatte auch noch nie jemand bestellt. Aus dem Augenwinkel sah ich, wie Bao durchs Restaurant ging und zu uns auf die Terrasse kam.

»Ich mache mir einen Kaffee«, rief er in der Terrassentür stehend. »Will noch jemand?«

Ich dachte, ich hörte nicht richtig. Bao fragte nie, ob er jemandem etwas mitbringen sollte. Und wieso wollte er sich in der Mittagspause zu uns setzen?

»Bist du krank?«, fragte ich.

»Sei nicht so frech!«, meckerte mich Onkel Wu an. »Bao hat dich gefragt, ob du auch einen Kaffee möchtest. Das ist freundlich von ihm.«

Onkel Wu verstand mich auch nie. Ich war nicht frech. Ich machte mir Sorgen.

»Du musst nicht immer eingeschnappt sein, wenn man dir etwas sagt«, tadelte mich Onkel Wu weiter. »Bei jedem bisschen bist du beleidigt. Da muss man sehr aufpassen, was man sagt.

Dein Vater sollte ruhig einmal mit dir –« Onkel Wu stoppte und rief Bao zu: »Ich will auch einen Kaffee, bitte!«

»Ich auch«, rief ich hinterher und sah Onkel Wu dabei weiter beleidigt an.

Bao kam mit einem Tablett wieder, auf dem drei Tassen standen. Dass ich das jemals erleben würde: Bao sah aus wie ein Kellner.

»*Do djäh!*«, sagte Onkel Wu und ich merkte mir: Wenn jemand ein Getränk bringt, dann das große Danke.

»Bao«, sprach Onkel Wu weiter. »Schau dir zusammen mit uns die Speisekarte an und sag uns deine Meinung zu den Gerichten. Eigentlich hatte ich gedacht, man müsste einige neue Speisen dazutun, aber jetzt sehe ich, dass es schon so viele sind.«

Onkel Wu blätterte weiter.

»Bis 131 geht die Nummerierung! Wie könnt ihr 131 unterschiedliche Gerichte kochen?«

»Viele Soßen sind gleich«, sagte Bao. »Schweinefleisch, Ente, Huhn, Rind mit süßsaurer Soße.«

»Ich weiß, ich weiß. Als du an dem einen Tag nicht da warst und ich mit meinem Bruder gekocht habe«, Onkel Wu lachte auf, »sagte mein Bruder Mäi Yü, sie solle alle Gäste zu süßsauren Gerichten überreden. Das hat sie auch gut gemacht, aber manche Gäste waren störrisch und bestellten trotzdem etwas anderes. Die süßsaure Soße war schon da, wir mussten sie nicht extra kochen. Wenn eine andere Essensbestellung reinkam, haben wir laut geschimpft und Mäi Yü kam in die Küche und sagte: ›Schimpft nicht so laut, das hört man draußen!‹«

Bao verzog sein Gesicht zu einem leichten Grinsen.

»Es lief so gerade«, sagte Onkel Wu, »weil mein Bruder auch ein bisschen kochen kann. Heute lief alles schlecht, denn allein war es zu schwirig für mich.«

Wusste er gar nicht mehr, was er vorhin behauptet hatte?

»Es gibt wirklich zu viele Gerichte auf der Speisekarte«, sagte Bao. »Manche werden nur einmal im Jahr bestellt und ich glaube nicht, dass sie den Leuten besonders gut schmecken. Sie werden nie aufgegessen.«

»Mein Reden!«, rief Onkel Wu aus. »Man muss die schwachen Gerichte streichen und die guten Gerichte stärken!«

Mir kam der Spruch in den Sinn: »Nur die Stärksten werden überleben.« Von wem war der?

»Auswahl ist gut«, sagte Onkel Wu. »Aber zu viel Auswahl ist auch nicht gut! Man muss zu lange nachdenken und bekommt Kopfschmerzen!«

Onkel Wu fuchtelte mit den Händen vor meinem Gesicht herum: »Es hat dich doch letztens ein Gast nach einer Kopfschmerztablette gefragt.«

Ich nickte, glaubte aber nicht, dass die große Speisenauswahl an den Kopfschmerzen des Gastes schuld gewesen war.

Onkel Wu sprang auf, lief zur Theke und kam mit einem Block und einem Kugelschreiber wieder raus.

»Am besten schreiben wir alles auf, sonst vergessen wir es noch.«

Er kritzelte chinesische Zeichen aufs Papier und sagte: »Als Erstes, die Hälfte der Gerichte streichen, und zwar die, die wenig bestellt werden.« Er sah in die Runde: »Was noch?«

Ich zuckte mit den Schultern.

Onkel Wu überlegte angestrengt, indem er die Fingerspitzen über seinen Leberfleck rieb. Ich war froh, dass er nicht mehr an seinem Haar zupfen konnte. Er hob die Hand. Ihm war etwas eingefallen: »Deswegen haben wir doch das Essen von dem Imbiss ausprobiert: Die meisten Leute kaufen dort *take away*. Wie ist es hier mit *take away*?«

»Fast nie«, sagte ich.

»Natürlich!«, rief Onkel Wu aus, als sei es das Offensichtlichste auf der Welt. »Hier ist es ja auch viel teurer! Und wenn die Leute zu Hause essen wollen, wieso sollen sie für die Tischdecken und die Blumen mitbezahlen?«

Bao sagte: »Das stimmt.«

Onkel Wu fragte: »Und woher sollen die Kunden vom Imbiss wissen, dass hier die Portionen doppelt so groß sind?«

Ich sagte: »Da kann man nichts machen.«

Onkel Wu schlug mit der Hand auf den Tisch.

»*Ai jah!* Immer musst du sofort aufgeben! Natürlich kann man was machen! Man kann immer etwas ändern!« Und zur Bekräftigung schlug er noch einmal auf den Tisch.

»Aber wie sollen die Imbiss-Kunden das erfahren?«, fragte Bao vorsichtig, aber Onkel Wu hatte nur mich weiter im Visier.

»Du bist wie dein Vater!«, schimpfte er. »*Hm hai*, du bist viel schwächer als dein Vater! Dein Vater hat die Flucht mit dir geschafft und hart gearbeitet, auch wenn es ihm keinen Reichtum gebracht hat.«

Plötzlich wandte er sich an Bao: »Wohnt deine Mutter noch in unserer alten Stadt?«

Bao ließ sich nichts anmerken. Er umfasste mit einer Hand das

Geländer, mit der anderen Hand hielt er die Kaffeetasse fest. Nur sein rechter Mundwinkel vibrierte, als stände er unter Strom.

»Ich fliege in einem Monat nach Vietnam«, sprach Onkel Wu ungerührt weiter. »Ich kann ihr Dinge mitbringen, aber vorher fliege ich zurück nach Australien. Ich muss die Dinge also erst dahin mitnehmen.«

Bao umklammerte jetzt auch mit der anderen Hand das Geländer, als könnte er in die Tiefe fallen, wenn er sich nicht mit aller Kraft festhielt.

Onkel Wu klopfte mit seinen Fingern auf den Tisch. »Das Wichtigste ist aber, dass mehr Gäste kommen, auch für *take away*, sonst musst du noch viel länger im Keller wohnen!«

Ich kannte niemanden, der einem so etwas unverblümt ins Gesicht sagte.

Onkel Wu hatte Bao nun vollends k. o. geschlagen. Bao hielt sich nicht mehr an der Metallbrüstung fest, seine Hände hingen nur noch schlaff über der Stange.

»Hast du eine Idee, wie wir mehr *take away* verkaufen können?«, fragte ihn Onkel Wu. »Das ist schnell verdientes Geld.« Als er hinzufügte: »Dann machen die Gäste auch nicht die Tischdecken schmutzig«, erinnerte er mich wieder an meinen Vater, der immer über die schmutzigen Tischdecken jammerte.

Bao richtete sich wieder auf und verschränkte die Arme über seinem dicken Bauch. Nach einer Weile sagte er mit fester Stimme: »Wir können eine extra Karte machen für Speisen zum Mitnehmen. Die wären dann billiger, aber auch etwas kleiner.«

Onkel Wu klatschte eifrig Beifall. »*Hou jäh! Hou jäh!* Das ist eine gute Idee!«

Als wir am nächsten Morgen meinen Vater aus dem Krankenhaus abholten, musste ich an diesen Film denken, der jedes Jahr zu Silvester lief. Der Butler stolperte immer wieder über den Tigerkopf.

Mein Vater bestand wieder darauf, jetzt sofort zu gehen, während die Schwester sagte, sie wüsste von nichts. Mein Vater meinte, das sei egal, er müsste jetzt gehen, viele Albeit. Die Schwester verzog ihr Gesicht (nein, es war nicht die vom letzten Mal).

Diesmal war aber Onkel Wu dabei und er tadelte meinen Vater: »*Ai jah!* Dann bleib doch noch!«

Ob es einen Menschen auf der Welt gab, den Onkel Wu nicht tadelte? Er würde selbst den Küchengott tadeln.

»*Hm dag* – das geht nicht«, beharrte mein Vater und erzählte von der deutschen Butter, die so schwer im Magen liege. Er schaute noch mal in die Schränke. Sie waren leer. Ich trug seine Tasche. Vor dem Schwesternzimmer unterschrieb mein Vater wieder diesen Auf-eigene-Gefahr-Wisch.

Als wir aus der Drehtür ins Freie traten, ging ich neben meinem Vater her. Er sah gesünder aus. Sein Gesicht war nicht mehr grau.

Mein Vater betrachtete das Restaurant genau wie beim letzten Mal. Er kochte sich und Onkel Wu einen grünen Tee und ging auf die Terrasse. Es war heute windig und kalt, aber er wollte trotzdem draußen sitzen. Er hatte sich die blaue Jacke angezogen, die schon seit langem an der Garderobe hing. Irgendein Gast musste sie hier vergessen haben.

Der Wind blies die Jacke auf und wehte meinem Vater durchs Haar. Onkel Wu sagte, der Wind sei gut, er blase alles Alte weg. Mein Vater schwieg. Irgendwann gingen wir wieder rein und mein Vater überprüfte die Tische. Er bemerkte, dass die Blumen fehlten.

Onkel Wu schlug vor, sich in der Mittagspause zusammenzusetzen und über Veränderungen zu reden.

»Neues kann auch schlecht sein«, sagte mein Vater.

»*Ai jah!*«, fluchte Onkel Wu. »Du willst mir doch nicht sagen, dass die Geschäfte gut laufen?«

»Es soll keine Blumen mehr geben?«, fragte mein Vater.

»Die hat Mäi Yü nur vergessen zu kaufen«, beruhigte ihn Onkel Wu und drückte mir Geld in die Hand.

Mein Vater sagte, ich solle die Rosen beim Blumenhändler gegenüber dem Fischladen kaufen. Markt sei heute nicht.

Ich war froh, vom Restaurant wegzukommen. Am IhrPlatz sah ich den Köter der Nachbarin. Die Frau ging also auch gerade einkaufen.

Ich kaufte zwanzig Rosen, ließ sie mir in Papier einwickeln und ging wieder zurück.

Das Mittagsgeschäft lief gut, weil es heute kalt war.

Der Fette mit der glänzenden Stupsnase kam rein, sah meinen Vater und ging sofort auf ihn zu.

»Hallo!«, begrüßte er meinen Vater. »Gut, dass Sie wieder da sind! Ich muss Ihnen sagen, ich komme ja gerne hierhin, aber gestern war das Essen so miserabel, das glauben Sie gar nicht! Und diese junge Frau« – er warf mir einen Seitenblick zu –, »die neuerdings bedient, könnte auch etwas freundlicher sein. Waren Sie im Urlaub?«

Mein Vater guckte ungläubig. Dann sagte er lächelnd: »Ich gleich sagen Flau, soll fleundlich sein! Essen heute wiedel sehl gut!«

»Oh, das hört sich gut an«, sagte der Glanznasige und ging zurück zu seinen Kollegen.

Mein Vater fragte Onkel Wu: »Wieso sagt der Gast, dass das Essen schlecht war? Der Mann ist Stammgast und es schmeckt ihm immer sehr gut bei uns.«

»Bao war gestern krank«, sagte Onkel Wu. »Und ich habe gekocht.«

»Was hatte er?«

»Nur etwas Magenschmerzen«, antwortete Onkel Wu.

Mein Vater machte ein besorgtes Gesicht: »Bao isst immer nur hier. Ich muss mir alle Sachen in den Kühlschränken angucken. Vielleicht ist irgendein Fleisch verdorben. Hoffentlich kommt der Mann vom *Sunheiam* heute nicht vorbei.«

Er rannte in die Küche. Onkel Wu lief ihm hinterher und fragte: »Was ist *Sunheiam*?«

Ich ging zu dem fetten Glanznasigen, um ihm die Karte zu bringen.

»Brauche die Karte nicht!«, meckerte er. »Wie immer!«

Aus der Küche hörte ich Gezeter. Mein Vater regte sich auf, nicht Onkel Wu.

Je länger Onkel Wu hier war, desto ähnlicher wurde ihm mein Vater. Hoffentlich schimpfte mein Vater nicht bald auch noch mit mir.

Die Vorspeise kam aus der Durchreiche. Der Fette und seine Kollegen nahmen immer die Frühlingsrolle. Diesmal kamen aber Teller mit jeweils zwei Frühlingsrollen.

Ich bückte mich, schaute in die Küche und fragte: »Was soll das?«

Mein Vater beugte sich runter und sagte: »Sag den Stammgästen, das ist als Wiedergutmachung für das schlechte Essen von gestern! Entschuldige dich und sei freundlich!«

»Ich hab mich gestern schon entschuldigt«, behauptete ich.

»Das ist egal, man kann sich nicht oft genug entschuldigen.«

Ich verdrehte die Augen und mein Vater sagte in einem Onkel-Wu-Ton: »So guckst du gleich aber nicht die Gäste an.«

Bei den Gästen angekommen, sagte ich: »Entschuldigung noch mal für das schlechte Essen gestern. Deswegen bekommen Sie heute jeder eine Frühlingsrolle extra.«

Das beeindruckte sie wirklich. Sie schauten eine Zeit lang erstaunt über ihre unverhoffte Zugabe, bis der Fette sagte: »Der Chef kennt seine Pappenheimer.«

Sein Kollege fügte hinzu: »Von mir aus kann das Essen immer schlecht sein.«

Der Fette und seine Kollegen lachten. Ich drehte mich um und ging.

Nie hätte ich gedacht, dass eine zweite Frühlingsrolle so viel Freude auslösen könnte. Vielleicht war mein Vater doch nicht so geschäftsuntüchtig.

~

Am Nachmittag saßen wir alle an dem runden Tisch neben der Theke. Onkel Wu hatte einen größeren Block gefunden. Er sagte: »Wir haben schon besprochen: Weniger Speisen, eine extra Karte für *take away*. Was noch?« Onkel Wu sah in die Runde.
»In der Woche früher schließen«, schlug ich vor.
»*Hm dag*«, sagte mein Vater.
»Warum nicht?«, fragte ich.
»Es ist seit Jahren so, die Gäste haben sich daran gewöhnt.«
Onkel Wu schaute abwechselnd zu mir und meinem Vater.
»In letzter Zeit ist niemand nach elf gekommen«, sagte ich. »Nur freitags und samstags.«
Mein Vater sträubte sich immer noch. »Es gibt ab und zu Spätgeister. Wenn wir dann geschlossen haben, kommen die nicht wieder.«
Das lohnt sich trotzdem nicht, wollte ich sagen, aber ich kannte die Wörter nicht. So konnte ich nicht mitdiskutieren! Die anderen waren im Vorteil. Eigentlich brauchte ich einen Dolmetscher.
»In zwei Wochen zwei Gäste, die so spät kommen«, sagte ich lauter als nötig, »und dafür sollen wir immer bis zwölf Uhr hierbleiben?«
Mein Vater schaute mich an, als hätte ich Stäbchen gestohlen. »Du musst sowieso nicht so lange bleiben. Wenn du wieder zur Schule gehst, hast du damit nichts mehr zu tun.«
Das saß.

»Was sagen Ling und Bao dazu?«, fragte ich.

Mein Vater sagte: »Sie sind nur Angestellte. Sie haben nichts zu sagen.«

Hatte Onkel Wu sich nicht beschwert, mein Vater sei »zu weich«?

»Vielleicht wollen sie auch nicht immer bis Mitternacht hierbleiben!«, raunzte ich jetzt richtig laut meinen Vater an.

Gleichgültig sagte er: »Man kann nicht immer alles ändern, damit man es bequemer hat.«

»Das stimmt«, pflichtete Onkel Wu jetzt meinem Vater bei. Dabei war er mir doch erst gestern ins Wort gefallen, man könne *immer* etwas ändern. Jetzt aber meinte er: »Jeden Tag die gleichen Öffnungszeiten, das ist gut. Sonst kommen die Gäste leicht durcheinander.«

Bloß immer alles durchziehen, ob es sich lohnt oder nicht, dachte ich.

Ling hob einen Zeigefinger wie ein Schüler. Es dauerte eine Weile, bis Onkel Wu ihn bemerkte.

»Was willst du sagen?«, fragte Onkel Wu ihn gnädigerweise.

»Wenn«, sagte Ling, »wenn … wenn das Restaurant nur an Freitagen und Samstagen länger aufhat, ändern sich die Öffnungszeiten nicht jeden Tag.«

»Jeden Tag nicht, aber anders ist es trotzdem«, warf mein Vater ein.

»Samstags haben die Läden auch nur bis ein Uhr auf und nicht bis sechs«, antwortete Ling trotzig.

Bao, der sich immer nur auf dem Stuhl zurückgelehnt hatte, rückte jetzt mit dem Oberkörper nach vorn.

»Wir haben keinen Tag frei«, sagte Bao. »Und bei so wenigen Gästen braucht man nicht bis Mitternacht aufzuhaben. Montags bis donnerstags auf jeden Fall nicht. Das ist Verschwendung von Strom und Arbeitskosten ... auch wenn ich sowieso nicht viel verdiene.«

Mein Vater zuckte zusammen.

»Du weißt nicht, wie es ist, keinen Tag freizuhaben«, sagte ich zu Onkel Wu. »Dein Laden hat sonntags bestimmt nicht auf.«

»Natürlich nicht«, sagte Onkel Wu. »Der Laden ist kein Restaurant.«

Ich war mir sicher, dass mein Einwand Onkel Wu nicht kratzte. Onkel Wu würde jeden Tag den Laden öffnen, wenn er dürfte.

»Nun gut«, sagte Onkel Wu. »Es gibt Gründe dafür und dagegen. Ich finde, weil alle hier arbeiten und zufrieden mit ihrer Arbeit sein müssen, stimmen wir ab.« Mein Vater wollte etwas sagen, aber Onkel Wu schnitt ihm das Wort ab: »Wenn die Angestellten nicht zufrieden sind, laufen die Geschäfte auch nicht gut.«

»Wer ist dafür, die Zeiten so zu lassen?«

Onkel Wu hob selbst eine Hand. Mein Vater hob seine Hand nicht. Er fand die ganze Abstimmung einfach nicht richtig.

»Wer ist dafür, die Zeiten zu ändern?«

Ich hob meine Hand, und Ling und Bao stimmten auch dafür.

Mein Vater schaute mich enttäuscht an. Ich konnte seinen Blick nicht mehr ertragen und schaute weiter zu Onkel Wu.

Onkel Wu sagte wie ein Richter: »Dann soll es mit neuen Zeiten ausprobiert werden.«

Ich erwartete, dass mein Vater protestierte. Er sagte anderen nicht, was sie tun sollten, aber er ließ sich auch nichts vorschreiben. Wenn Onkel Wu nicht hier gewesen wäre, hätte man ihm gar nicht mit andren Öffnungszeiten kommen müssen. Aber er war trotz seines Alters immer noch der kleine Bruder.

»Und das Geschäft kann nicht gut laufen, wenn Streit zwischen zwei Menschen da ist«, sprach Onkel Wu weiter. »Die negative Energie kann nicht weichen, sie vergiftet langsam alles.«

»Was meinst du?«, fragte mein Vater.

Bao griff an die Tischkante.

»Nicht jetzt«, sagte ich zu Onkel Wu. »Es ist zu früh.«

Alle sahen mich an, aber ich schaute auf die Rose. Blumen mussten immer da sein, egal wie schlecht es lief.

Onkel Wu sah zu Bao und wieder zurück zu mir. »Das Gift ist schon alt und je älter es wird, desto giftiger wird es.«

»Wovon sprichst du?«, fragte mein Vater wieder.

»Er ist gerade aus dem Krankenhaus gekommen«, sagte ich, als säße mein Vater nicht am Tisch.

Onkel Wu schlug auf den Tisch. »*Ai jah!* Immer muss dieses Mädchen so frech sein!« Er wandte sich an meinen Vater. »Es ist nie zu früh, um altes Gift hervorzuholen. Ich rede nicht von allen alten Sachen, die auf dem Grund liegen. Die meisten soll man nicht mehr aufwühlen. Nur wenn die Sache giftig ist und mit der Zeit immer giftiger wird, muss man sie hochholen.«

Mein Vater schaute Onkel Wu an, als fragte er sich, ob bei Onkel Wu eine Sicherung durchgebrannt sei.

»Das ist eine Sache nur zwischen uns«, sagte Bao.

Er stand auf.

»Dann macht das allein aus«, sagte Onkel Wu.

Mein Vater schaute Bao an: »Was meinst du?«

»Lass uns woanders sprechen, nur wir zwei.«

Mein Vater erhob sich auch.

Die beiden verschwanden in der Küche. Die Küchentür schwang endlos weiter. Ich stand auf, ging zur Tür, hielt sie an und kam zurück.

»Was hast du gemacht?«, fragte Onkel Wu.

»Die Küchentür gestoppt.«

»Die stoppt auch so«, sagte Onkel Wu. »Wozu Kraft dafür verschwenden?«

Weil ich für Sinnloses immer meine Kraft verschwende, dachte ich. Ich denke nach, ohne dass mein Denken einen Nutzen hat. Ich heule, obwohl sich dadurch nichts bessert. Ich bin verliebt, obwohl –

»Jetzt, wo die anderen weg sind, nützt es nichts, wenn wir weitersprechen«, sagte Onkel Wu, »sonst müssen wir nachher alles wiederholen.«

Wir sollten also hier sitzen und schweigen?

Ich stand auf, da fragte Onkel Wu: »Wohin gehst du?«

»Aufs Klo«, log ich.

Ich bog vor der Theke nach rechts ab, drückte die Küchentür auf, lief durch die Küche, die Treppe runter, den schmalen Gang hindurch und die hintere Treppe wieder hoch.

Bao rauchte, mein Vater nicht. Der Wind blies in die andere Richtung. Ich erhorchte überhaupt nichts.

Hinter mir hörte ich Schritte. Onkel Wu war nachgekommen. Ich ging zur Seite, damit er sich neben mich stellen konnte. Dann kam auch noch Ling.

Wir standen schon eine Weile da, bis Bao uns bemerkte. Er nahm uns aber nur zur Kenntnis, sonst nichts. Mein Vater sah uns jetzt auch und drehte uns den Rücken zu.

»Ich gehe Möhren kaufen«, sagte ich.

~

Am IhrPlatz war der Köter immer noch an derselben Stelle an den Laternenpfahl gebunden. Hatte die Frau ihn vergessen? Ich lief zuerst kopfschüttelnd an ihm vorbei, blieb dann auf Höhe des Blumenladens stehen und ging wieder zurück.

Vielleicht hatte ich mich verguckt, vielleicht war das jetzt ein anderer Hund?

Nein, diese komische Farbe, grau-weiß-schwarz gemischt – das gab es nicht so oft. Der Hund kläffte aber nicht, sonst hätte ich es eindeutig sagen können.

Ich wollte schon wieder Richtung Minipreis gehen, aber ich dachte, heute Morgen war es zehn Uhr und jetzt ist es schon nach fünfzehn Uhr. Wie lange war der Hund also schon hier? Ich band ihn los, hatte dabei aber Angst, er könnte auf einmal hochspringen und mich beißen. Er schaute mich aber nur müde an.

Ich mochte es, neben dem Hund zu gehen. Die Hundepfoten auf den Pflastersteinen zu hören. Das zarte Klacken der Krallen beim Aufsetzen. Als wir nach rechts mussten, zog er auf einmal stark nach links und ich dachte, es ist doch nicht der Hund der Nachbarin. Der Hund zog mich aber zu dem Brunnen vor der Kirche, sprang hinauf und schleckte Wasser.

Nach kurzer Zeit kam er wieder runter und wirkte jetzt munterer. Ich ging in Richtung unseres Hochhauses und er wedelte mit dem Schwanz.

Der Fahrstuhl war immer noch kaputt. Ich wollte die Treppe nehmen, aber der Hund blieb stehen. Ach ja, die Frau hatte ihn im Treppenhaus immer getragen.

»Verwöhntes Vieh«, meckerte ich und hob ihn hoch. Er war schwerer, als er aussah.

Mir lief der Schweiß die Stirn herunter. Aber ich musste mit zehn Kilo mehr ja auch noch ein Stockwerk höher laufen.

Ich horchte an der Tür. Vielleicht war die Frau noch in der Stadt? Ich drückte die Klingel und erschrak über ihre Lautstärke. Ich wartete und wartete. Gerade wollte ich gehen, da hörte ich ein Schlurfen, schließlich drehte sich ein Schlüssel im Schloss um. Die Frau schien von innen noch mal ihre Wohnung abzuschließen.

Da ging die Tür auf und die Nachbarin starrte mich wütend an. Sie trug einen Schlafanzug. Ihre Haare standen ab.

Der Hund bellte sie freudig an.

»Was gibts?«, fragte sie mich.

»Ihr Hund«, sagte ich. »Ich hab ihn in der Stadt gefunden und wollte ihn zurückbringen.«

Der Hund sprang freudig an ihr hoch und kläffte vor Wiedersehensfreude.

»Das ist nicht mein Hund«, sagte sie.

Zuerst wollte ich mich entschuldigen, dachte dann aber, die verarscht dich doch nur.

»Das ist nicht Ihr Hund?«, fragte ich nach.

»Hörst du schlecht?«

»Wo ist denn Ihr Hund?« Vielleicht dachte sie nur, sie hätte ihn mitgenommen. Die Frau war ja nicht ganz dicht.

»In meiner Wohnung!«

»Können Sie nicht mal nachschauen, ob er wirklich da ist?«

Sie stieß mit ihrem Pantoffel den Hund weg und knallte die Tür zu.

Der Hund setzte sich davor.

Ich drückte noch mal auf die Klingel. Nach einer Weile sagte ich zu dem Hund: »Na, hoffentlich erkennt sie dich bald wieder und lässt dich rein, die doofe Kuh.«

~

Mein Vater saß allein im Restaurant.

»Wo sind die anderen?«, fragte ich.

Mein Vater rieb sich die Stirn. »Sie sind Eis essen gegangen. Onkel Wu sagte, er müsse unbedingt noch mal zu der Eisdiele mit dem guten italienischen Eis.«

»Wieso bist du nicht mitgegangen?«, fragte ich.

Er winkte ab. »Ich habe keinen Hunger. Außerdem habe ich in der Zwischenzeit abgespült.«

Ich merkte, wie die Wut in mir hoch- und auch wieder runterkochte.

»Was habt ihr hinten auf dem Hof besprochen, du und Bao?«, fragte ich scheinheilig.

»*Mou jäh*«, sagte mein Vater.

Ich hatte ihn noch nie so mutlos gesehen. Selbst als er auf dem Bürgersteig gelegen hatte, war noch mehr Energie in ihm gewesen. Jetzt war sein Gesicht ganz ohne Ausdruck. Wie konnte Onkel Wu nur mit den anderen Eis essen gehen und ihn hier zurücklassen?

Ich setzte mich ihm gegenüber und wusste nicht, was ich sagen sollte. Auf einmal wollte ich mich bei ihm bedanken, dass er mich damals nicht allein auf die Flucht geschickt hatte.

Mein Vater lachte plötzlich und winkte. Ich drehte mich um. Die drei kamen zurück und Bao trug etwas Eingepacktes in seinen Armen.

»Ich hab Eis mitgebracht«, sagte Onkel Wu. »Es ist doch besser, wenn alle zusammen Eis essen.«

»*Hou!*«, rief mein Vater falsch freudig aus und stand auf. »Ich hole Löffel.«

Mir kam in den Sinn, dass alles immer Theater blieb.

Onkel Wu wollte, dass ich mich dazusetzte. Widerwillig ging ich zu ihnen. Mein Eis war schon halb geschmolzen. Onkel Wu hatte für jeden drei Kugeln im Pappbecher gekauft. Mein Vater war die ganze Zeit künstlich aufgekratzt, aber das merkte keiner außer mir. Ich saß da, löffelte mein zerlaufenes Eis mit Nuss, Stracciatella und Karamell. Genau die Sorten, die ich mir selber nie ausgesucht hätte. Mein Vater lobte das Eis, lobte Onkel Wu, weil er so gutes Eis ausgesucht hatte, er lobte Bao und Ling, weil sie in der Mittagspause hierblieben, um über die Arbeit zu sprechen.

Onkel Wu ließ sich auf die gute Laune ein und sagte: »Wenn ich wieder in Australien bin, schicke ich einen Küchengott herüber. Die Wächterlöwen sind zu groß und zu schwer.«

»*Hou!*«, rief mein Vater aus, als wollte er gleich einen Freudentanz aufführen.

Ich beobachtete Bao. Es war mir klar, dass ich mit ihm allein sprechen musste, um irgendwas zu erfahren.

Onkel Wu redete wieder über die Speisekarte und die spezielle Karte für das *take away*. Natürlich ging meinem Vater auch das gegen den Strich. Er ließ sich nur nichts anmerken. Aber an seinen Einwänden, dann müsste man neue Karten drucken, konnte man es doch merken.

Er tat mir leid. Am liebsten hätte ich mich vor ihn gestellt und gesagt: »Es ist *sein* Restaurant, und wenn er etwas nicht will, wird es nicht gemacht.« Aber auf der anderen Seite hielt ich die Änderungen für richtig. Ich verstand nicht, dass mein Vater unbedingt an allem festhalten wollte.

Ling sagte auf einmal: »Sie hat mir versprochen, dass ich auch kochen lernen kann.«

Alle Blicke richteten sich auf mich. Warum log er? Ich schaute Ling vorwurfsvoll an und er schaute beleidigt zurück.

»Warum soll Ling kochen lernen?«, fragte mein Vater, »Bao kocht gut genug.«

»Ich habe schon in der Küche angefangen«, sagte Ling.

»Und was hast du gelernt?«, fragte Onkel Wu.

»Ich habe abgespült.«

Mein Vater sah Ling groß an. Ich sprang auf, hielt mir den Mund zu, lief durchs Restaurant, die dunkle Treppe zu den Toiletten runter und lachte los. Nachdem ich fertig gelacht hatte, wischte ich mir im Dunkeln die Augenwinkel ab und ging an der Wand tastend wieder hoch. Ich dachte an den Spruch: »Die Westfalen gehen zum Lachen in den Keller.« War ich doch eine Westfälin? Dass Chinesen zum Lachen in den Keller gingen, hatte ich jedenfalls noch nie gehört.

Ich biss mir noch einmal auf die Lippen. Mit ernstem Gesicht ging ich wieder auf die Terrasse.

Mein Vater sah mich fragend an: »Musstest du dich übergeben?«

»Es stimmt«, sagte ich. »Ling sollte kochen lernen.«

»Warum?«, fragte mein Vater völlig verwundert.

Onkel Wu schaute mich an. »Du siehst wirklich aus, als hättest du dich übergeben«, sagte er. »Bist du schwanger?«

Ich wollte Onkel Wu in die Aa schmeißen.

»*Ai jah!*«, rief mein Vater aus. Ich wusste nicht, wann er das letzte Mal »*Ai jah*« ausgerufen hatte. Bestimmt hatte er es von Onkel Wu übernommen. Von Bao jedenfalls nicht, denn der hatte in der Küche schon immer »*Ai jah!*« geflucht. »Wie kommst du darauf?«, herrschte mein Vater Onkel Wu an. Es war das erste Mal, dass mein Vater die Geduld mit ihm verlor.

Onkel Wu nahm das ungerührt zur Kenntnis. »Wer weiß schon, was die jungen Leute heute so treiben. Sie sind in allem zu schnell, weil sie vorher nicht gründlich überlegen.«

Für den Rest fehlten mir zu viele Wörter. Ich glaube, es ging darum, dass man nicht mehr richtig erzogen wurde.

Bao und Ling schauten betont unbeteiligt durch die Gegend. Sie taten, als seien sie taub. Dass sie nicht taub waren, sah man an Baos trippelnden Fingern auf dem Terrassengeländer und daran, dass Ling sich ständig die Nase rieb, als würde sie jucken.

Onkel Wu hörte gar nicht auf zu reden, über die jungen Leute, Strenge und die richtige Erziehung.

Ich unterbrach ihn: »Ling sollte kochen lernen, weil es weniger Gerichte geben wird. So kann Bao auch mal freinehmen. Wenn Ling in die Küche geht, kann ich vorne Ling ersetzen.«

Bevor Onkel Wu wieder einen endlosen Redeschwall losließ, fügte ich hinzu: »Und wenn Bao mal krank wird, schimpfen die Gäste wieder über das Essen.«

Ich erwartete jetzt ein Donnerwetter. Onkel Wu sagte aber nach kurzem Schweigen: »Es ist gut, wenn eine Brücke mehr als eine Stütze hat. Wenn sie viele Stützen hat, steht sie auch noch, wenn eine abbricht.«

Ich fragte mich: Ging es Onkel Wu doch nicht darum, immer Recht zu behalten? Er dachte wirklich praktisch.

»Übrigens, bei ›Brücke‹ fällt mir was ein«, sagte Onkel Wu zu meinem Vater. »Das wollte ich dir schon immer sagen. Das Geschäft von Sims Mann für Tofu und Sojamilch lief früher auch schlecht. Das lag an dem Laden, haben sie herausgefunden. Der Laden befand sich neben einer Brücke.«

»Und es lag alles an der Brücke?«, fragte mein Vater.

»Nicht wirklich an der Brücke, aber doch wegen der Brücke. In dem Laden war noch ein schlechter Geist. Der Vorbesitzer war in dem Geschäft gestorben und der Geist wanderte immer noch herum und wollte die neuen Besitzer vertreiben. Sims Mann hat den Geist manchmal flüstern hören.«

Mein Vater schaute Onkel Wu skeptisch an, aber Ling wurde ganz hellhörig. Er schien auf Geister anzuspringen.

»Läuft es immer noch schlecht?«

»*Mou*«, sagte Onkel Wu. »Sie haben einen chinesischen Mönch gerufen, der gebetet hat für den Geist. Seitdem läuft das Geschäft. Vielleicht ist hier auch früher jemand gestorben. Ich habe die Theorie, dass die Geister von Verstorbenen noch sehr lange dableiben, wenn ein Fluss in der Nähe ist. Vielleicht gibt der Fluss ihnen Kraft.«

»Wie kommst du darauf?«, fragte mein Vater ungläubig. »Wenn das so wäre, würden doch alle Menschen unbedingt in der Nähe von einem Fluss sterben wollen.«

»Ich denke nur, dass es so ist. Ich habe es noch niemandem gesagt. Aber ich habe schon einige Male von solchen Geistern gehört und immer war in der Nähe ein Fluss. Hier fließt auch ein Fluss entlang. Ich kann Sim fragen, ob dieser Mönch von Australien aus herüberbeten kann.«

»Und das für Geld?«, fragte mein Vater.

»Natürlich für Geld«, sagte Onkel Wu entrüstet. »Wer betet denn für jemanden einfach so?«

Das Abendgeschäft lief wieder gut, weil es immer noch kalt und windig war. Ich wusste schon gar nicht mehr, welche Verbesserungen wir nun beschlossen hatten und welche nicht.

Onkel Wu wollte meinem Vater Geld leihen, um neue Speisekarten zu drucken. Mein Vater sollte auch überlegen, das Restaurant mit *Aircondition* auszustatten.

Ich horchte manchmal, ob Onkel Wu meinen Vater auch fragte, was jetzt mit dem alten Gift sei, aber darüber hörte ich nichts.

Um halb elf, als der letzte Tisch gegangen war, ging ich in die Küche. Bao hatte natürlich wieder nicht gespült. Onkel Wu sollte meinem Vater lieber das Geld für eine Spülmaschine leihen, dachte ich. Wie viel weniger Streit würde es dadurch geben.

Ich wollte wissen, ob Bao immer noch das Gift in sich trug. Über manche Dinge sprach mein Vater einfach nicht. Aus Bao war auf jeden Fall mehr rauszubekommen.

Bao stand vor dem Herd und machte Teig für die Frühlingsrollen. Ich nahm mir einen von den aufgestapelten Pfannkuchen. Lecker! Ich hätte den ganzen Tag nur Frühlingsrollenteig essen können. Bao machte stumm weiter.

Ich ging hinter ihm vorbei zur Spüle und ließ heißes Wasser hinein, aber nicht so heiß, dass es mich verbrühte.

Das Wasser lief in das große Becken und mir ging auf, dass Onkel Wus Geschichte mit den Geistern und den Flüssen stimmen könnte. Es war –

»Willst du noch einen Pfannkuchen?«, fragte Bao. »Der hier ist mir zerrissen.«

Ich drehte mich um.

Bao zeigte in Richtung der Ablage. »Ich hab ihn neben die anderen getan.«

»*Do djäh* – danke!«, sagte ich. Das große Danke. Schließlich war der kaputte Pfannkuchen ein Geschenk. Ich trat einen Schritt zur Seite, nahm mir den kaputten Pfannkuchen und stopfte ihn mir in den Mund. Hmmm.

»Hasst du meinen Vater immer noch?«, fragte ich mit vollem Mund.

Bao umklammerte den Pfannengriff noch fester. »Ich hasse deinen Vater nicht mehr.«

»*Hou*«, sagte ich, nahm mir noch einen heilen Pfannkuchen vom Stapel und schob ihn mir in den Mund.

»Was hat mein Vater heute gesagt?«

»Wann?«

»Auf dem Hof.«

Bao klatschte einen neuen Pfannkuchen auf den Stapel. »Diesen isst du aber nicht«, sagte er. »Sonst kann ich den ganzen Tag hier stehen und Pfannkuchen machen.«

»Was hat mein Vater gesagt?«, fragte ich noch einmal.

Bao goss neuen flüssigen Teig in die Pfanne. »Das musst du ihn selbst fragen.«

Ich ging einen Schritt vor, stellte mich neben Bao und betrachtete den Teig in der Pfanne, wie er ins Feste überging und an einigen Stellen Blasen warf.

»Warum hasst du meinen Vater nicht mehr?«

Bao schabte den Pfannkuchen raus. »Dein Onkel ist ein kluger Mann.«

Mehr sagte er nicht. Ich erinnerte mich an Onkel Wus Schlagen gegen die Kellertür und wie er geschrien hatte: »Jeder hätte das an seiner Stelle getan!«

Weil mein Vater mit mir geflohen war, hatte Baos Mutter

dableiben müssen. Ich wollte Bao sagen: Ich helfe dir, so gut ich kann, weil du ohne Mutter auskommen musstest.

Aber mir fiel »auskommen« nicht ein.

~

Frühmorgens wachte ich auf. Während es langsam hell wurde, fiel mir ein, was seltsam war. Ich hörte kein Gekläffe von oben. Ich schwang mich vom Sofa, zog mir eine Hose über und schlich ins Treppenhaus. Aber es war nicht so, wie ich dachte. Der Hund saß nicht mehr vor der Tür. Beruhigt ging ich wieder runter, legte mich wieder hin und schlief weiter.

Irgendwann hörte ich Onkel Wu duschen. Er duschte anders als mein Vater. Mein Vater ließ das Wasser die ganze Zeit ohne Unterbrechung laufen. Onkel Wu stellte das Wasser zwischendurch immer wieder ab. Ich hörte Onkel Wu aus dem Bad kommen. Kurze Zeit später ging mein Vater hinein und das Wasser lief wie erwartet durch. Mein Vater kam aus dem Bad, und obwohl ich noch zehn Stunden weiterschlafen wollte, stand ich auf und betrat als Dritte das Bad.

Draußen trennten sich unsere Wege. Mein Vater spazierte mit Onkel Wu zur Berliner Straße, während ich in die Fußgängerzone ging. Wir hatten uns mit Bao und Ling zum Frühstück verabredet, um zu besprechen, wie die Speisekarte nun aussehen sollte. Dafür wollten wir uns nicht am Nachmittag zusammensetzen, denn mein Vater sagte, er müsse nachmittags schlafen, und Bao wollte zu Ling, um zu duschen.

Ich sollte also Brötchen und Mett holen. Onkel Wu hatte mir nicht geglaubt, dass die Deutschen rohes, gewürztes Hackfleisch auf ihr Brot streichen, also hatte ich es einmal zum Frühstück gekauft und ihm hatte es geschmeckt.

Auf dem Weg dachte ich an Bela. Ständig hatte ich in den Briefkasten geschaut, aber es war keine Karte gekommen. Ich fragte mich, ob er mich vergessen hatte. Aber hätte nach drei Tagen überhaupt schon eine Postkarte ankommen können?

Der IhrPlatz war nun in Sichtweite und ich dachte: Das kann ja wohl nicht sein! Da saß wieder der Köter der Nachbarin an den Laternenpfahl gebunden.

Wenn sie ihn nicht haben wollte, wieso ließ sie ihn nicht einfach laufen? Wieso band sie ihn an? Wie lange war er diesmal schon hier?

Ich ging zum Minipreis, kaufte Mett und Brötchen, dann ging ich wieder zurück. Ich hoffte, dass der Hund inzwischen weg war. Aber er saß da immer noch.

Es ging nicht anders, ich leinte ihn los und nahm ihn mit. Er wirkte wieder müde. Am Brunnen zerrte er wieder, sprang hoch und trank.

Ich betrat mit dem Hund das Restaurant. Mein Vater fragte: »Wem gehört der Hund?«

»Der Nachbarin«, sagte ich.

Ich erzählte, so gut ich konnte, was gestern passiert war und dass der Hund heute wieder vorm IhrPlatz gesessen hatte.

»*Ai jah!*«, Onkel Wu war von der Terrasse gekommen. »Was willst du mit einem Hund? Einen Hund muss man immer nur füttern, füttern, füttern! Zu mehr sind Hunde nicht nütze!«

Und zu was waren Kinder nütze? Man musste sie auch füttern, füttern, füttern. Und vielleicht blieben sie ihr Leben lang genauso unnütz.

»In der Küche ist bestimmt noch irgendein Fleisch«, sagte ich.

»Du willst doch nicht mit dem Hund in die Küche?«, empörte sich mein Vater.

Ich überlegte. Mein Vater fuhr fort: »Was sollen die Gäste denken, was für eine schmutzige Küche wir haben, wenn sie erfahren, dass ein Hund darin sitzt?«

»Ich bring ihn in den Hinterhof. Kannst du die Kellertür hinten aufschließen?«, fragte ich.

Ohne eine Antwort abzuwarten, ging ich schon mit dem Hund raus.

Ich hatte den Hund an den Türgriff angebunden. Die Leine war gerade lang genug.

Die Tür öffnete sich und ich sah meinen Vater.

Der Hund schaute ängstlich.

»Wieso gibst du ihn nicht der Nachbarin zurück?«, fragte mein Vater.

»Das hab ich gestern doch schon gemacht«, antwortete ich. »Aber ich werde heute Nachmittag wieder zu ihr gehen.« Auf einmal musste ich wieder an die endlosen Stufen denken.

»Du bist viel schwerer, als du aussiehst«, sagte ich zu dem Hund.

Er wedelte verlegen mit dem Schwanz.

Am Nachmittag stand ich vollkommen verschwitzt vor ihrer Tür. Die Frau öffnete nicht. Entweder hatte sie mitbekommen, dass ich vor der Tür stand, oder sie war wirklich nicht da. Onkel Wu würde sagen: Wozu sich endlos Gedanken machen? Es ist egal, ob die Frau da ist oder nicht. Wichtig ist, dass keiner öffnet!

Mir war es aber schon wichtig, ob sie nicht da war oder nur nicht aufmachte.

Ich klingelte noch ein paar Mal, hämmerte gegen die Tür und schrie: »Dann geben Sie ihn doch einfach im Tierheim ab!«

Ich horchte, aber es blieb still. Eigentlich sollte ich froh sein, wenn sie den Hund nicht mehr wollte. Dann schrie sie nicht mehr den ganzen Tag, der Hund kläffte nicht und es würden keine Hundeköttel am Fenster vorbeifliegen. Ich hatte immer Angst gehabt, der Wind könnte ungünstig wehen und die Kötel gegen unser Fenster drücken.

Ich hämmerte noch mal gegen die Tür. »Sagen Sie wenigstens, wie er heißt!«

Der Hund hatte sich neben mich gesetzt und kratzte nun mit einer Pfote an der Tür, als wollte er sagen: »Lass mich doch hinein.«

~

Drei Tage später waren mein Vater, ich, der Hund und Onkel Wu am Flughafen.

Onkel Wu gab gerade sein Gepäck auf. Er hatte zwei Kilo zu viel. Er fluchte: »*Ai jah! Gum sui!*«

Die Frau am Schalter fragte ihn, ob er die zwei Kilo nun zahle, aber Onkel Wu wollte lieber Sachen loswerden. Er überließ meinem Vater ein Paar Schuhe und irgendwelche Sachen, bis das Gewicht stimmte.

Ich wusste, dass Onkel Wus Gepäck so schwer war, weil Bao ihm etwas für seine Mutter mitgegeben hatte. Was es war, hatte Bao nicht gesagt.

Onkel Wu sagte, er müsse jetzt durch die Sicherheitskontrolle. Andere Leute standen auch mit ihren Verwandten vor dem Eingang. Sie küssten und umarmten sich endlos.

Onkel Wu hob die Hand, sagte: »Bye-bye«, und ging weg. Auf einmal blieb er stehen, kramte in seinem Handgepäck, kam wieder und sagte: »Die habe ich doch extra mitgebracht und fast hätte ich sie wieder mitgenommen.« Er drückte mir fünf chinesische Musikkassetten in die Hand. Dann drehte er sich um und ging wirklich.

Mein Vater hielt Onkel Wus Schuhe in den Händen und ich die Kassetten. So standen wir da und schauten ihm nach.

Der Hund schabte mit der Pfote an meinem Bein. Er wollte getätschelt werden, aber ich beugte mich nicht hinunter. Ich wollte selber getätschelt werden. Da mich niemand tätschelte, sah ich mir die Kassetten an. Nun mussten wir nicht immer Teresa Teng in Endlosschleife hören. Wieso hatte ich Onkel Wu so lange nicht gemocht? Wieso hatte ich immer so gehässig über ihn gedacht? Dabei hatte er mir die Augen für so vieles geöffnet.

Durch Onkel Wu wusste ich jetzt, dass der Pfirsich für Langlebigkeit steht und nicht der Stab und dass es ein Tier gibt, das danach benannt wird, was es alles *nicht* ist. Onkel Wu hatte den ganzen Schlamm im Fluss aufgewühlt. Ich kannte jetzt mehr Teile aus der Geschichte meines Vaters.

Besteht nicht jeder Mensch aus einer Geschichte und muss man dann nicht alle Kapitel kennenlernen, um den Menschen kennenzulernen?

Ich wusste jetzt, warum wir geflohen waren. Ich wusste jetzt, dass man das Beste daraus machen musste, wenn man schon zu den Überlebenden gehörte. Aus Achtung vor den Menschen, die es nicht geschafft hatten und für immer vom Meer verschluckt waren. Ich wusste jetzt auch, dass es am anderen Ende der Welt Menschen gab, denen wir nicht egal waren.

Onkel Wu wollte nächstes Jahr wiederkommen, aber das dauerte noch so lange.

»Höre auf zu weinen«, sagte mein Vater. »Die Leute gucken schon.«

~

Die leer geräumte Fläche auf dem großen Gefrierschrank erinnerte uns an den fehlenden Küchengott.

Nach Onkel Wus Rückkehr war von Veränderungen nicht mehr die Rede. Wir setzten nichts von den Plänen um. Es breitete sich sogar eine Art Katerstimmung aus.

Nur der Hund war in Aufbruchsstimmung.

Da ich seinen Namen nicht wusste, nannte ich ihn Bello, obwohl er nicht mehr bellte. Früher hatte mein Stoffhund so geheißen und für lange Zeit war dieses Kuscheltier mein bester Freund gewesen.

Mein Vater wollte nicht, dass er bei uns blieb. Aber ich hatte gesagt, ich wollte ihn erst mal behalten. Vielleicht nähme die Frau ihn irgendwann zurück und wenn nicht, wollte ich Micha fragen. Dass der Hund nicht für immer bei mir bleiben konnte, wusste ich selbst.

Eigentlich wollte ich sogar Bela fragen, aber ich war mir nicht mehr so sicher, ob er sich überhaupt noch mal bei mir melden würde. Er hatte schließlich auch keine Postkarte geschrieben.

Der Hund lenkte mich ab und natürlich hatte ich auch den ganzen Tag im Restaurant zu tun. Im Tiergeschäft gegenüber vom Minipreis hatte ich eine ganz lange Leine gekauft, und wenn ich arbeitete, ließ ich ihn im Hof.

Ich glaubte, dass auch Bao den Hund etwas lieb gewonnen hatte. Manchmal ging er raus und warf dem Hund etwas zu, einen Knochen oder ein Stück Fleisch.

Manchmal ließen die Gäste nichts übrig und ich musste Hundefutter kaufen. Zuerst ärgerte ich mich, wenn die Gäste alles aufaßen, aber dann fand ich es wieder gut. Das zeigte doch, dass es ihnen geschmeckt haben musste.

Nur an die ewig langen Tage konnte ich mich einfach nicht gewöhnen. Nach der Arbeit musste ich ja noch mit Bello spazieren gehen, und weil wir nur dreimal am Tag gingen, wollte ich nicht, dass er zu kurz kam. Mein Vater ging nie mit, weil er das mit Bello nicht richtig fand. Er dachte wie Onkel Wu: Wenn ein Tier keine Eier legt, keine Arbeit verrichtet und man auch sein Fleisch nicht isst, dann ist das Tier unnütz.

Der Hund schnupperte und erkundete die neuen Wege. Nachts, wenn ich endlich nach Hause kam, ließ ich mich sofort ins Bett fallen. Durchschlafen konnte ich aber auch nicht. In der Nacht weckte mich der Hund, wenn er träumte. Er schabte im Schlaf mit den Pfoten über den Teppich. »Ruhig«, sagte ich manchmal, wenn ich aufwachte. »Ruhig. Du träumst das alles nur.« Dann lag er still da und bewegte sich erst später wieder.

Was träumten Hunde wohl? Seit Bello in meinem Zimmer schlief, träumte ich selber überhaupt nicht mehr. Früher hatte ich oft Albträume gehabt. Vielleicht war der Hund ein Traumfänger. Es gab doch diese seltsamen Kreise mit Federn, die man sich an die Decke hängte und die Träume einfangen sollten.

Vielleicht funktionierte das Träumefangen auch mit einem struppigen Fellknäuel, das auf dem Boden lag.

Morgens musste ich früher aufstehen, um vor dem Kellnern wieder spazieren zu gehen. Meine Beine waren schwer, ich fühlte mich wie eine alte Oma. Aber ich war froh, festen Boden unter den Füßen zu haben. Vielleicht erinnerte ich mich doch ein kleines bisschen daran, wie es gewesen war, auf einem schaukelnden Schiff zu sein.

~

Am dritten Tag (jetzt teilte ich die Zeit nicht mehr auf in die Zeit vor dem Herzinfarkt und nach dem Herzinfarkt, sondern in die Zeit vor Onkel Wu und die Zeit nach Onkel Wu), einem Freitag, rief Onkel Wu an und sagte, er sei gut angekommen. Einen Küchengott zu schicken sei zu teuer, er würde uns Geld überweisen, damit wir hier einen besorgten (vielleicht beim Holländer bestellen), und außerdem würde er noch Geld für die zwei riesigen Wächterlöwen schicken, die wir gleich dazukaufen sollten.

Ich gab das Telefon an meinen Vater weiter und ging in die Küche. Die letzten Gäste waren schon längst gegangen. Bao räumte die Schüsseln mit dem geschnittenen Gemüse zurück in den Kühlschrank.

Bao drehte sich um und sagte: »Da auf dem kleinen Teller liegen noch zwei Stücke Ente. Die sind übrig geblieben.«

Ich nahm mir eines und steckte es mir in den Mund. Dieses knusprige ölige Fleisch war richtig lecker. Hinter mir hörte ich Geschirrklappern und drehte mich um. Aus einer alten Gewohnheit heraus dachte ich, dass mein Vater abspülte, aber es war Ling.

»Willst du das andere Stück Ente?«, fragte ich.

Er drehte sich um, trocknete seine Hände ab, kam zu mir und nahm es sich.

»Den Hund hab ich schon gefüttert«, sagte Bao, während er immer noch den Kühlschrank umsortierte.

»Was hast du ihm gegeben?«, fragte ich. Es war doch außer Sezuan-Huhn nichts übrig geblieben.

Bao wurstelte immer noch in dem riesigen Kühlschrank.

»Das Huhn«, sagte Bao.

»Sezuan-Huhn?«, fragte ich und ging auf Bao zu. »Das ist doch scharf!«

Bao schloss den Kühlschrank. »Der Hund mochte es.«

Ich lief durch den Keller, an Baos Kabuff vorbei. Dann blieb ich stehen. Schließlich drehte ich um und ging zwei Schritte zurück.

Der Spalt sagte mir, dass die Tür nicht verschlossen war wie sonst. Ich drückte sie auf. Es war dunkel. Es drang nur etwas Licht vom Flur in den Raum. Ich dachte an das Testament, das ich in Gedanken geschrieben hatte. Zum Schluss hatte ich doch versprochen, allen zu sagen, was ich wirklich von ihnen hielt.

Ich machte kehrt und ging die Stufen zur Küche wieder hoch. Oben fragte Bao: »Was ist?«

Das »Mögen« im Kantonesischen hatte, auf Menschen angewandt, immer einen Hauch von Verliebtsein, und das war nicht das, was ich sagen wollte.

Wenn die Sprache mich daran hinderte, dann lag es doch nicht an mir, wenn ich mein Versprechen nicht hielt?

Onkel Wu wäre sowieso das Tun wichtiger gewesen als Worte.

Wortlos ging ich an Bao und Ling vorbei, drückte die Schwingtür auf. Im Gastraum stand mein Vater nicht mehr vor der Theke. Er hatte anscheinend aufgehört mit Onkel Wu zu telefonieren. Nach kurzer Zeit fand ich den großen Schreibblock und schrieb: MONTAGS GESCHLOSSEN. Das dauerte zwar noch einige Tage, aber ich musste das jetzt tun. Ich riss das Blatt ab, nahm mir Tesafilm, ging zur Glastür und klebte es dort mit der Schrift nach außen hin.

Ich ging zurück an den Tisch meines Vaters, erzählte ihm von dem neuen Schild. Mein Vater schaute mich groß an. Am Montag hatten wir bisher nicht geschlossen, weil er gemeint hatte, ohne Schild müssen wir öffnen, sonst seien die Gäste verwirrt.

Ich sagte, dass auf Dauer natürlich ein anderes Schild hermusste, aber besser erst mal das als gar keins. Ich sagte, dass wir jetzt endlich neue Speisekarten drucken lassen, ein Angebotsschild zum Aufstellen kaufen und zur Zeitung mussten, um Anzeigen zu schalten. All das, was wir mit Onkel Wu zusammen beschlossen hatten. Wir mussten in der Mittagspause mit Bao zum Ausländeramt gehen und fragen, wie man Verwandte nachholen konnte, und wir mussten uns endlich um eine Arbeitserlaubnis für Ling bemühen. Und statt zwei riesigen Wächterlöwen war ich dafür, eine Spülmaschine zu kaufen.

Bevor er antworten konnte, wandte ich mich ab, ging in die Küche, durch den Keller und wieder am Ende des Gangs die Treppe hinauf, um nach Bello zu sehen.

~

In der Nacht hatte Bello mich fünfmal durch sein Träumen geweckt. Ich war zu kaputt, um aus dem Bett zu steigen, deswegen hatte mein Vater mir heute freigegeben. Er war morgens sogar mit Bello rausgegangen und hatte ihn mir wieder hochgebracht. Schließlich ging der Fahrstuhl wieder.

Erst am Nachmittag stand ich endlich auf. Bello kratzte schon die ganze Zeit an meinem Bettgestell. Ich duschte, nahm mir ein gebügeltes Hemd aus dem Kleiderschrank, ging ins Wohnzimmer und sah den weißbärtigen Shou, der mich freundlich anlächelte. Seine beiden Freunde flankierten ihn.

Ich betrat mit Bello den Fahrstuhl. Unten angekommen, ging ich wieder zum Briefkasten, obwohl ich mir keine Hoffnungen mehr machte. Aber da lag doch tatsächlich eine Karte!
Es waren nur zwei Strichmännchen darauf gemalt. Das eine Strichmännchen überreichte dem anderen (oder war es ein Strichweibchen?) eine Blume.
Mein Name war richtig geschrieben. Bela hatte eine nicht ganz ordentliche Schrift. Die Schrift war schön.
Ich ging über die Berliner Straße. In der einen Hand hielt ich die Postkarte, in der anderen die Leine. Ich bog in den kleinen Weg ein, spazierte am Wall entlang und kurz darauf sah ich schon die Tische auf der Terrasse. Ich überquerte die Brücke, blickte kurz auf die rauschende Aa hinunter und betrat das Restaurant.
Hier war es gar nicht mehr so dunkel wie noch gerade von außen gesehen. Im Gegenteil. Jetzt wirkte das gedämpfte Licht normal und die sonnige Welt vor der Scheibe schien zu hell zu sein.

~

**MEIN DANK GILT:** Der Robert Bosch Stiftung für den Lese-Etat für dieses Buch (und für die jahrelange Begleitung).

Meinen Literaturagentinnen Gesa Kunter und Gudrun Hebel, die die schwierige Aufgabe übernahmen, den Roman zu vermitteln.

Den Königskindern, insbesondere Kerstin Kopper und Barbara König, für die Begeisterung für diese Geschichte und für die wesentliche Verbesserung des Textes.

Meiner ehemaligen Literaturagentin Vanessa Gutenkunst, für die vielen hilfreichen Anmerkungen. Meinem ehemaligen Literaturagenten Georg Simader, der mir den letzten Anstoß dazu gegeben hatte, etwas in dieser Hinsicht zu schreiben.

Meinem Kollegen Andreas Eschbach für die Beantwortung einiger Fragen und seine Meinung zum früheren Arbeitstitel.

Meinen Eltern für die Berichte vom früheren Leben in Vietnam, von der Flucht aus Vietnam und von dem Leben im thailändischen Flüchtlingslager.

Liying für die Informationen zu der »Banane« und zu dem »Vier-nicht-ähnlich-Tier«.

Markus für das Lesen des Gesamttextes und für seine Einschätzung, ob die Szene in der Notfallambulanz realistisch geschildert ist.

Alexander für seine Meinung zu dem Anfang von *Lullaby*.

Erik für den Ratschlag, die Schnitzelszene subtiler zu gestalten.

Alrik für Kritik, ehrliches Lob, fürs mehrfache Korrekturlesen und für die Gespräche über diese Geschichte (und über die anderen Texte).

Den vielen Flüchtlingshelfern, die uns beim Neuanfang in Deutschland unter die Arme gegriffen haben. Stellvertretend für alle seien hier die Familie Steinmann aus Herford und die Familie Hausmann aus Bielefeld genannt. »Sie taten das nur, weil sie gute Menschen waren«, so heißt es auf Seite 210.

Der Bundesrepublik Deutschland. Für die Aufnahme von uns Flüchtlingen. Für das Recht auf Unversehrtheit. Für das Recht auf freie Meinungsäußerung. Und für die etlichen anderen Rechte, die nicht selbstverständlich sind – und das Fundament für so vieles.

# VIELE GESCHICHTEN WERDEN ZU EINER GESCHICHTE.

Bonnie-Sue Hitchcock
Der Geruch von Häusern anderer Leute
Hardcover mit Schutzumschlag
320 Seiten
ISBN 978-3-551-56021-6

Alyce weiß nicht, wie sie Fischen und Tanzen in Einklang bringen soll. Ruth hat ein Geheimnis, das sie nicht mehr lange verbergen kann. Dora will ihren Vater nie wieder sehen und wird von Dumplings Familie aufgenommen. Hank und seine Brüder hauen von zu Hause ab, doch einer von ihnen gerät dabei in große Gefahr. Und trifft auf Alyce ...
Hier, unweit des nördlichen Polarkreises, wo der Alltag manchmal unerbittlich ist, kreuzen sich ihre Lebenswege immer wieder. Sie kommen einander näher, versuchen einander zu retten. Und wenn man es am wenigsten erwartet, gelingt es.

KÖNIGSKINDER  www.koenigskinder-verlag.de